Matilda Wright

Aposta Indecente

Matilda Wright

Aposta Indecente

Ela o ensinou que a vida não é um jogo.

QuintaEssência

Diretor editorial: Pascoal Soto
Editora executiva: Maria João Costa
Assessora editorial: Raquel Maldonado
Adaptação de texto: Beatriz Sarlo
Revisão de texto: Vívia de Aguiar
Diagramação: Abreu's System
Designer de capa: Maria Manuel Lacerda
Imagem de capa: Getty image

CIP-BRASIL. CATALOGAÇÃO-NA-FONTE
SINDICATO NACIONAL DOS EDITORES DE LIVROS, RJ

Wright, Matilda

Aposta indecente: ela o ensinou que a vida não é um jogo / Matilda Wright. – Rio de Janeiro: LeYa, 2013.
240 p.

ISBN 978-85-8044-794-1

1. Literatura inglesa 2. Romance 3. Mistérios 4. França I. Título

13-0369 CDD 823

2013

TEXTO EDITORES LTDA.
[Uma editora do Grupo Leya]
Rua Desembargador Paulo Passaláqua, 86
01248-010 – Pacaembu – São Paulo – SP – Brasil
www.leya.com.br

I

Havia duas coisas que Louis de Villeclaire não dispensava: um bom champanhe e mulheres bonitas. Como Cléa, a pequena alsaciana acabada de chegar à casa de madame Martine e que lhe mostrava que sabia usar a língua não só para falar quando foram interrompidos por vozes vindas do salão, no andar de baixo, e barulho de gente que corria e falava no corredor.

— Que inferno! — exclamou Louis erguendo-se num cotovelo, o belo corpo nu iluminado pelo enorme candelabro de doze velas que ardiam ao lado da cama.

Cléa parou de lhe lamber o interior das coxas musculosas. Olhou para ele um pouco assustada:

— Será fogo? — A jovem abriu muito os seus já enormes olhos castanhos. Louis soltou uma gargalhada irônica.

— Fogo, Cléa? Diz antes a besta do Vertou! Não sei por que é que Martine franqueia a porta de sua casa a esses burgueses novos-ricos que não sabem se portar como cavaleiros...

A moça saiu da cama com um salto ágil de gazela e envolveu as suas deliciosas curvas num luxuoso roupão de seda cor de pérola, bordado com exóticos pássaros azuis e laranja.

— Vou ver o que é... — disse Cléa, e saiu do quarto, fechando a porta atrás dela.

Louis deixou-se ficar estendido na cama, irritado com aquela interrupção inusitada. A culpa era, certamente, de Vertou que não sabia nem beber nem tratar com mulheres e que, nadando em dinheiro novo, frequentava agora os melhores bordéis de Paris. Ainda há dois dias tinha armado um enorme escândalo na casa de Colette, numa festa em que ele e os seus amigos de pândega se deixaram açoitar com chicotes pelas moças. Um depravado sem maneiras! Até para se ser depravado era preciso ter educação. Essa era, pelo menos, a opinião de Louis de Villeclaire, ele próprio um depravado assumido. Uma fama lendária envolvia o seu nome desde a primeira noite em que pisara o melhor e o mais exclusivo bordel de Paris.

Oh! Como as coisas tinham mudado... Ainda se lembrava daquela tépida noite de primavera de 1834 quando seu pai, o velho marquês de Villeclaire, o tinha trazido, pela primeira vez, a ele e a Gaston, o jovem príncipe de Montblanc, àquela casa. Ainda hoje, mais de vinte anos depois, podia sentir a maciez das alcatifas que atapetavam as salas, o cheiro suave do perfume das mulheres, o toque delicado dos seus vestidos soltos, quase transparentes, que mostravam mais do que encobriam. E lembrava-se de Martine, claro! Como poderia tê-la esquecido? O porte de rainha da bela mulata, os seus olhos verdes, amendoados, os lábios cheios, trocistas, recostada numa *chaise longue* forrada a veludo cor de sangue, lânguida. Lembrava-se de ter se sentido minúsculo perante aquela mulher de 40 anos que o olhava de cima a baixo e cujos olhos o atingiram como um raio. Da vergonha que sentiu de que os outros, o pai, sobretudo, pudessem perceber a sua aflição. E a mão de Martine a acariciar-lhe o rosto:

— Como é bonito... — disse Martine, e o seu sotaque crioulo soou como música aos ouvidos do jovem Louis. E depois, voltando-se para Gaston, passando-lhe os dedos pelos caracóis loiros: — *Mon prince*!

Como tudo era calmo naquela casa, nesse ano de 1834, quando Martine lhe pegou na mão e o conduziu pela enorme escadaria de mármore que leva ao seu quarto. Louis tinha apenas 15 anos e sentia as pernas tremerem enquanto vencia os degraus. Mas também se lembrava que essa fora a primeira e única vez em que lhe custou subir aquelas escadas. Depois dessa noite, voltara milhares de outras noites. Quase sempre com Gaston, o cobiçado príncipe de Montblanc, e também com Laurent, conde de Juy, Pierre, marquês de Forchemont, e Marcel Bachelard, filho de um dos maiores banqueiros da França, burguês e judeu, é certo, mas educado pelos melhores preceptores de Paris e, por isso, um homem elegante, refinado e também ele um dos seus companheiros inseparáveis de diversão desde o tempo em que todos frequentavam o mesmo colégio. Como tudo era civilizado e silencioso na casa de Martine, em 1834 e nos muitos anos que se seguiram. Aconchegou-se mais entre as cobertas fofas da cama de Cléa e ficou pensando no calor suave de todos os corpos de mulheres que tinha amado naquela casa. Nanette, Renée, a louca Helène, insaciável, que fazia amor coberta de esmeraldas e contava que era filha ilegítima do czar Alexandre da Rússia...

— O conde de Joubert, senhor marquês... — ia começar Cléa contando quando voltou a entrar no quarto, pálida, como se tivesse visto um fantasma.

Louis voltou-se na cama, desagradado por aquela entrada intempestiva ter lhe desviado o pensamento de Helène, a louca, com quem uma tarde tinha feito sexo atrás de um dos túmulos da cripta de Notre-Dame. "Não seja mau, venha aqui comigo. Vou rezar para que o papai me aceite como sua filha. Quero vê-lo", tinha escrito no bilhete que lhe mandou pela criada. E ele foi, por vontade e porque não queria a tarde literária na casa da tia Clemence, princesa de Auvergne. Poesia chocha, chá quente, velhas cheirando a violetas e moças desengraçadas, mortas por o caçarem como marido, apesar da má fama que o envolvia, mas deslumbradas pelo seu título de marquês de Villeclaire e, também, pela sua enorme fortuna. Chatice por chatice antes as rezas de Helène para se tornar princesa da Rússia, à literatura da tia. Por isso foi e por isso mostrou a cripta da catedral a Helène quando ela, fazendo beicinho, lhe pediu:

— Imagine, há dois anos vivendo em Paris e nem conheço a Notre-Dame!

Helène, de repente, muito interessada nos pormenores da arquitetura mortuária francesa. Querendo ver tudo e, atrás de um túmulo, com habilidades de contorcionista tornando o seu sexo duro, enorme, e debruçando-se sobre a tampa do sepulcro para ser possuída por trás. Helène aos gritos, os dedos cravados nas pregas de pedra de um manto real qualquer, descontrolada. O sacristão, velho e quase surdo, passando por ali e olhando espantado para a aflição daquela moça tão nova.

— Um antepassado — disse Villeclaire. — Está muito comovida...

Helène, a louca!

— Vem! — disse Louis abrindo os olhos, na urgência que as recordações de Helène lhe tinham deixado no corpo.

— Monsieur, o conde de Joubert... — repetiu Cléa, e parecia uma menina, pálida, assustada, o pequeno corpo tremendo. — Está lá embaixo, ferido, matou um homem...

Villeclaire despertou imediatamente do torpor em que a noite com Cléa e as recordações de várias outras noites, muito antes de Cléa, o tinham deixado e saltou da cama, nu. Bertrand de Joubert não era exatamente um amigo e, apesar do título de conde, também não era um verdadeiro cavaleiro, mas era um velho conhecido, um vizinho cujo castelo no Vale do Loire ficava muito próximo do enorme palácio que Louis tinha herdado naquela mesma região. Vestiu-se às pressas, amaldiçoando as inúmeras peças de roupa que um homem elegante era obrigado a usar, e saiu do quarto, ainda atando a fita de seda com que prendia o cabelo, seguido por Cléa, pobre Cléa, em pânico.

***

Louis de Villeclaire foi um dos últimos clientes de madame Martine a entrar no enorme salão onde os grandes espelhos de molduras douradas reverberavam à luz das centenas de velas que ardiam, envolvendo o ambiente num cálido odor de cera e almíscar. As paredes, ricamente forradas de damasco azul, eram testemunhas mudas das muitas conversas ali mantidas ao longo dos anos. Negócios de Estado, vendas de bancos, nomeações de diplomatas, substituições de ministros, até o início da guerra na Crimeia, dizia-se, tinham sido decididas naquela sala onde Martine recebia os seus seletos clientes e onde, enquanto estes bebiam champanhe e fumavam longos charutos perfumados, as belas moças que trabalhavam em sua casa exibiam as suas formas esculturais dançando ou, simplesmente, conversando em pequenos grupos.

Mas não era nada disso que se passava naquela noite quando Louis desceu do quarto de Cléa e entrou no salão. Bertrand de Joubert jazia num dos canapés forrados de seda azul celeste, e o doutor Moreau, o mais famoso dos médicos de Paris, acabava de lhe colocar uma ligadura no braço direito. Havia na sala uma agitação desusada. Os risinhos das moças tinham sido substituídos por sussurros. Homens circunspectos conversavam em voz baixa. E Martine, mantendo o seu porte de rainha crioula, segurava a mão de Joubert.

— Vamos, onde se meteu? Por pouco não subi para arrombar a porta do quarto de Cléa. — Pierre de Forchemont puxava o amigo, a caminho da saída.

— O que é que aconteceu? — queria saber Villeclaire.

— Conto-lhe quando estivermos a salvo dentro da minha carruagem. A polícia não tarda a aparecer...

— E os outros? Marcel, Laurent, Gas...

O marquês de Fochemont nem lhe deu tempo para acabar a frase:

— Estão à nossa espera no Gascogne, com ostras e champanhe. Conto-lhe no caminho.

A carruagem que já os esperava na porta atravessou a Rue Saint-Honoré e, logo depois, os cavalos trotavam ao longo da Rue de Rivoli finda a qual depositaria os passageiros junto das magníficas arcadas da Place de Vosges, onde ficava o Gascogne, restaurante frequentado pela alta sociedade parisiense e com fama de ter as melhores ostras da França. Chovia torrencialmente e as grossas gotas de chuva batiam na capota da carruagem fazendo um barulho ensurdecedor, ainda piorado pelo som das ferraduras dos quatro possantes cavalos. Era impossível conversar, fazer perguntas. Por isso, Louis de Villeclaire limitou-se a ouvir o que o seu amigo Pierre de Fochemont contava, aos gritos e entre gargalhadas:

— Uma aposta estúpida! Entre o Joubert e o Duvernois, o velho tabelião da Rue des Archives... Nem entendi bem! Uma confusão qualquer aos dados que acabou numa aposta sobre qual deles era mais rápido disparando uma pistola...

Villeclaire soltou uma gargalhada:

— Dois apostadores inveterados e dois péssimos atiradores!

— Mas, pelo visto, ambos com a mesma velocidade no gatilho — disse Fochemont. — O Joubert foi atingido num braço e a ironia é que, apesar de mau atirador, desta vez acertou no alvo. Matou o Duvernois...

— Matou? — Villeclaire já não ria.

— Matou — respondeu Fochemont no momento em que a carruagem parava em frente à porta do restaurante. Saíram correndo para chegarem ao abrigo das arcadas antes que a chuva os deixasse encharcados.

— Onde foi isso?

— Marcaram encontro para esta noite, no Bois de Bologne.

— No Bois? — ainda perguntou Louis.

— No Bois, meu caro! Se é isso que quer saber, trouxeram o Joubert para a casa da Martine porque calcularam que o bom do Moreau lá estaria. Às três da manhã era a melhor maneira de lhe arranjarem rapidamente um médico — Pierre ainda disse, cínico, antes de empurrar a porta de madeira e vidro. — Uma ideia despropositada! Estragar assim a noite de um cristão... Acabaram-nos com a festa! O Joubert é primo de um ministro do império e à Martine ninguém toca, que Napoleão III não deixa. Por alguma razão ela fornece as melhores moças de Paris e lhe arranja os disfarces para que Sua Excelência possa se encontrar com elas. Mas enfim, ia ser uma grande chatice, ter de ficar ali até de manhã, à disposição de um cabo de esquadra qualquer, querendo fazer perguntas a torto e a direito, para mostrar serviço... E não ia servir para nada. Com o Joubert metido nisto, nem sequer vai haver inquérito, já se sabe.

Villeclaire sorriu discretamente e entrou no Gascogne atrás de Pierre.

***

O jovem marquês ainda sorria quando se juntou aos três outros amigos que, num gabinete privado, já bebiam champanhe enquanto esperavam as famosas ostras.

Laurent contava aos outros as maravilhas de Andreja, a polaca loira com quem tinha estado nessa noite na casa de Martine. Mas interrompeu-se quando viu Louis entrar:

— Morre um homem, estragam-me a noite com a bela Andreja e você, meu velho, entra aqui com essa cara de felicidade?... Há que experimentar os dotes dessa Cléa se ela o deixa assim!

— Engana-se, meu caro. Por uma vez, a minha felicidade nada tem a ver com mulheres e nem sequer com champanhe. Simplesmente, esta noite, fiquei um pouco mais rico...

— Ah, não! Louis, não vai aproveitar esta ocasião já um pouco fúnebre para nos anunciar que a sua tia Clemence, finalmente, o convenceu a se casar com uma das enfadonhas herdeiras ricas que frequentam os seus chás literários...

— Não, nada disso, meu querido Laurent! Quantas vezes lhes disse que não fui destinado para o casamento? Sou um pássaro que precisa de liberdade...

— E então? — quis saber o príncipe de Montblanc. — Vai nos contar a origem desse dinheiro que fará com que a sua escandalosamente enorme fortuna se torne ainda um pouco mais escandalosamente enorme?

Louis de Villeclaire esfregou as mãos saboreando a curiosidade dos amigos. Acendeu um charuto e ficou vendo as ondas de fumo desfazerem-se no ar. Um criado bateu à porta e pediu licença para entrar. Trazia uma travessa onde brilhavam deliciosas ostras que inundaram a sala com o seu cheiro de mar.

— Alphonse, mais champanhe! Muito gelado! — pediu Louis.

Sentaram-se à mesa, requintadamente coberta por uma toalha de linho branco com finos bordados, e prepararam-se para provar aquela ceia servida em caríssimos pratos de porcelana de Limoges e talheres de prata. Antoine Gascogne sabia como agradar aos seus melhores e mais exclusivos clientes.

— Se não vai se casar com uma herdeira rica, conte-nos como ficou ainda mais rico — pediu, curioso, Gaston de Montblac.

— Muito fácil, meus amigos! Que outra maneira existe de um cavalheiro aumentar, do dia para a noite, a sua fortuna? Ganhei uma aposta!

— Que aposta, Louis? Você mesmo nos contou que esteve em casa, lendo, durante todo o dia. Depois, jantou conosco na casa do Bachelard e fomos juntos para a Martine... — lembrou Laurent. — A menos que, agora, faça apostas com o seu mordomo ou com o seu cocheiro...

— E, por acaso, eu disse que tinha feito a aposta hoje? Contei-lhes, apenas, que a tinha ganho hoje. Aliás, para ser exatamente preciso, ganhei-a há menos de uma hora. Mas é uma aposta antiga. — Louis riu. — Enfim, não muito antiga... tem duas semanas ou coisa parecida.

O marquês de Villeclaire serviu-se de ostras e mostrou-se deliciado com o manjar que os amigos tinham escolhido para a ceia. Mas, em volta da mesa, mais ninguém comia e todos estavam suspensos do que Louis tinha para lhes contar. E como este parecia mais interessado nos mariscos do que em satisfazer a curiosidade deles, Marcel, o banqueiro, não se conteve:

— Então, vai ou não nos dizer que aposta foi essa?

— Devia, antes, perguntar-me de quem ganhei a aposta, Bachelard...

— De quem? — perguntaram Pierre e Laurent em coro.

Louis deu uma enorme gargalhada antes de responder:

— Do morto!

— De Duvernois? Como foi isso? — quis saber Gaston.

— Eu lhes conto... — decidiu-se dizer, finalmente, Villeclaire. E contou aos amigos que, duas semanas antes, depois de ter estado com eles no baile da condessa de Balac, e quando já ia na sua carruagem a caminho de casa, não tendo sono, decidiu dar ordem ao cocheiro para parar no meio dos Champs Elysées. De repente, teve vontade de tentar a sorte na roleta, depois de uma noite com muita sorte com madame Bousquet, a bela ruiva casada com um dos maiores proprietários de Paris. Por isso, mandou o cocheiro parar e entrou no cassino Étoile.

— Estava um pouco bêbado... — confessou Louis de Villeclaire, como se preparasse os amigos para o que se seguiria.

Tendo provado a ele próprio que essa era, de fato, uma noite de sorte excepcional e guardando já os 300 francos que acabava de ganhar numa única jogada, foi parado por uma mão que lhe travou o braço. Era Duvernois!

— Meu jovem marquês! Reparei que ainda agora entrou e já o vejo sair. Uma noite má?

— Não, muito pelo contrário! Vim provar a mim mesmo que estou invencível... — respondeu com uma gargalhada. Os olhos do velho tabelião brilharam ao ouvi-lo dizer tal coisa e ali mesmo o desafiou para uma aposta absurda com o argumento de que não havia homens invencíveis, nem sequer por uma única noite. Villeclaire que escolhesse um número, sem fichas na mesa. Ele, Duvernois, escolheria outro. Se nenhum deles acertasse a coisa ficaria por aí mesmo, aprendendo Villeclaire que Duvernois tinha razão quanto à impossibilidade de se ser absolutamente invencível. Se algum deles acertasse, receberia do outro dois bilhões de francos...

— Dois bilhões! — exclamou Marcel de Bachelard em tom chocado com a exorbitância do montante da aposta.

— Trinta e três vermelho! — disse Villeclaire, e ainda acrescentou: — Contra todos os outros números, Duvernois. Hoje estou especialmente generoso.

Os quatro rapazes soltaram exclamações de horror. E Gaston não se conteve:

— Um pouco bêbado, Louis? Estava completamente embriagado...

Villeclaire não lhe respondeu e continuou contando aos amigos que esse número lhe veio à cabeça por ser a idade de madame Bousquet; e a cor? Ah! A cor do vestido que essa senhora usava nessa noite e espalhava nos cabelos ruivos um ardente tom de fogo. Era um cavaleiro e, por isso mesmo, dispensou-se de acrescentar que eram também de fogo os beijos que trocou com ela, no jardim, enquanto o marido jogava bilhar e fumava charutos no aconchego elegante da sala de fumo dos condes de Balac. Depois dos beijos, escondidos em uma estufa de plantas, os dedos dela desapertaram um a um os pequenos botões de madrepérola que fechavam as calças de Louis, libertando-lhe o sexo. Ajoelhando-se na relva, lambeu-o. Primeiro, delicadamente, passeando a língua ao longo daquele tronco duro e enorme, enquanto o marquês lhe segurava os seios, com violência. Depois, rolaram os dois pelo chão, numa confusão de saias de seda. Ela gemia de desejo, pedindo que a possuísse. Mas Louis prolongava-lhe o prazer explorando com os dedos o interior do seu ser até que, finalmente, lhe tapou a boca com a sua, entrelaçando a língua, e deixou que a sua virilidade explodisse dentro dela, fazendo arquear o corpo. Ah! Tinha sido maravilhosamente selvagem... Mas era uma recordação íntima e que um homem bem-educado nunca dividiria com ninguém, nem com os seus melhores amigos.

— E?... — perguntou Gaston de Montblanc.

— E saiu o 33 vermelho... — disse Louis de Villeclaire.

Todos ficaram em silêncio perante tamanha temeridade. E o estouvado marquês prosseguiu com a sua história: dois dias depois passou pelo gabinete de Duvernois, na Rue des Francs Bourgeois, para cobrar a dívida, e o velho tabelião confessou-lhe não ter o dinheiro disponível. Mas logo ali se prontificou a assinar uma nota de dívida, a vencer daí a duas semanas, em 18 de novembro de 1857.

— Amanhã... — sussurrou Laurent de Juy.

Villeclaire continuou a contar os pormenores do negócio que, por vontade de Duvernois, tinha ficado estabelecido em escritura pública feita perante um outro tabelião, amigo do devedor. Se, na data combinada, Duvernois continuasse a não ter disponível a quantia devida, os dois bilhões de francos, todos os seus bens passariam para a posse de Villeclaire.

— Por isso, meus amigos, bebamos! Esta noite fiquei dois bilhões de francos mais rico e, passada uma semana de luto, como manda a decência, tenciono visitar a família do bom Duvernois para apresentar condolências e... cobrar a minha dívida!

— Família? Será que o Duvernois tem família? — perguntou Gaston de Montblanc. — Sabemos que vivia numa bela casa na Rue des Archives e que tinha gabinete na Rue des Francs Bourgeois. Mas família? Nunca ouvi falar... Vocês ouviram?

Todos concordaram que, apesar de Duvernois ser um homem conhecido em todos os locais de Paris onde houvesse apostas, nunca ninguém tinha visto a família. Nem sequer tinham ouvido falar...

— Nem nas corridas de cavalos de Chantilly apareceu alguma vez com a mulher — lembrou Marcel.

Pierre soltou uma gargalhada:

— E nunca o vimos em nenhum lado onde houvesse mulheres! O velho era louco por cavalos e mesas de jogo, mas mulheres...

— Haverá, certamente, uma velha e simpática madame Duvernois escondida na casa da Rue des Archives. Ou, no pior dos casos, um procurador qualquer que agora trate dessas minúcias — disse Louis.

— Pois eu, meu caro Villeclaire, no seu lugar, não esperava nem mais um dia após a semana obrigatória de luto para visitar seja quem for que viva para lá dos portões daquela casa. Ao que sei, o velho Duvernois deve dinheiro a você e a mais não sei quantos. Sempre teve fama de usar as suas artimanhas de tabelião para não pagar o que devia. Como você, esta noite, muitos outros terão certamente a mesma ideia de ir apresentar condolências à viúva. Apresse-se, para que seja, se não o primeiro, pelo menos um dos primeiros...

Louis não respondeu mas guardou, muito bem guardada, a informação utilíssima que o amigo acabava de lhe dar, e prometeu que, daí a oito dias, sem adiamento algum, iria à Rue des Archives. Caramba, dois bilhões sempre eram dois bilhões!

***

Louis acordou tarde, como acontecia quase sempre quando estava em Paris. Passava as noites nos teatros, nos bordéis, nos bailes de alta sociedade e, de qualquer maneira, tanto lhe fazia. Na cidade não havia muito mais que um homem elegante pudesse fazer. Por isso, era já perto do meio-dia quando Maurice, o seu criado pessoal, entrou no quarto com a bandeja de prata em que, todos os dias, lhe servia o café da manhã. Pousou-a sobre uma mesa, abriu os pesados cortinados de veludo azul que impediam que a luz despertasse cedo demais o jovem marquês e ficou à espera que o amo acabasse de se espreguiçar.

— Bom dia, senhor marquês!

— E é este um bom dia, Maurice? — quis saber Louis.

— Talvez não, meu senhor! Começou a nevar...

Louis bocejou. Voltou a espreguiçar-se. Recostou-se nas almofadas e o criado aproximou a bandeja com a primeira refeição do dia.

— Há correio?

— Sim, senhor marquês, a maior parte serão convites e chegaram duas cartas a mão, uma do seu procurador e outra de... — Maurice interrompeu-se, sem saber como terminar a frase.

— De quem, meu velho? De madame Bousquet?

O criado confirmou com um aceno de cabeça.

— Ah, não! A chata madame Bousquet! Tão chata quanto bonita. Estava sendo tão divertido e, imagina, teve a infeliz ideia de se apaixonar por mim. As mulheres estragam sempre tudo quando se apaixonam, Maurice... — E como o criado não respondia, o marquês de Villeclaire insistiu: — Não diz nada?

Maurice sorriu.

— Que quer o senhor marquês que lhe diga?!

Louis riu e começou a tomar o café da manhã enquanto abria o correio e ia dizendo alto:

— Um baile na casa dos duques de Saint-Denis... almoço na casa da tia Clemence na próxima sexta-feira... ceia na casa dos príncipes Walensky... Ah! E madame Bousquet quer que vá visitá-la hoje, à hora do chá. Hoje? Que dia é hoje, Maurice?

— Terça-feira, 25 de novembro, meu senhor.

Louis lembrou-se, então, que a semana de luto por monsieur Duvernois acabara na véspera e que devia, nesse dia, sem falta, visitar a família e cobrar a dívida.

— Papel e pena, Maurice. Tenho de agradecer o convite a madame Bousquet e avisá-la de que não poderei ir. Abriu, depois, a carta do procurador e ficou sabendo que seria conveniente a sua presença no seu castelo do Vale do Loire para decidir com o feitor alguns assuntos relacionados com as sementeiras de inverno naquela sua grande propriedade. Normalmente detestava tratar desses assuntos. Que plantassem batatas ou abóboras, para ele tanto fazia, mas o pai e já antes do pai o avô, cumpriam escrupulosamente esta traição de ouvirem o feitor explicar o que iriam plantar ou colher e de quanto tinham sido as rendas pagas pelos rendeiros no final das sementeiras, e ele cumpria o ritual umas vezes com mais enfado do que outras. Olhou lá para fora, através da janela. O céu estava escuro e a neve caía acumulando-se na balaustrada da varanda. Muito bem, rumaria a oeste, onde pelo menos não nevava e onde podia passar uns dias agradáveis caçando. Podia convidar os rapazes, iriam todos... Talvez levasse Cléa...

— O senhor marquês almoça em casa? — Maurice interrompeu-lhe os pensamentos.

— Que horas são?

— Passa já do meio-dia, meu senhor.

— Não, não almoço. Prepara a minha roupa. Vou ter de sair, avisa o cocheiro.

Maurice saiu para mandar preparar a carruagem e voltou ao quarto seguido por uma criada que carregava uma enorme bacia de prata que fumegava.

— Bom dia, senhor marquês! — disse a moça pedindo permissão.

— Bom dia, Marie! — respondeu Villeclaire.

Quando a criada voltou a fechar a porta do quarto Louis saltou da cama e foi sentar-se na cadeira de *toilette*, pronto para ser barbeado por Maurice. E enquanto o criado o arrumava e o ajudava a se vestir, deliciou-se pensando no quão mais rico estaria quando esse mesmo dia acabasse. Dois bilhões de francos a mais no seu patrimônio! Mas, primeiro, teria de procurar a escritura assinada por Duvernois. Tinha a vaga ideia de tê-la guardado no cofre da biblioteca, juntamente com as caixas de joias que tinham pertencido à sua mãe e os títulos das suas propriedades do Vale do Loire e da Borgonha.

***

Sim, aqui estava o documento, exatamente no lugar onde Louis suspeitava tê-lo guardado. O cofre do escritório. Pela primeira vez leu o documento assinado por Duvernois. Pareceu-lhe tudo tal como combinado: em 18 de novembro de 1857, se não dispusesse dos dois bilhões de francos que lhe devia, o tabelião comprometia-se a passar para a sua propriedade "o edifício onde moro, no nº 42 da Rue des Archives, o edifício nº 71 da Rue des Francs Bourgeois, o nº 60 da Rue de Rosiers, a minha casa de Saint-Cast-le-Guido, e todos os bens e pessoas que nelas houver".

— Todos os bens e pessoas... — repetiu Villeclaire, batendo com o rolo de papéis na palma da mão. Começou a percorrer a biblioteca em grandes passadas. A escritura de dívida mais parecia um testamento. Duvernois entregava-lhe tudo o que era seu. A mulher também, se a houvesse. E havendo... teria de encontrar uma solução para a velha senhora Duvernois. Como seria ela? Talvez uma velhota simpática e bondosa. De repente, sentiu um aperto no coração. Se fosse esse o caso, dentro de algumas horas ficaria com tudo o que até aí tinha sido dela. Talvez a senhora estivesse aliviada por se ver livre do insuportável Duvernois, viciado em jogo e apostas. Talvez pensasse que agora poderia acabar os seus dias em paz. E ele ia aparecer para lhe roubar as últimas esperanças.

E se a velhota fosse, de fato, simpática e bondosa...

— Não seja piegas, Louis! — disse para si mesmo, em voz alta. E logo ali decidiu que, se fosse esse o caso, lhe proporia um resto de vida descansado e confortável no convento das Ursulinas, para onde se podia retirar com uma criada para servi-la. Ele próprio se encarregaria do dote e de dizer à Superiora que se tratava de uma parente muito afastada e viúva. Ou, se a solidão da clausura não lhe agradasse, poderia ceder-lhe um dos muitos apartamentos num dos prédios de que era dono. Não nos Champs Elysées, mas perto da Sorbonne, um daqueles apartamentos pequenos e antigos que alugava a estudantes que nunca lhe pagavam o aluguel. De qualquer modo, deixaria que madame Duvernois vivesse num deles. Daria-lhe uma pequena pensão anual e uma criada. Qualquer coisa que permitisse viver modestamente mas com decência. Logo veria com Laval, o seu procurador, de quanto poderia ser a pensão.

De repente, franziu a sua bela testa e os olhos azuis tornaram-se frios como aço. E se a velha fosse insuportável como o marido? Uma dessas velhas rabugentas, que desatam aos gritos, que arrancam os cabelos... Sim, podia muito bem ser um osso duro de roer. Era até o mais provável! Que velhinha bondosa e simpática teria alguma vez casado com Duvernois na juventude? Nesse caso, nem apartamento nem Ursulinas, um convento qualquer, desses que recolhem indigentes, seria mais do que suficiente.

— Ao diabo com a velha! — murmurou.

Nesse momento bateram à porta da biblioteca e Maurice anunciou que a carruagem já estava pronta e à espera.

***

A casa da Rue des Archives era sólida, grande, com uma enorme porta de madeira trabalhada e janelas fechadas, nos três andares. Parecia desabitada. "Talvez tenham ido embora... Talvez tenha chegado tarde demais...", pensou Louis de Villeclaire quando saiu da carruagem.

A neve já se acumulava na calçada e havia pouca gente na rua. Amaldiçoou o tempo que o fazia sair de casa com aquele frio e puxou a corrente de metal que fez soar um sino, longe da porta mas suficientemente audível. Teve de esperar uns minutos, dando alguns passos de um lado para o outro para não enregelar, até que a porta se abriu e Louis pôde ver um criado de meia-idade, mal-encarado e mal vestido, com chinelos de fazenda grossa e embrulhado numa manta.

— Faça o favor de dizer...

O jovem marquês hesitou uns segundos. Dizer o quê? Que vinha apresentar os seus pêsames à família? E se não houvesse família? Devia ter se informado antes, mas andou muito ocupado entre os braços de Cléa e os de madame Bousquet. Agora, não tinha outro remédio senão supor que havia, de fato, uma família que devia ser cumprimentada.

— Sou o marquês de Villeclaire. Venho apresentar os meus pêsames à família.

O criado afastou-se um pouco da porta para lhe dar passagem.

— Faça favor de entrar, vou anunciá-lo.

A casa cheirava a mofo e era escura, mas ainda assim Louis pôde reparar na decrepitude que o rodeava. As enormes tábuas do chão rangiam sob os seus pés e os móveis estavam cobertos de pó. Os quadros eram soturnos, as pratas estavam sujas.

O criado conduziu-o a uma sala grande, onde os estofos das cadeiras de palhas estavam puídas e os tapetes já tinham conhecido melhores dias, abriu as grandes portadas das janelas e deixou-o à espera. Durante uns breves minutos Villeclaire pôde observar tudo em pormenor, à fraca luz que entrava pelos vidros sujos. Aquela sala tinha manifestos sinais de já ter tido outra vida. Certamente teria havido ali dias alegres, de bailes e reuniões sociais. Aquelas paredes tinham sido testemunhas de gargalhadas e segredos, conversas de senhoras e reuniões de homens. E estava imaginando tudo isto quando a porta voltou a abrir-se e entrou uma jovem alta e magra, vestida de luto, mas cuja roupa parecia não ter sido feita para ela. O corpete era muito grande e tinha os punhos dobrados e a saia caía sem graça, como se estivesse pendurada num cabide. O preto do tecido não tinha brilho e mostrava o desgaste dos anos. Louis supôs imediatamente que se tratava de uma filha do velho tabelião, e reparou, quase em pânico, que nunca tinha posto a hipótese de Duvernois ter descendência.

Mas era um homem do mundo e não deixou transparecer a surpresa com que recebeu a sua chegada. Dirigiu-se e estendeu a mão para beijar a dela:

— Louis de Villeclaire — disse, tocando-lhe a pele com os lábios e reparou que a mão da moça era pequena, branca, delicada, com unhas perfeitas, sem anéis.

— Catherine Duvernois — respondeu ela, numa voz suave, e logo depois acrescentou: — Suponho que veio cobrar alguma dívida que o meu marido tinha consigo, senhor marquês...

Louis sentiu-se fulminado por um raio. Aquela jovem, que teria pouco mais de vinte anos, era a viúva do tabelião! Olhou uma vez mais para ela e admirou-lhe os enormes olhos verdes, as maçãs do rosto salientes, a boca cheia e bem desenhada e o cabelo escuro que lhe caía, encaracolado, nos ombros e nas costas. Era muito bonita. Era mais do que bonita, era verdadeiramente encantadora, mas de uma beleza triste.

— Exatamente... — concordou o jovem marquês.

Catherine fez-lhe sinal com a mão para que se sentasse e sentou-se ela também.

— Calculei que fosse isso, apesar do criado ter me dito que vinha apresentar os seus pêsames. Foi delicado da sua parte e devo agradecer-lhe. Mas desde esta manhã tenho recebido várias visitas de credores e não vi razão para a sua ser diferente. Duvernois não tinha amigos...

Louis tossiu ligeiramente, sem saber o que lhe responder. Estava encantado com a beleza daquela mulher e, ao mesmo tempo, confuso com o fato de tal beldade ser a viúva de um homem tão velho e tão repugnante como o velho tabelião. Catherine continuou:

— Se quiser fazer o favor de me dizer o montante da dívida, venderei o que for necessário e amanhã ou depois saldarei a quantia. Duvernois não deixou dinheiro, deixou contas para pagar e é isso que tenho feito. Espero que compreenda e que tenha a paciência de esperar alguns dias.

— Não me parece que seja possível, minha senhora. De fato, trouxe os documentos comigo, o seu marido devia-me dois bilhões de francos...

Catherine empalideceu ao ouvi-lo dizer tal coisa e foi com as mãos tremendo que segurou os papéis que Villeclaire lhe estendia. Depois de ler perguntou com a voz serena, mas firme:

— O que pretende fazer agora, senhor marquês?

— Tomar imediatamente posse do que é meu, minha senhora, antes que outros credores a visitem e a senhora se lembre de vender patrimônio que já é meu.

Catherine de Duvernois olhou-o nos olhos, desta vez com desprezo e isso o irritou. Não gostava de ser desafiado e muito menos por uma mulher. Nunca antes alguma tinha tido a ousadia de o olhar daquela maneira. Aquela moça, certamente, não sabia com quem estava falando.

— E o que vai fazer conosco uma vez que, agora, pelo que leio, também somos propriedade sua? — perguntou ela.

Ah! A altivez com que lhe falava! Era, de fato, muito bonita, mas o seu orgulho irritava-o.

— Quantas pessoas moram nesta casa? — Villeclaire respondeu-lhe com outra pergunta.

— Eu, o criado que já conhece e uma cozinheira — respondeu Catherine, sem deixar de o olhar de frente. Estava sentada com as costas muito direitas e tinha um porte orgulhoso, apesar da pobreza das roupas que vestia.

— Não há mais empregados nem mais família?

— Apenas o escrivão que trabalhava no gabinete da Rue des Francs Bourgeois.

— Mais ninguém?

— Mais ninguém.

— Não há um feitor, um caseiro, em Saint-Cast-le-Guido?

— Não que eu saiba. Mas o senhor Legrand, o tabelião perante quem Duvernois assinou esta infâmia poderá informá-lo melhor do que eu.

Louis fingiu não ouvir este último comentário da jovem viúva e continuou a fazer perguntas sobre Saint-Cast-le-Guido.

— É uma propriedade grande?

— Não, de maneira nenhuma. É uma pequena casa de pedra com um jardinzinho, à beira-mar.

A irritação de Louis aumentou. Não bastava a altivez e o desprezo com que aquela mulher lhe falava, agora descobria que o patrimônio de Duvernois estava longe de chegar aos dois bilhões de francos que o tabelião lhe devia.

— Quem vive no prédio da Rue des Rosiers?

— O judeu que tem a padaria no térreo e a sua família.

— E quanto pagam de aluguel?

— Não sei lhe dizer.

— Vejo que não está disposta a colaborar na resolução deste assunto — disse Villeclaire, com rispidez.

Catherine pôs-se de pé e retrucou, furiosa, separando as palavras com uma breve pausa, como se falasse com alguém que tivesse dificuldade em entender o que lhe diziam:

— Não sei responder!

Louis levantou-se e passeou pela sala, a grandes passadas, com as mãos atrás das costas. Tinha mais problemas para resolver do que gostaria. E precisava ir ao Vale do Loire urgentemente. Que grande golpe!

— Eis o que pretendo, minha senhora: vou imediatamente ao cartório onde essa escritura que tem nas mãos foi assinada pelo seu marido e passarei imediatamente para meu nome todos os bens que lhe pertenceram. Os dois criados desta casa e o escrivão receberão indenizações e cartas de recomendação e, hoje mesmo, estarão livres para procurarem outras colocações. Quanto à senhora... — Louis olhou mais uma vez para ela e não descobriu uma sombra de medo. Muito pelo contrário, continuava a fitá-lo, desafiadora. — Quanto à senhora... creio, o convento das Franciscanas Descalças ou qualquer outro que acolha viúvas pobres servirá perfeitamente. Vou pensar nisso! Entretanto, enquanto vou ao cartório, deixarei o meu cocheiro aqui na porta e antes que eu próprio tenha tratado de todos os papéis, estará aqui um polícia, por isso, não tente fugir ou tirar de casa coisas que, de fato, já há uma semana me pertencem. Se esperei estes dias para lhe dizer foi porque decidi respeitar o seu luto, podia ter passado todos estes bens para meu nome sem sequer lhe comunicar.

Catherine esboçou um ligeiro sorriso que pareceu irônico a Louis.

— Não precisa obrigar um pobre polícia a suportar esta neve, senhor marquês. Nada será tirado desta casa e eu não pretendo fugir. Aguardarei que me diga que convento escolheu para mim uma vez que, agora, sou também uma coisa sua — disse-o como se lhe desse uma bofetada, com um tom cortante e desabrido.

— Tenha uma boa tarde, madame Duvernois — disse Louis, e saiu irritado, a caminho do cartório, pensando que tudo teria sido mais fácil se a viúva do tabelião fosse uma velhota simpática e bondosa. Muito provavelmente teria até gostado dela e o seu bom coração teria amolecido, acabando por instalar a senhora num dos bonitos apartamentos que possuía nos Champs Elysées. Mas aquela jovem tão bela quanto desafiadora ia ter o que merecia...

II

Nessa noite, Louis jantou em casa com os seus amigos de sempre, Gaston, Pierre, Laurent e Marcel. Estava taciturno e distraído, e durante todo o tempo uma ruga vincava a sua bela testa.

— Villeneuve, que bicho lhe mordeu? Convida-nos para celebrar os seus novos dois bilhões de francos e está com essa cara... De repente, a fortuna causa-lhe problemas? — brincou Pierre.

Marcel, o banqueiro, soltou uma gargalhada:

— Meu caro marquês, diga-nos o que o aflige. Certamente nada que uma experiente conta bancária não possa resolver por você!

Os amigos riram e Louis tentou rir com eles. Mas, de fato, alguma coisa o incomodava. Aqueles olhos verdes e desafiadores de Catherine Duvernois que nem por um momento se umedeceram quando a ameaçou com um futuro sombrio num convento para indigentes...

— Nada de muito grave! — respondeu aos amigos. — De fato, tenho de ir ao Vale do Loire por uns dias, o dever me chama. E logo numa altura em que esta neve torna as viagens mais incômodas e gostaria do aconchego quente da cama de Cléa.

Esforçou-se por ser natural e voltou a rir. Os rapazes riram com ele.

— E madame Bousquet? — quis saber Laurent.

— Oh! A Bousquet! Está insuportável, apaixonada, exige que a visite todas as horas e fala até em largar o marido e fugir comigo para a Inglaterra ou para a Alemanha. Sonha com uma casinha pequena, no campo, onde viveremos os dois, felizes, até sermos velhos.

— Meu bom Louis, ainda bem que o dever o chama ao Vale do Loire porque, de fato, tem aí um problema. Oh! Se tem! É o que dá se meter com burguesas... têm a imaginação curta e a cabeça cheia de ideias bucólicas que bebem nos romances da moda. É fugir delas, Villeclaire, é fugir delas... — declarou o príncipe de Montblanc.

E foi ainda rindo das desventuras de Louis de Villeclaire com a sua amante burguesa que os rapazes chegaram à casa de Martine. Cléa estava ocupada com um outro cliente e Louis somou mais essa contrariedade ao seu dia e decidiu ficar ali mesmo pelo salão, bebendo champanhe, sem paciência para escolher outra moça. Queria a pequena Cléa, que de noite em noite estava cada vez mais competente na arte do amor e o excitava cada vez mais. Gostava das pernas dela, brancas e duras, um pouco roliças, mas que se enrolavam em volta do seu tronco, puxando-o para si, enquanto lhe guiava o sexo para dentro dela. Cléa era uma mulher permissiva, que gostava de ter prazer e que o procurava. Dois dias antes, ao entrar no seu quarto, Louis tinha-a encontrado na cama com Denise, outra das mulheres que trabalha na casa de Martine, ambas nuas, lambendo o sexo uma da outra e nem sequer se interromperam quando ele se juntou, misturando o seu corpo nos delas e amando as duas. Tinha sido uma tarde inesquecível e repetida no dia seguinte, cada vez com mais prazer. Mas as moças eram assim mesmo, à noite, quando a casa estava cheia, atendiam quem chegava primeiro e as escolhia. A ele, tanto fazia que se deitassem com ele e com mais não sei quantos. Até que chegasse um velho tolo que se embeiçasse por elas e lhes montasse casa. Às vezes, até casavam... Bebeu mais um gole de champanhe e, de repente, foi como se um relâmpago lhe iluminasse o pensamento. "É evidente, foi isso mesmo que aconteceu! O velho Duvernois deve ter conhecido a mulher num bordel e casou com ela. Por que outra razão estaria uma moça tão nova casada com um velho?... E aquela frieza no olhar!", disse para si próprio. Não se lembrava de alguma vez tê-la visto em nenhum dos bordéis de luxo que frequentava, mas a verdade é que também nunca tinha encontrado Duvernois em nenhum deles. Muito provavelmente o velho tabelião era cliente de casas mais modestas ou podia tê-la conhecido numa casa de jogo, onde muitas dessas aventureiras que trabalhavam sem a proteção de uma madame e de um teto fixo, iam todas as noites caçar os seus parceiros. Era isso, não havia dúvida e logo ali tomou uma decisão que, definitivamente, lhe resolveria vários problemas.

— Sozinho esta noite, meu belo marquês? — perguntou Martine que, entretanto, se aproximou sem que Louis percebesse.

— A Cléa está ocupada...

— Há outras moças disponíveis.

— Estou sem paciência para escolher, Martine. Talvez esteja ficando velho ou talvez este não seja um bom dia.

— Talvez esteja ficando apaixonado, meu senhor! Ouvi dizer que uma tal madame Bosquet o traz muito ocupado.

— É o que se diz? — Louis sorriu e Martine notou que havia tristeza nos seus belíssimos olhos azuis.

— Louis, Louis... conheço-o há quantos anos? Vinte? Era um rapazinho quando o seu pai o trouxe aqui pela primeira vez. Estimo-o como estimei o seu pai e conheço-o melhor do que muitos dos seus amigos. Procure uma jovem no seu meio que lhe dê filhos e uma vida familiar agradável, que lhe permita perpetuar os seus títulos e a sua fortuna...

— Que ideia, Martine! Só de ouvi-la falar em casamento já me sinto enfadado... — Louis forçou um sorriso.

— Pense no que lhe digo. É agradável a sua vida. Tem dinheiro, posição, amigos e as mais belas mulheres de Paris aos seus pés, mas nenhuma à sua espera quando chega em casa. Os anos passam, meu amigo, e esse vazio que se lê nos olhos se tornará mais e mais profundo. Acredite em mim, sei do que falo.

O embaixador da Bélgica entrou nesse momento e Martine despediu-se de Louis para recebê-lo. Uns minutos depois, sem esperar pelos amigos que, entretanto, tinham subido para os quartos com as suas amantes, o marquês de Villeclaire pediu a um criado que chamasse o seu cocheiro e saiu.

Quando chegou em casa avisou Maurice, que como sempre ainda o esperava, que dentro de dois dias partiria para o Loire.

— Acompanho-o, senhor?

— Sim, por favor, Maurice.

— Alguma providência que quer que eu tome? Terá convidados?

— Nada de especial, o costume. Não nos demoraremos mais do que uma semana. Duas, no máximo.

Louis deitou-se pensando no corpo esguio e suave de Catherine Duvernois. No seu pescoço de cisne, nos seus cabelos escuros. Teve vontade de tê-la ali, na sua cama, de lhe percorrer o corpo com os dedos, descobrindo as formas que se escondiam debaixo daqueles vestidos gastos e desajeitados. Imaginou como seriam duros os seus seios e, naqueles segundos antes de adormecer, de olhos fechados, na escuridão do seu quarto, fantasiou que lhe prendia com um braço a cintura fina, que descia a mão até o centro do seu ser e a excitava delicadamente, fazendo-a gemer e abrir as pernas, pronta para o receber. O sexo de Louis ganhava vida própria e abriu-lhe a porta para uma noite de sonhos deliciosos em que Catherine, nua, se sentava sobre ele e o conduzia num ato de amor selvagem e louco, elevando e baixando o tronco para que o pênis de Louis entrasse e saísse dela, cada vez mais depressa, enquanto ele lhe agarrava as nádegas com uma das mãos e, com a outra, lhe acariciava os seios, soltos, afastava os longos cabelos da face e percorria a boca com um dedo, introduzindo-o depois na boca, explorando-a, como se a penetrasse duplamente.

Acordou confuso, recordando o sonho em todos os pormenores e achando até estranho não a encontrar ali deitada, abraçada a ele...

"Que loucura", pensou Villeclaire ao acordar. E voltou a sentir que o sexo lhe endurecia e que desejava ardentemente Catherine.

***

Catherine Duvernois arrumou os seus parcos haveres mesmo antes de saber qual seria o seu destino. Fosse o que fosse que o marquês de Villeclaire decidisse sobre ela, sabia que estava vivendo os últimos dias naquela casa. Não teria saudades desses cinco anos em que viveu encerrada naquele casarão frio e decrépito, tendo de suportar os maus modos daquele velho desagradável de quem agora era viúva, a falta de dinheiro, a má comida, a solidão, a impertinência dos criados que a tratavam como uma igual, o desprezo com que as outras mulheres a olhavam nas raríssimas vezes em que saía, sem nunca ir muito longe, para comprar botões ou linhas para remendar a sua roupa velhíssima, os olhares de piedade dos caixeiros quando entrava numa loja, deixando-a a um canto, para ser atendida mesmo depois de outras senhoras que chegavam a seguir dela. Estava cansada daquela vida. Aos vinte e dois anos sentia-se, muitas vezes, uma velha. Desejara tantas vezes a morte naqueles dias duros de inverno em que as correntes de ar daquela casa a prostravam, cheia de febre, sem ninguém que tivesse a caridade de lhe levar um chá.

Tinha se sentido alegre uma única vez, é verdade! Na semana anterior, naquele princípio de manhã em que um grupo de homens e bateu na sua porta para entregar o cadáver do marido. Não tinha vergonha de reconhecê-lo. Sentiu, de fato, uma alegria profunda quando olhou para aquele corpo morto, aquele rosto balofo e amarelo onde o sangue tinha deixado de correr. Nem sequer tinha feito um esforço para parecer penalizada. Na confusão de conversas, e enquanto depositavam o morto no quarto, percebeu que se tratava de uma aposta e não se admirou. Sabia que Duvernois era um jogador.

Passou a semana de recolhimento a que o luto a obrigava a pensar no que faria da sua vida. Finalmente estava livre. Calculou que haveria dívidas para pagar e, por isso, decidiu que venderia tudo o que herdasse, pagaria o que houvesse a pagar e, depois... depois deixaria Paris, viraria as costas àquela cidade onde foi tão desgraçada e começaria tudo de novo, em outra cidade qualquer. Rumaria a sul, decidiu. Procuraria uma dessas pequenas cidades à beira do Mediterrâneo onde a aristocracia passava o verão. Alugaria uma casa, arranjaria uma criada e trabalharia como estilista ou bordadeira. Quem a conhecera antes de ter se tornado aquele farrapo de gente elogiava e a sua perfeição nos bordados e o bom gosto das roupas que costurava. Para os pobres, muito antes de ela própria ter se tornado pobre.

Tinha sido uma semana não de luto, mas de alegria. Passada no recolhimento do seu quarto, o único lugar limpo daquele casarão decrépito e cheio de pó, onde as teias de aranha cresciam sem que ninguém se incomodasse em limpá-las. Indiferente aos desaforos do criado e ao pão duro e à sopa azeda que a cozinheira lhe mandava servir no almoço e no jantar.

Em outra situação qualquer teria recusado aquele caldo nojento e mal cheiroso mas durante essa semana comeu tudo o que pôde. Sabia que ia precisar de forças para enfrentar os dias de viagem, as mudanças de diligência, as esperas em estalagens à beira de estradas.

Ainda na véspera, quando o primeiro credor lhe bateu na porta, tinha continuado a se sentir feliz. Acabara o luto. Bastava agora esperar um ou dois dias para que todos viessem cobrar as dívidas, vender o que fosse preciso para pagar o que fosse urgente e arranjar dinheiro para a viagem. Eram grandes quantias: três mil francos a um, cinco mil a outro, cem francos ao homem do açougue — embora não entendesse porque nunca tinha comido carne naquela casa —, cinco francos ao padeiro, mais doze mil francos de uma aposta num jogo de cartas. Não era grave. Era muito dinheiro mas venderia os móveis e as pratas. Viajaria com o que sobrasse e colocaria as casas à venda. Talvez, saldadas todas as contas, ficasse com dinheiro para ter uma vida confortável e sem sequer precisar trabalhar. A hora da liberdade tinha chegado!

Continuou a sentir-se feliz e livre até o momento em que Louis de Villeclaire tinha entrado em sua casa e tinha lhe mostrado o documento assinado pelo marido. Dois bilhões de francos! Mesmo que vendesse tudo não chegaria sequer para lhe pagar metade... e para piorar a situação, Duvernois tinha deixado o seu futuro nas mãos do seu credor. Como se também ela fosse uma coisa, uma arca ou uma cadeira.

Aquele homem altivo e frio, que ainda assim não conseguia deixar de achar bonito desde a primeira vez em que olhou para ele, aquele homem que a fizera estremecer por dentro, numa sensação agradável e até aí desconhecida, como se tivesse sido avassalada por um tsunami, e que se mostrara implacável, tinha acabado com o sonho que acalentara durante toda uma semana. Não iria para o sul, não recomeçaria a vida numa cidade à beira-mar onde ninguém saberia quem ela era. O futuro, agora, tal como ele dissera, era um convento para mulheres pobres, onde viveria o resto dos seus dias entre outras mulheres que não conhecia, onde continuaria a comer pão duro e a usar roupa velha, a que nunca chamaria sua.

Catherine desesperou-se. Atirou-se para cima da cama e ficou aos prantos que desde a véspera, que lhe oprimia o peito. Dentro de algumas horas ficaria sabendo qual o convento que Villeclaire tinha escolhido. Muito provavelmente nessa mesma noite já ali dormiria, naquela que seria a sua nova casa até que Deus se apiedasse dela e a levasse. Se ao menos tivesse descoberto uma réstia de bondade naquele homem... valeria a pena tentar? Podia suplicar-lhe que a deixasse livre para recomeçar a sua vida. Não poderia ter criada e teria de alugar uma casa minúscula, um quarto, talvez... Mas trabalharia noite e dia, seria a melhor estilista da cidade. Não contaria nunca a ninguém o seu passado. Villeclaire poderia ficar descansado, nunca ninguém saberia que a tinha deixado na maior pobreza...

Tentaria! E sentiu-se animada por esta ideia. Sim, ia propor-lhe que a deixasse livre quando, nesse dia, ele voltasse para levá-la para o convento...

***

Louis de Villeclaire chegou no início da tarde acompanhado por um outro homem. Um senhor de meia-idade, elegante, vestido de preto, com uma cara redonda e bondosa.

— Monsieur Laval, o meu procurador — apresentou o marquês.

A jovem viúva animou-se. Aquele homem bondoso era, com certeza, uma ajuda do céu. Mas a sua esperança depressa se desvaneceu. Monsieur Laval pediu licença para sair da sala dizendo que ia acertar as indenizações com os criados. Catherine sentiu um arrepio quando a porta se fechou deixando-a sozinha com Villeclaire. Sem a presença de Laval soube imediatamente que nenhum pedido seu seria atendido. Mas não estava disposta a mostrar àquele homem o medo que sentia naquele momento. Por isso, olhou-o de frente, desafiando-o a ditar a sentença que a condenaria para sempre.

—Parto amanhã para o Vale do Loire e vou levá-la comigo — disse Louis.

Catherine levantou uma sobrancelha, admirada.

— Pensei que tinha falado num convento em Paris... — retrucou.

— Não se trata de um convento. Mudei de ideia a seu respeito. É jovem e bonita, seria um desperdício escondê-la do mundo. Tenciono torná-la minha amante... por enquanto. Depois pensarei o que fazer...

Catherine ficou estarrecida com o que ouviu e sentiu que o rubor lhe invadia o rosto. Estava indignada com o descaramento com que Villeclaire manifestou as suas intenções. Sentiu que as pernas tremiam. E, arranjando forças que desconhecia ter, voltou a olhá-lo nos olhos e a voz saiu rouca, como um grito animalesco:

— Como se atreve!

— Partimos amanhã ao nascer do dia. Esteja pronta, detesto ter de esperar. — Foi a única resposta que recebeu, como se o seu protesto não tivesse sido escutado.

Nesse momento, Laval voltou a entrar na sala.

— Está tudo tratado, senhor marquês. O criado e a cozinheira receberam o dinheiro e as cartas de recomendação e partem dentro de uma hora.

— Obrigado, Laval. A minha conversa com Madame Duvernois também já terminou.

Catherine ficou em pânico ao perceber que dentro de uma hora ficaria sozinha naquele casarão abandonado aos ratos e às aranhas. Fez das fraquezas forças e deu um passo em frente dizendo:

— Senhor, há ainda dívidas que não estão pagas...

Louis, que já se preparava para sair da sala, hesitou:

— Como?

— Credores a quem é preciso pagar nos próximos dias. Pensei que...

O jovem marquês pareceu contrariado e parou:

— Muito bem, pode, por favor, entregar os papéis a monsieur Laval? Ele se encarregará de tratar de todos esses assuntos.

Catherine saiu esperançada. Talvez Villeclaire a deixasse sozinha com o procurador e, nessa altura, seria o momento ideal para pedir ajuda ao bondoso Laval. Mas quando voltou com os documentos viu que o marquês ainda estava ali e que foi ele próprio quem recebeu as notas de dívida. Demorou uns minutos a examiná-las e, depois, entregando-as ao outro homem, acrescentou:

— Por favor, Laval, faça o possível para que entre hoje e amanhã tudo isso fique pago.

— Assim será feito, senhor marquês.

— A polícia continuará aqui à porta... — disse Villeclaire, avisando-a sutilmente que não valia a pena tentar fugir.

Os dois homens despediram-se e saíram juntos deixando Catherine entregue a si própria e aterrorizada por ter de passar uma noite sozinha naquela casa que sempre a assustou. Deixando-a prisioneira.

***

Quando, na manhã seguinte, a carruagem do marquês de Villeclaire parou na Rue des Archives, Catherine estava ainda mais pálida do que era costume, e profundas olheiras marcavam-lhe o rosto. Passara a noite acordada, ouvindo o barulho dos ratos que passeavam alegremente pela casa, o estalar das madeiras apodrecidas, o ranger das portas mal fechadas, desejando que a manhã clareasse para poder sair dali e, ao mesmo tempo, com o coração apertado pela lembrança do que seria o seu futuro.

Louis já estava na calçada e ajudou-a a subir na carruagem. Maurice, o criado que seguia atrás, num outro carro carregado com baús e malas, pegou no pequeno saco de couro velho onde a jovem viúva tinha guardado todas as suas coisas e perguntou:

— Nada mais, minha senhora?

— Nada mais, obrigada — e ao responder, Catherine teve a impressão de vislumbrar surpresa nos olhos de Villeclaire e do seu criado.

Uma senhora viajava sempre com muita bagagem, bem o sabia. Caixas de chapéus, malas com vestidos, baús com sapatos e joias. Mas ela não tinha nada, ou quase nada disso. Dois vestidos pretos, velhíssimos, um único par de sapatos, duas mudas de roupa interior e uma touca de renda, que usava sempre que saía, e um par de luvas de lã grossa, que a protegiam do frio, no inverno, mas lhe feriam as mãos quando, para ir à rua, se via obrigada a usá-las no verão.

Durante muitas horas viajaram em silêncio e Catherine agradeceu-o. Louis tinha adormecido mal, a carruagem iniciara a marcha e ela aproveitou para, através da janela, ver um mundo desconhecido que agora lhe desfilava perante os olhos. Primeiro, as largas avenidas de Paris por onde nunca tinha se aventurado. Sem conhecer a cidade, as suas incursões fora de casa limitaram-se sempre, durante os cinco anos que ali viveu, ao Marais e a breves passeios pelas margens do Sena. Ficou espantada com a largura das alamedas, a imponência dos palácios, o colorido dos vestidos das mulheres, o movimento das carruagens. Depois, quando passaram as últimas casas da cidade, a jovem viúva Duvernois deliciou-se contemplando os campos que se estendiam a perder de vista. A brancura da neve cobria tudo como um manto de algodão. Aqui e ali, enovelava-se o fumo pela chaminé de uma casinha.

O sol já ia alto quando as carruagens pararam e Maurice apareceu na portinhola. Só nessa altura Villeclaire acordou.

— Senhor, é melhor almoçarem aí mesmo. Os campos estão gelados e é impossível encontrar um local adequado para um piquenique. E os cocheiros, por causa da neve, não conseguem andar mais depressa. Estamos longe de uma hospedaria onde possam descansar — disse o criado do marquês enquanto lhes entregava um cesto com comida.

Catherine ouviu as vozes dos dois cocheiros e de Maurice que, à beira da estrada, também se preparavam para comer. E foi com alguma surpresa que viu Louis de Villeclaire servir um primeiro prato e entregar-lhe. Confundia-a que um homem tão bem educado pudesse, outras vezes, ser tão rude.

Almoçaram ambos sem trocar mais do que as palavras necessárias: "muito obrigada", "um pouco mais?" Não era estranho. De fato, não se conheciam, nada tinham para dizer um ao outro. Lá fora, a neve começava a cair, uma vez mais, em pequenos flocos.

— Senhor, é melhor nos apressarmos para que as carruagens não fiquem atoladas. — sugeriu Maurice, que rapidamente recolhia os pratos e o cesto.

— Traz uma manta, por favor — pediu Louis. E Catherine, ao ouvi-lo, pensou que bom seria poder ter uma manta também para si. Estava completamente gelada, apesar de um pouco mais confortada com o delicioso almoço. O melhor que alguma vez comera nos últimos anos: empada de coelho, vinho tinto e torta de frutas. O criado voltou a aparecer com uma enorme manta de vison e logo depois as carruagens reiniciaram a marcha. Foi nesse momento que Louis lhe cobriu as pernas com a pesada pele castanha e fofa que acabara de receber. Catherine ficou tão espantada com aquele gesto que nem conseguiu agradecer e disse apenas:

— E para você? Não tem frio?

— Não, não tenho frio. E terei a minha capa, se for necessário.

Ficaram mais uns minutos em silêncio e Catherine achava que ele dormia de novo quando o ouviu perguntar-lhe:

— Por que casou com o Duvernois?

Era esta a pergunta que mais temia e a resposta que mais a envergonhava. Como explicar por que tinha casado com aquele velho, sem se rebaixar?

— Porque teve de ser... — disse simplesmente.

— E por que teve de ser? — o marquês parecia disposto a desvendar aquela história e Catherine percebeu que nada o deteria. Ia ter de lhe contar.

— Porque o meu pai assim o decidiu.

— E que pai entrega uma filha da sua idade a um velho como Duvernois?

— Um pai falido e viciado em jogo, que já perdeu tudo nas mesas de roleta e aposta a última coisa valiosa que tem, a própria filha. — Catherine estava sentada muito direita e olhava em frente, para o infinito, incapaz de encarar aquele homem que, a partir de agora, sabia, tal como ela, a história sórdida do seu casamento.

— Uma aposta indecente! — exclamou o marquês de Villeclaire.

— Indecente, de fato, como aquela que me tornou propriedade sua — respondeu Catherine, olhando-o com uma frieza altiva.

Louis de Villeclaire ficou calado e durante mais alguns minutos o silêncio inundou o interior da carruagem. Até que o marquês voltou a falar:

— Há quantos anos foi isso?

— Há cinco.

— Era uma menina...

— Tinha dezessete anos, senhor.

— Quem é o seu pai?

— Era Pierre Marie Albert de Saint-Lazáre, marquês de Maulévrier.

A revelação caiu como um raio. Louis lembrava-se perfeitamente de Pierre de Maulévrier, o dissoluto marquês bretão que passava grandes temporadas em Paris e de quem todo mundo dizia estar falido. Levava as noites, bêbado, nas casas de jogo clandestinas. Lembrava-se de ter cruzado uma ou duas vezes com ele, embora não conseguisse recordar-lhe os traços fisionômicos. E lembrava-se perfeitamente de ter ouvido dizer que Maulévrier tinha se suicidado com um tiro de pistola. Na altura, não conhecendo bem o marquês, a história não tinha lhe interessado. Não soube pormenores e não indagou razões.

— O seu pai...

— Sim, o meu pai! — confirmou Catherine e acrescentou: — Matou-se! Pouco depois de ter me entregue a Duvernois. Gosto de pensar que de desgosto, em algum raro momento de lucidez.

Recordar perante um estranho tudo aquilo era mais do que podia suportar e duas lágrimas rolaram-lhe pelas faces, e voltou para a janela, como se quisesse ver a paisagem. Louis, percebendo que a jovem chorava, pegou-lhe numa das mãos e, apertando-a, levou-a aos lábios.

Catherine sentiu um choque elétrico percorrendo todo o corpo e um calor enorme invadiu o rosto. Mas reagiu muito rapidamente, endireitou-se e disse, em voz firme, quase fria:

— Não precisa ter pena de mim — voltou a ser fria e altiva, impondo um muro intransponível entre eles.

Mas Louis de Villeclaire fingiu não perceber e pediu-lhe:

— Conte-me a sua vida, Catherine.

— Não há muito mais para contar, senhor. A minha mãe morreu quando eu tinha cinco anos e os criados da casa diziam que foi a partir daí que o meu pai, que a amava muito, começou a beber. Não me lembro. Era muito pequena e logo depois entrei no convento onde estudei, em Paris, até os dezesseis anos, onde passei os anos mais felizes da minha vida. As freiras eram mulheres de uma bondade extrema que me fizeram acreditar que aqui fora o mundo seria igualmente piedoso. Quando voltei para casa, vivia isolada no nosso castelo de Saint-Cast-le-Guido. O meu pai passava as noites fora e dormia o dia inteiro. Ia para Paris durante meses. Quase nunca o via... Suponho que terá sido numa das idas de Duvernois a Saint-Cast-le-Guido que tudo aconteceu. O resto, já sabe...

Catherine não conseguiu impedir os soluços e Louis, uma vez mais, apertou a pequenina mão entre as suas e beijo-a suavemente.

— Por que não fugiu? Com certeza tinha amigas em Paris a quem podia ter pedido ajuda... — contrapôs o marquês.

— E a quem teria de contar esta história vergonhosa...

— Mas que a deixaria livre.

— Livre? Não sabe o que diz! Ficaria coberta de infâmia aos olhos de toda a gente. Seria uma mulher humilhada por um casamento desigual e fugida ao marido. Supõe que alguém me receberia em casa, me daria abrigo? Podiam ajudar-me a sair da casa de Duvernois, mas depois, ficaria entregue a mim própria, na rua...

— É uma história estranha, a sua... Estranha e inacreditável...

Catherine olhou-o com altivez e frieza, respondendo:

— Não esperava de você outra reação...

— E também não espera, com certeza, que eu acredite em você! Basta-me fazer duas ou três perguntas, quando voltar a Paris, para ficar sabendo se está dizendo a verdade ou não. E, por enquanto, acho que não está. — Villeclaire deu uma gargalhada e Catherine voltou a fechar-se no seu silêncio. Não valia a pena dizer-lhe mais nada. Por agora, tinha conseguido ganhar algum tempo. Depois veria o que conseguiria fazer para se livrar daquele homem.

Pouco depois, o manto negro da noite cobriu os campos e o passo cadenciado dos cavalos voltou a mergulhar no sono do marquês de Villeclaire.

Era já muito tarde quando, finalmente, chegaram. Catherine estava cansada pela longa jornada e pelas emoções daquele dia, ainda aturdida pela conversa sobre o seu passado que fora obrigada a ter. Quando deu por si estava caminhando por um longo corredor, seguindo madame Martin, a governanta, uma mulher volumosa, que caminhava a passos rápidos levando numa mão o seu pobre saco de viagem.

— A Sophie vai ficar ao seu serviço, madame — disse a mulher, abrindo uma porta e fazendo-a entrar para um enorme quarto —, espero que se sinta bem aqui. Alguma coisa de que precise é só pedir e a sua criada vem já para ajudá-la a se despir. Tenha uma boa noite, minha senhora.

— Boa noite — respondeu Catherine.

Sozinha, deixou os olhos passearem pelos belos móveis de madeira sólida, pela colcha de seda que cobria a cama de dossel, os quadros que decoravam as paredes, o luxuoso tapete Goblin que cobria grande parte do soalho. Tudo era de um requinte discreto que nunca antes tinha experimentado. Dos primeiros anos na casa dos pais sobravam-lhe recordações vagas de salas elegantes e quartos confortáveis, de dezenas de criados sempre dispostos a atendê-la. Mas já nada disso existia quando, aos 16 anos, voltara do convento. E na casa de Duvernois tudo era velho, gasto... Não, definitivamente, há muitos anos que não tinha um quarto tão bom... Um leve toque na porta interrompeu-lhe os pensamentos e logo a seguir uma cabeça de menina espreitou.

— Com licença?

A criada entrou transportando uma bandeja que colocou em cima de uma mesa.

— Madame Martin pensou que gostaria de comer alguma coisa antes de dormir. Com certeza terá fome...

Era uma menina muito nova, não devia ter mais de treze ou catorze anos, muito loira e rosada e que fazia duas covinhas nas bochechas quando falava. Tinha o ar alegre das moças despreocupadas e Catherine gostou tanto de conhecer alguém assim que não resistiu a sorrir-lhe quando lhe agradeceu.

Enquanto bebia o leite quente e comia os biscoitos que lhe tinham mandado, a criada andava de um lado para o outro, no quarto, desfazendo a mala de viagem e arrumando os poucos pertences de Catherine em gavetas e armários, e não parava de tagarelar:

— Sou a Sophie, a sua criada. Creio que madame Martin já tenha lhe dito. Estou aqui para ajudá-la em tudo o que for necessário. Qualquer coisa que queira, só tem de pedir. A qualquer hora, minha senhora. Está vendo este cordão? — perguntou, mexendo num cordão de seda que pendia sobre a cabeceira da cama. Catherine disse que sim com a cabeça e antes que pudesse abrir a boca, Sophie continuou:
— Basta dar um puxãozinho e toca um sino lá dentro, nas dependências dos criados, e na cozinha há um quadro onde aparece o número que nos diz de onde estão chamando. Há um cordão destes em todos os quartos e em todas as salas, dois até, nas salas maiores. Bom, mas a senhora, que veio de Paris, deve estar acostumada com estas coisas. Por aqui é que ainda é uma grande novidade porque é o único palácio da região a ter tal coisa...

A tagarelice de Sophie interrompeu-se subitamente. Catherine levantou os olhos para vê-la cirandar pelo quarto à procura de qualquer coisa.

— Onde será que deixaram o resto da sua bagagem?

Catherine afastou um pouco o rosto do brilho de luz que as velas lhe projetavam no rosto para que a criada não visse o seu rubor e respondeu:

— Não trouxe mais nada.

Sophie disfarçou a surpresa ajeitando o avental, muito branco, com as mãos e ficou sem o que dizer.

***

No seu quarto, não muito longe do de Catherine, Louis de Villeclaire não conseguia conciliar o sono. A conversa com Catherine Duvernois, durante a viagem, não lhe saía da cabeça. E quanto mais pensava no assunto, mais se convencia de que estava perante uma impostora. Tinha a certeza de que alguém como o marquês Pierre de Maulévrier nunca desceria tão baixo ao ponto de entregar a sua única filha e descendente como pagamento de uma dívida de jogo, por mais bêbado e falido que estivesse e por mais viciado que fosse. A história parecia-lhe impossível, apesar da candura com que Catherine a contara, o que fazia dela não só uma impostora como uma impostora perigosa, capaz de enganar o mais atento dos seus ouvintes. Além do mais, não era uma farsante qualquer, que inventava mentiras simples para se desenvencilhar das situações com que se deparava. Se já ouvira falar em Pierre de Maulévrier, significava que era uma mulher bem informada, que se movia em círculos aristocráticos.

De repente, Villeclaire levantou-se rápido, vestiu o roupão de seda e saiu do quarto, furioso, decidido a acordá-la e a confrontá-la com as suas mentiras. Catherine era uma aventureira, tinha certeza! E foi com raiva que venceu a distância entre os dois quartos, mas diante do silêncio da casa, hesitou. E se fosse verdade? E se fosse tudo como ela tinha contado? Como podia abrir a porta do quarto de uma senhora, no meio da noite, sem ofendê-la? E, debatendo-se com essas dúvidas, caminhou de um lado para outro, em frente a porta, fazendo ranger o soalho e aterrorizando Catherine que, também sem conseguir dormir, o ouvia, deitada naquela cama enorme e macia, que tantas vezes tinha embalado o sono de várias gerações da família Villeclaire. Mas não o dela. Não podia esquecer o que o marquês de Villeclaire tinha lhe dito, ainda em Paris, na casa onde foi buscá-la: "Vou levá-la para o Vale do Loire. Farei de você minha amante...." No silêncio daquele enorme castelo onde agora estava, tão sozinha como sempre estivera durante a maior parte da sua vida, de nada lhe valeria gritar, pedir socorro, quando o jovem marquês abrisse a porta e lhe invadisse a cama. Nenhum criado a ouviria. E ainda que ouvisse, nenhum deles se interporia entre ela, uma pobre mulher a quem Louis de Villeclaire tinha apresentado como "Madame Duvernois, uma amiga de Paris, que vem descansar durante uns tempos", uma mulher sem bagagem digna de uma senhora, dona de dois vestidos velhos que nem diante dos olhos da pequena Sophie tinham passado despercebidos, e o poderoso marquês, proprietário daquele suntuoso palácio e das terras à sua volta, numa extensão de perder de vista.

O coração de Catherine disparou quando ouviu o ruído do fecho da porta que se abria. E logo depois, os passos de Louis de Villeclaire, que se aproximava da sua cama...

III

Louis de Villeclaire ouvia, ainda mais distraído do que nos anos anteriores, o velho Fouchon enumerar os legumes e frutos que tinha mandado plantar. Que fossem abóboras ou morangos, a ele tanto fazia. E ainda menos lhe importava o que fariam com eles. Em Paris ou no Vale do Loire, nas raríssimas vezes em que almoçava ou jantava em casa, nunca se preocupou com a origem da comida. Para dizer a verdade, não sabia sequer se eram produtos das suas terras ou se tinham sido mandados comprar no mercado. Por isso, sempre que cumpria o ritual de ouvir Fouchon recitar as variedades que tinham sido semeadas, punha um ar circunspecto, de quem estava atento à lenga-lenga, e deixava passear os pensamentos por assuntos mais interessantes. Mulheres, festas, torneios de esgrima, por exemplo. E, este ano, mais do que em qualquer outro, a cabeça de Louis de Villeclaire estava em outro lugar. De olhar perdido para lá das vidraças da biblioteca, recordava o aroma suave de lavanda do quarto de Catherine, a brandura das formas da jovem, que se recortavam sob a roupa de cama, a madeixa de caracóis, negros e brilhantes, sobre a almofada, muito branca, o pouco que dela conseguiu ver na penumbra e o muito que esse pouco lhe acendeu o desejo. Recordou a vontade que sentiu de puxar aquelas cobertas e de se deitar com ela, de amá-la de forma selvagem, desesperada, como desde que a conhecera, havia apenas dois dias, tantas vezes fazia, em pensamento. E voltou a sentir a mesma raiva que, horas antes, no meio da noite, junto à cama dela, sentira. Uma raiva avassaladora contra si próprio por, no último momento, se deixar levar por uma quase ternura por aquela jovem que o perturbava tanto e que o impedia de dar asas ao desejo que ela lhe provocava.

— Senhor?...

— Sim, Fouchon?!

— Pois, perguntava-lhe eu, senhor, se lhe parece bem tudo o que semeamos...

— Excelente, Fouchon! — Louis levantou-se e dando a volta à enorme mesa onde até então estivera sentado, foi dar uma palmadinha nas costas do velho feitor, como quem dá por terminada a conversa. — Parece-me excelente, como sempre Fouchon.

— Agradeço muito a vossa atenção, meu senhor. E, se me dá licença, passarei então à apresentação de contas do ano, senhor marquês.

— Ah, sim... as contas, Fouchon...

E Louis voltou a sentar-se, conformado, enquanto o feitor abria um velho caderno e se dispunha a recitar as verbas pagas por todos os arrendatários.

— Saiba o senhor marquês que recebemos de Jean Martin, o que leva de renda Les Pierres Blanches, três pipas de vinho tinto, duas de vinho branco, um arrátel de batata, três de cevada...

Embalado pela voz de Fouchon, que recitava as quantidades pagas por cada um dos agricultores que arrendavam terras à riquíssima casa Villeclaire, Louis voltou a pensar em Catherine, nos seus inquietantes olhos verdes, na boca muito vermelha e bem desenhada, na sua pose de rainha, sempre muito direita, muito serena, na distância que punha entre os dois e, também, na tristeza da sua voz quando lhe contou a sua história. E voltou a sentir-se irritado sem saber por quê.

— Mentiras, tudo mentiras... — murmurou.

— O que diz, senhor? — perguntou Fouchon, quase ofendido.

— Nada, homem! Pensava em outra coisa...

— Pois, então, com sua licença, continuo...

— Sim, Fouchon, continue.

Louis voltou a olhar para lá das grandes janelas que rasgavam as paredes da biblioteca, para os jardins que se estendiam, planos, em grandes gramados e tapumes de arbusto primorosamente recortados, para o cinzento do céu que ameaçava uma forte chuvarada. Sem dúvida, não tardaria. E pensava agora em Cléa, a alsaciana, a essa hora, certamente, num sono reparador depois de mais uma noite louca de Paris. Mas a irritação que sentia não o abandonava. Essa ternura que Catherine lhe inspirava causava-lhe raiva. Que diabo! Era um homem racional, do seu tempo. Como podia deixar levar-se pela voz mansa daquela aventureira?

E nisto estava quando, fugazmente, a viu passar lá longe, no fundo do jardim. Vestida de preto, sozinha, muito direita, como a pobre viúva que, de fato, era. Iria pôr um ponto final naquela farsa. Aquela mulher ia ser sua, teria só de tratar de alguns pormenores, voltar a Paris e informar-se junto das pessoas certas. Seria facílimo tirar aquela história a limpo. E, entretanto, faria com que visitasse uma boa costureira, que a enfeitasse de rendas e sedas. Amante sua não andava vestida de trapos. Em Orleans haveria de ter quem se encarregasse de fazer um enxoval completo, como uma senhora devia ter, por mais dissoluta que fosse.

— ... e é tudo, senhor. Diria eu, se me é permitido, que foi um bom ano para todos.

— Excelente, Fouchon! Um ano excelente! Agradeço-lhe muito — disse Louis, levantando-se e sorrindo, passando um braço pelos ombros do velho, dando-lhe palmadinhas. — Agradeço-lhe muito. — Iria dizer a Laval que desse uma boa gratificação ao feitor, como o pai e o avô faziam sempre.

— Então, se me dá licença, retiro-me, senhor marquês.

— Claro que sim, Fouchon. Pode ir.

E quando Maurice entrou, pediu-lhe que mandasse selar o seu cavalo.

— O senhor marquês vai almoçar antes de sair?

— Não, Maurice.

***

Avaray é uma aldeia pequena, com duas ou três ruas estreitas, casas de pedra onde a hera cresce colada às paredes e uma praça onde ficam a igreja e a hospedaria. Ah! E um grande castelo, rodeado de um fosso profundo, cheio de água, como um lago, num dos limites do lugarejo. É uma terra muito pacata, onde quase nada acontece e onde quase nunca se vê ninguém na rua. Ao fim da tarde, quando voltam dos campos, os homens juntam-se para conversar e beber cerveja no Moulin d'or e as mulheres encontram-se na loja de madame Fermigier, para fazerem compras e fofocas.

Mimi é a única razão que leva Louis de Villeclaire à aldeia, que fica a cinco minutos do seu castelo, indo a cavalo, pela estrada real. Visitar Mimi é uma das primeiras coisas que faz quando chega ao Vale do Loire, mas hoje essa não é a única razão que o fez vir a galope até àquela casa, que cheira sempre a biscoitos de manteiga acabados de fazer. Noix, o enorme gato amarelo, está dormindo no parapeito de uma das janelas da sala. Os olhos de Mimi iluminam-se quando veem Louis entrar.

— Ah! Finalmente chegou. Há uma semana que o espero…

— Não pude vir mais cedo.

Mimi dá uma gargalhada.

— Imagino que coisas lhe prendem em Paris...

Louis sorri e, para mudar de assunto, pergunta:

— Nesta casa não se almoça?

— Claro que sim! A boa da Anette já deve estar tratando de tudo. Mas conta-me, que tem feito?

— Nada de muito interessante, Mimi. Tudo coisas que me aborrecem.

— É esse o problema da sua vida, gasta o tempo em assuntos sem importância. Devia viajar. Um homem com a sua posição e a sua fortuna tem meios para conhecer o mundo. Ao contrário do seu pai nunca foi ver as suas propriedades da Martinica. Sabe o que penso sobre isso, há anos que devia ter ido lá...

— Mimi! A Martinica é do outro lado do mundo, uma viagem de barco interminável. E ir lá para quê? Para ver como são plantadas as canas-de-açúcar?

— Por exemplo! Não é justamente da cana-de-açúcar que vem boa parte do dinheiro que esbanja nessa sua vida dissoluta?

O marquês de Villeclaire ia responder, mas foi interrompido por Anette, a criada, que nesse preciso momento entrou na sala:

— Minha senhora, posso servir o almoço?

Mimi pousou o livro que tinha nas mãos numa mesa próxima, levantou-se e convidou Louis a segui-la:

— Vamos?

O marquês seguiu a velha senhora que, apesar da idade e dos seus cabelos brancos, ainda andava muito direita, com passos firmes. Aproveitaria a refeição para conversar com a sua antiga ama, a prima favorita de sua mãe, sobre o assunto que nesse momento o preocupava. Durante os dois primeiros pratos falaram sobre trivialidades e Louis descreveu-lhe mesmo, com graça, algumas das pretendentes arranjadas pela tia Clemence:

— Imagina, Mimi! Mademoiselle Moreau tem um verdadeiro bigode, escuro e farfalhudo, com alguns pelos que caem sobre os cantos da boca e é vesga. E mademoiselle Delmas é a criatura mais estúpida que possa imaginar e vive convencida de que canta bem, embora desafine. Dá recitais em todas as casas para onde é convidada e ouvi-la é absolutamente atroz. A maior parte dessas moças é muito desinteressante, só falam de roupas e joias. A propósito, Mimi, onde manda fazer os seus vestidos?

— Em Orleans! Onde mais poderia ser?! Por que pergunta?

— Porque, de fato, preciso lhe pedir um grande favor.

Mimi levantou uma sobrancelha, curiosa. Louis tossiu levemente, embaraçado. A conversa não ia ser fácil. Mas a sua querida ama era a única mulher elegante, no raio de muitos quilômetros, a quem podia pedir ajuda.

— Querida Mimi, precisava que levasse à sua estilista de Orleans uma senhora que está na minha casa e que precisa de um enxoval completo.

A ama fulminou-o com um olhar furioso:

— Como se atreve a me pedir tal coisa, Louis? Recuso-me a viver no castelo para não ter de me cruzar com as suas amantes e, agora, quer que eu acompanhe uma delas a Orleans? Que todo mundo me veja na companhia de uma mulher nada recomendável? Que a leve à minha própria estilista?

— Não é o que você pensa...

— Não?

— Não! De fato, madame Duvernois...

— Madame? Trata-se, ainda por cima, de uma mulher casada?! Por quem me toma, Louis?

— Tomo-a pela pessoa caridosa que é, capaz de ajudar uma senhora viúva e sem família... — ao dizer isso, Louis sentiu um certo remorso por não contar a verdade a Mimi. Por não lhe dizer que Catherine ainda não era sua amante mas, muito em breve, viria a sê-lo.

— E o que faz na casa de um homem solteiro e mulherengo como você uma senhora viúva?

— Bom, é uma longa história. A verdade é que, com a morte do marido, madame Duvernois perdeu tudo, ficou completamente desamparada... E tem de concordar que, sendo eu, como diz, solteiro, é melhor que a acolha aqui, do que instalá-la na minha casa de Paris... — Mais uma vez, os remorsos roeram o coração de Villeclaire. Mas Mimi já vacilava perante os seus argumentos e Louis decidiu insistir, com o ar inocente que, desde muito pequeno, descobriu que amolecia o coração da sua ama, ao ponto de perdoar tudo. — Por isso, pensei... Bom, pensei em pedir que a levasse hoje mesmo à sua estilista, porque a pobre senhora nem vestidos tem e ainda que ninguém a veja, é bom que uma convidada minha ande mais bem vestida do que a mais insignificante das criadas do meu castelo.

— Duvernois, disse?

— Sim!

— Nunca ouvi falar em tal gente...

— O marido era um tabelião com quem eu tinha negócios, em Paris.

Tabelião. A palavra mágica que, por uma qualquer razão inexplicável, pintou na cabeça de Mimi a imagem de uma mulher de meia-idade, pobre e infeliz. Apesar da vida de devasso que levava, ela sabia que Louis era um homem sensível e generoso, sempre disposto a ajudar os mais necessitados. Era assim desde pequeno. De certa forma, alegrava-a saber que o seu menino — era assim que pensava nele — não tinha perdido o bom coração num desses bordéis de luxo qualquer onde passava as noites.

— Tudo bem. Diga-lhe que esteja aqui amanhã, pela alvorada...

— Pensei que podiam ir hoje mesmo. De fato, vou mandar já um bilhete ao castelo, pedindo que preparem uma carruagem confortável, que as leve ainda hoje.

Mimi deu uma gargalhada.

— Às vezes, me esqueço de como é apressado, meu pequeno Louis! Mas o dia já vai adiantado, chegaríamos tardíssimo... Partiremos amanhã, ao nascer do dia.

— Tem razão, Mimi. É melhor como acha. Peça a Anette que me traga papel e uma pena. Enviarei agora mesmo um bilhete ao meu procurador em Orleans para que lhes dê o dinheiro de que precisarem e as instale num bom hotel. E, por favor, Mimi, nada de poupanças! Comprem um enxoval completo e da melhor qualidade...

O marquês de Villeclaire escreveu o bilhete, quase eufórico, embora não percebesse bem porque se sentia assim. E, depois, abraçou e beijou efusivamente a sua antiga ama e partiu a cavalo, sem dizer para onde ia. Aliás, apesar da pressa, tomou a direção norte, mas poderia ter seguido para o sul. Tanto lhe fazia. Mas, ao passar a última casa da aldeia, e uma vez que estava ali, decidiu seguir em frente e fazer uma visita a Jean de Lory, um dos seus vizinhos com quem costumava caçar e dono de um dos castelos que distava cerca de uma légua do seu.

Voltou para casa, pouco antes do jantar, continuava sentindo-se muito bem-disposto e quando viu Catherine entrar no salão onde a esperava, dirigiu-se a ela sorrindo e, beijando-lhe a mão, perguntou:

— Posso servir-lhe um pouco de Porto?

— Obrigada — agradeceu a jovem, segurando com os seus dedos longos o pequeno cálice que ele lhe oferecia.

— Teve um dia agradável?

— Muito agradável, obrigada. Os seus jardins são muito bonitos.

— Receio que não haja muita coisa interessante que uma senhora possa fazer por aqui. Não há lojas nem salões de chá nas redondezas. Mas as paisagens são muito bonitas e poderá fazer muitos passeios. Basta dizer que lhe preparem uma das carruagens sempre que quiser sair.

Catherine agradeceu-lhe com um gesto de cabeça e Louis reparou que a sua convidada tinha se aproximado do piano e observava atentamente uma pauta que tinha ficado esquecida ali.

— Toca, madame Duvernois?

— Creio que não mais. Há anos que não pratico...

— Prometa que toca daqui a pouco, quando acabarmos de jantar...

Catherine sorriu tristemente.

— Prometa... — insistiu Louis.

— Prometo que vou tentar.

O mordomo veio anunciar que a refeição estava servida e o marquês de Villeclaire ofereceu o braço a Catherine e conduziu-a até o seu lugar, na enorme mesa da sala de jantar, sem nunca deixar de conversar com ela.

— Se não estivéssemos em pleno inverno podia propor-lhe um passeio de barco pelo Loire e um piquenique, mas com este tempo é impossível e creio que terá de passar muitas horas em casa por causa da chuva. Mas, com certeza, trouxe os seus bordados...

— Não, não trouxe...

O marquês surpreendeu-se:

— Não borda?

— Bordo, mas não trouxe o trabalho que estava fazendo.

— Bom, madame Martin certamente saberá onde se guardam as linhas e as agulhas desta casa. Temos de lhe perguntar...

— Posso usar a sua biblioteca? — interrompeu-o Catherine.

— A biblioteca? Mas é claro que sim. Não pensei que a leitura pudesse lhe interessar — sorriu Louis.

Depois do jantar, voltaram ao salão onde os criados serviram o café e os deixaram sozinhos. Louis de Villeclaire insistiu para que Catherine tocasse, e a jovem, educadamente, concordou e sentou-se ao piano. Há tanto tempo que não tocava piano... Quando tinha sido a última vez? Há mais de cinco anos, sem dúvida.

Os seus longos dedos reconquistaram depressa a destreza de outrora e Catherine deixou-se levar pela melodia e rapidamente se esqueceu de que estava numa casa estranha, com um homem que mal conhecia e que tinha pela frente um futuro aterrador. Sentia-se verdadeiramente feliz e estava tão embrenhada nesse mundo encantado da música que nem percebeu quando Louis de Villeclaire foi se sentar a seu lado e também ele começou a dedilhar as teclas do piano.

Catherine voltou bruscamente a cabeça e os seus olhos encontraram os de Louis, dois lagos azuis escuros. O marquês sorriu. Foi apenas um segundo em que se perderam um no outro. As mãos de Catherine falharam a nota. Imobilizadas no teclado. Louis parou de tocar e prendeu-lhe os dedos nos seus, sem nunca desviar os olhos dos dela.

Os seus rostos estavam muito próximos e bastou a Louis fazer um pequeno movimento para que os seus lábios tocassem os de Catherine. No início tocaram-se apenas. Catherine sentia-se tremendo interiormente mas era incapaz de recusar aquele beijo. Entreabriu ligeiramente a boca a uma pressão mais intensa de Louis. As mãos dele abandonaram o piano e deslizavam agora pelas costas da jovem, puxando-a para si e explorando-lhe a boca com a língua.

Catherine nunca tinha sentido nada igual. Os seus dedos percorreram os contornos do rosto de Louis, desceram-lhe pelo pescoço e foram entrecruzar-se na nuca dele. Estiveram beijando-se durante muito tempo, esquecidos de tudo. Até que Louis, desabotoando-lhe os dois primeiros botões do vestido, lhe incendiou o colo com o roçar dos seu dedos e preparava-se para descobrir o tamanho dos seios que aquela roupa larga escondia quando Catherine se levantou bruscamente, muito corada, e num fio de voz disse apenas:

— Boa noite. — E saiu da sala correndo.

Atordoado, Louis saiu atrás dela mas parou no meio do longo corredor, vendo-a desaparecer atrás da porta que levava aos seus aposentos.

***

Catherine Duvernois entrou na carruagem com a certeza de que o seu destino era um convento. Não que madame Martin tivesse lhe dito, na manhã seguinte, quando ela própria viera despertá-la. Informara-a apenas de que iria viajar, sem dizer para onde. Talvez não soubesse. Sim, tinha quase certeza de que a boa mulher de nada sabia. Conhecera-a dois dias antes, mas parecia ser uma boa pessoa. Teria lhe dito que ia para um convento, se soubesse. E não teria se despedido dela com aquele tom alegre, desejando-lhe boa viagem e bom regresso, se soubesse que jamais voltariam a se ver. Mandou Sophie acompanhá-la, mas isso era normal: uma senhora não viajava sozinha. Por isso, convencida de que não voltaria a sair do lugar para onde agora a mandavam, Catherine pediu à moça que a ajudasse a arrumar os seus poucos pertences no velho saco de couro com que, na véspera, tinha chegado ali, e resolveu enfrentar o seu destino de cabeça erguida, embora estivesse com vontade de chorar. Ainda lhe passou pela cabeça pedir ajuda à governanta. Contar-lhe a sua triste história e pedir que a deixasse fugir. Mas foi um devaneio momentâneo. Por um lado, contar a sua vida a uma estranha envergonhava-a. Por outro, tinha a certeza de que a sua fuga deixaria Chantal Martin em maus lençóis. De maneira alguma queria prejudicá-la.

Assim, entrou na carruagem resignada e tentou convencer-se de que o convento sempre era um destino melhor do que ficar ali, naquele luxuoso castelo, como amante de Louis de Villeclaire. E ao recordar esse nome, Catherine sentiu uma tristeza profunda, uma mágoa enorme. Ia para um convento sem voltar a ver aquele homem belo que a assustava tanto quanto a fascinava. Nos seus lábios e em todo o seu corpo permanecia ainda a sensação embriagadora do beijo que tinham dado na véspera. Jamais esqueceria aqueles longos minutos em que as suas duas bocas estiveram unidas. Jamais esqueceria aqueles belos olhos azuis, os contornos do belo rosto de Louis, sob os seus dedos, o calor da sua pele, o toque das mãos dele quando lhe percorriam as costas e depois... quando lhe desapertaram os botões do vestido. Jamais esqueceria. E o coração de Catherine batia descompassado. Voltou a cabeça para a janela para que Sophie não visse suas lágrimas. Sentia por Louis de Villeclaire o que nunca tinha sentido por ninguém. Reconhecia, com horror, que começava a amá-lo... Como podia um homem que tinha prometido fazer dela sua amante, mesmo contra a sua vontade, exercer tal fascínio sobre ela?

A carruagem parou e só nesse momento, ao interromper o curso dos seus pensamentos, Catherine percebeu que, a seu lado, a jovem Sophie tagarelava.

— ...e por isso, é minha prima direita — dizia a moça.

— Quem? — perguntou Catherine, que não tinha ouvido nada do que ela tinha dito antes.

— Anette! A criada da condessa de Thievenaz. Como estava lhe contando... — Mas não acabou o que estava dizendo porque saltou da carruagem para ir bater na porta de uma das casas da rua onde tinham parado. O cocheiro também já tinha saltado da carona e agora segurava a porta e estendia a mão, esperando que Catherine descesse do lugar onde estava sentada. E foi o que fez, sem perceber para onde a levavam, porque Sophie e uma outra moça a quem chamava Anette, se abraçavam e beijavam e a faziam entrar naquela casa de pedra, um pouco maior do que todas as outras daquela rua, mas não muito maior, e quase a empurraram para uma sala onde Catherine ficou sozinha.

Estava muito confusa. A casa não parecia um convento. E muito menos aquela sala, com o teto e o chão de madeira, uma aconchegante lareira acesa e decorada com muito bom gosto. Talvez Villeclaire tivesse mudado de ideia e decidisse instalá-la numa casa da aldeia.

— Madame Duvernois? — A porta abrira-se discretamente e Catherine tinha agora, à sua frente, uma senhora idosa mas ainda bastante bonita, com um porte elegante e doces olhos azuis, que a olhava sem disfarçar a surpresa.

— Si... sim — gaguejou.

— Marie de Thievenaz — disse a mulher que acabara de entrar, estendendo-lhe a mão, que Catherine apertou delicadamente, murmurando:

— Condessa... — Felizmente, ouvira as últimas frases de Sophie e, rapidamente, percebeu que se Anette, a criada daquela casa, era a prima de que a sua criada falava, aquela senhora só podia ser a condessa de Thievenaz.

Mimi, pois Marie de Thievenaz não era senão ela, a antiga ama de Louis de Villeclaire, convidou Catherine a sentar-se, dizendo-lhe que em breve Anette lhes traria refrescos.

— Não esperava que fosse tão jovem, madame... — disse Mimi, perscrutando o rosto belíssimo, a elegante figura da moça que tinha à sua frente e notando a pobreza do velho vestido preto que usava. E acrescentou, um pouco desconfiada da história que o marquês de Villeclaire tinha lhe contado:
— Sendo já viúva — a condessa voltou a observar atentamente Catherine e teve quase certeza de já tê-la visto em algum lugar, mas não se lembrava onde. Em Avaray não tinha sido, estava certa. E não via em que outro lugar podia tê-la conhecido. Mas havia nela qualquer coisa que lhe era muito familiar.

Anette entrou na sala, com uma bandeja de refrescos que ofereceu às duas senhoras e, dirigindo-se a Mimi, disse:

— Está tudo pronto, senhora condessa. Podemos partir quando desejar.

Catherine sentiu que o chão fugia debaixo dos pés e agradeceu estar sentada. Caso contrário, a tontura que agora a afligia teria lhe feito cambalear. Estar tudo pronto para partirem significava que, afinal, sempre haveria um convento à sua espera.

— Posso perguntar-lhe quantos anos tem, madame?

— Vinte e dois, senhora condessa. E pode tratar-me por Catherine, por favor.

— Catherine... ficou viúva muito nova. Há muito tempo?

— Há duas semanas, senhora condessa.

Mimi sentiu com mais intensidade que alguma coisa não estava certa na história daquela moça muito jovem e muito bonita, que se limitava a responder às suas perguntas de forma sucinta, como se tivesse medo de dizer mais do que devia. Mas iria descobrir o que queriam lhe esconder. Antes de regressar a casa, durante aquela viagem estapafúrdica que Louis lhe pedira para fazer, faria com que Catherine lhe contasse a verdadeira razão da sua vinda para o Vale do Loire.

— Bom, vamos então? Esperam-nos quase duas horas de viagem até Orleans.

— Orleans? — Catherine não conseguiu evitar a surpresa.

— Oh! Não me diga que não sabe para onde vamos...

— Para um convento, suponho. Embora não imaginasse onde.

— Um convento? Não sei o que Louis lhe disse, Catherine, nem por que razão pensa que vamos para um convento. De fato, vamos a Orleans com um objetivo nada conventual: para lhe comprar roupa. Louis pediu-me que a levasse à minha estilista e encomendasse um enxoval completo mas, depois de tê-la conhecido, pergunto-me se madame Ribot não será um pouco antiquada para uma moça da sua idade...

Catherine sentiu-se tão ultrajada pelo que ouviu que corou até às orelhas e os seus olhos encheram-se de lágrimas. Agora, tinha a certeza, estava uma vez mais prisioneira de um homem, de um homem perverso como Louis de Villeclaire que, decidido a fazer dela sua amante, mandava que lhe comprassem roupas para se enfeitar para ele.

Marie de Thievenaz olhava-a incessantemente, como se lhe lesse os pensamentos.

— Há alguma coisa que queira me dizer, Catherine?

— Não! Sim...

Marie levantou uma sobrancelha, num gesto muito seu.

— Não creio que seja necessário irmos a Orleans. Não preciso de roupa. Tenho dois vestidos pretos, que me servirão perfeitamente...

— Catherine, quer me contar o que está acontecendo? Fugiu da casa do seu marido por causa de Louis de Villeclaire. Foi isso, não foi? Sou uma mulher velha e vivida, garanto-lhe que nada do que me contar me chocará... — Marie disse tudo isto já de pé, muito séria, quase decidida a não sair de sua casa se aquela moça não lhe contasse o que estava acontecendo.

A jovem também se levantou e, olhando-a nos olhos, respondeu:

— Não! Juro que não fugi da casa de ninguém e que sou, de fato, viúva e muito pobre. O meu marido morreu num acidente, há duas semanas, deixando apenas dívidas — hesitou antes de continuar, pois não sabia exatamente quem era Marie de Thievenaz nem a relação que tinha com Louis de Villeclaire. — Não tenho sequer uma casa onde morar, senhora condessa. Suponho que, por pena, o marquês de Villeclaire me trouxe para o seu castelo e imaginei que o meu destino seguinte seria um convento, desses que recebem mulheres indigentes, como eu... Não posso aceitar que, agora, quem me acolheu por caridade, gaste o seu dinheiro me comprando um enxoval de que não preciso. Não tenho família. Não vou a lugar nenhum. Para que preciso de vestidos novos e meias finas?

A história de Catherine não era muito diferente daquela que Louis tinha lhe contado, pensou Mimi. Tinha apenas mais alguns pormenores. Sabia que esta não era a história toda mas, por enquanto, bastava-lhe para ter a certeza de que aquela moça, muito bonita apesar das roupas velhas com que estava vestida, dizia a verdade.

— Vamos para Orleans, Catherine! Louis tem razão, não pode ter em sua casa uma convidada que se veste pior do que a mais insignificante das criadas que a servem.

Catherine não podia contrariar tais argumentos de Mimi sem lhe contar a verdadeira razão por que Louis de Villeclaire queria vê-la mais bem vestida e, por isso, entrou na carruagem a caminho de Orleans, onde chegaram acompanhadas pelas suas respectivas criadas ao fim da manhã. Lemonnier, o procurador do marquês naquela cidade, esperava-as no seu escritório para acompanhá-las ao elegante Hotel de la Sainte Croix, na desafogada avenida que desemboca na belíssima catedral gótica da cidade.

— Vamos aproveitar a tarde para descansar! — exclamou alegremente Mimi, depois de instaladas nos seus quartos e quando voltaram a se encontrar na sua sala de jantar privada. — Mandarei Anette avisar madame Ribot, a estilista, para que venha nos visitar amanhã de manhã.

Nessa noite, no castelo, Louis de Villeclaire jantou sozinho e, pela primeira vez, a enorme sala, a grande mesa de trinta lugares, a pompa daqueles tetos altos, onde havia frescos que contavam atos heroicos dos seus antepassados, a *boiserie* que cobria as amplas paredes e o descomunal Goubelin que atapetava parte do chão de bonito mármore italiano, causavam-lhe uma desolação angustiante. Contrariado, reconheceu que gostaria de ter ali, naquele momento, Catherine Duvernois. Que apreciava a sua companhia. Que sentia sua falta. Que precisava dela ali e que queria repetir vezes sem conta o beijo que tinha lhe dado na véspera. Aquela misteriosa mulher não lhe saía da cabeça. "Amo-a", pensou. E imediatamente se surpreendeu com esse pensamento. Como podia amar uma mulher que mal conhecia, por mais bonita que fosse? Como podia amar uma mulher de condição inferior, a viúva de um tabelião? Uma mulher que certamente mentia, fazendo-se passar por filha de um dos maiores nobres da França? Irritado, deixou o jantar pela metade, levantou-se com brusquidão, surpreendendo Maurice e o mordomo que, discretamente, assistiam em pé, junto a uma porta, à sua refeição, e antes de se retirar para os aposentos disse ao seu criado privado:

— Prepare a bagagem, Maurice. Voltamos para Paris amanhã, ao nascer do dia.

A história de Catherine obcecava-o, não conseguia pensar em mais nada. Voltar rapidamente a Paris era o mais sensato. Ali, podia descobrir se a jovem dizia a verdade ou se, pelo contrário, fazia pouco dele. Além disso, nada como a grande cidade e as suas belas mulheres para o distraírem daqueles olhos verdes e daquele rosto belíssimo que o atormentavam cada vez mais. Voltaria daí a umas semanas, uns meses, talvez, quando Catherine já se sentisse tão só entre aquelas paredes seculares que esmagam de tristeza a alma de qualquer um, que o aceitasse sem protestos na sua cama. Oh, sim! Tinha certeza de que era isso mesmo que aconteceria... Ela só podia estar mentindo, dizendo ser filha de Pierre de Maulévrier.

***

Madame Ribot era uma mulher pequena e muito viva, que já ultrapassara os 40 anos. Tinha uma excelente clientela, entre as senhoras elegantes de Orleans e as aristocratas que viviam no Vale do Loire. Não podia se queixar. Ainda era uma criança quando começou a trabalhar com a mãe, também ela uma estilista famosa. Mas quando ela própria assumiu a liderança do negócio, decidiu que, além de manter as clientes da sua progenitora, alargaria os seus horizontes e o número das senhoras que a procuravam. Ia duas vezes por ano a Paris e estudava minuciosamente as novidades da grande cidade, assinava jornais de moda e rodeou-se dos melhores fornecedores da França. A tudo isso aliava uma discrição lendária. Recebia clientes no seu ateliê e, em situações especiais, ela própria visitava as senhoras que requisitavam os seus serviços. Normalmente, isso acontecia quando se tratavam de casos delicados, como o de Colette Dupont e madame d'Ambroise, respectivamente a amante e a mulher de Daniel d'Ambroise, o riquíssimo industrial. Que ambas se cruzassem no seu ateliê seria uma situação desagradável, embora ninguém, nem mesmo madame d'Ambroise, ignorasse que espécie de relações mantinham o industrial e a atriz. Por isso, madame Ribot visitava Stella d'Amboise na sua mansão e recebia Colette no ateliê. Com a condessa de Thievenaz era um pouco diferente. A idade da senhora e o seu elevado estatuto social faziam dela a mais importante cliente de Louise Ribot e, por isso, a estilista fazia questão de ser ela a se deslocar ao hotel, sempre que a condessa vinha a Orleans encomendar-lhe os seus vestidos. Assim, naquela manhã, quando recebeu o recado que Anette lhe levou, apressou-se em chamar a sua criada e duas das suas ajudantes e preparou rapidamente um mostruário completo que exibiria à sua cliente de mais de três décadas e a sua jovem amiga, a quem a encomenda se destinava, como dizia o bilhete.

Outra qualquer podia ter ficado espantada com o vestido velho e grande demais que Catherine usava. Mas madame Ribot era, como já dissemos, uma mulher discreta e, além disso, experiente. Sabia que nestes tempos conturbados, em que grande parte dos rapazes lutava nas frentes de batalha da Crimeia, a infelicidade batia à porta quando menos se esperava. Havia fortunas que se faziam e desfaziam de um dia para o outro, mulheres que ficavam sozinhas, sem um marido, um irmão, que as amparasse. Aquela moça muito elegante e muito nova era, sem dúvida, viúva de um desses bravos capitães que as incertezas da guerra venciam, matando-os lá longe, nas fronteiras da Rússia, deixando as mulheres à espera de uma magra pensão que nunca chegava, porque todo o dinheiro do império era pouco para os esforços de guerra de Napoleão III.

Estranheza sentiu Mimi, quando Catherine, diante das muitas peças de tecidos que madame Ribot desenrolava em frente as suas duas clientes, se mostrava encantada apenas com as cores mais claras.

— Veja, condessa, que bonito é este azul, tal como o céu num dia de Verão... Oh! Maravilhoso, este creme... Lindo, o cor-de-rosa...

Nem por uma vez se deteve para perguntar à estilista pelos tecidos pretos e cinzentos, como seria normal numa viúva tão recente. Catherine, reparou Mimi, não olhava com cobiça para as maravilhas que madame Ribot exibia. Não, não era isso. Mostrava, antes, uma excitação de criança diante de brinquedos extraordinários que visse pela primeira vez. A velha ama de Louis de Villeclaire voltou a sentir que havia naquela moça qualquer coisa de indecifrável, difícil de entender. Era sem dúvida muito pobre. Isso era visível no modo como a encantavam todos aqueles tecidos tão comuns no guarda-roupa de uma senhora. Mas, por outro lado, era invulgarmente bem-educada e elegante. "Como uma princesa caída em desgraça", pensou Mimi.

— A senhora já se decidiu? — perguntou madame Ribot.

— Eu? — surpreendeu-se Catherine e olhou para Mimi, num pedido mudo de socorro.

— Sim! — respondeu Mimi e acrescentou, sem perder tempo, lendo a lista que ela própria tinha elaborado na véspera: — Vamos precisar de três vestidos de baile, oito vestidos de jantar, doze vestidos de inverno, uma capa de pele e outra de fazenda, dez chapéus, cinco toucas, trinta pares de luvas, trinta pares de meias de seda, cinco sombrinhas, seis xales e duas dúzias de peças de roupa interior, de linho.

— Ah! Um enxoval completo... — disse madame Ribot.

Catherine estava horrorizada com a lista de coisas que Mimi acabava de ler mas nada podia dizer enquanto a estilista estivesse ali. Percebendo o embaraço da jovem, a condessa resolveu ajudá-la:

— Madame Ribot, creio que será melhor deixar tudo isto para que possamos escolher com calma.

— Sim, claro! Virei receber a encomenda quando acharem conveniente.

Mal a estilista deixou os aposentos das senhoras, a pequena Anette veio anunciar que monsieur Chardon, o sapateiro, esperava na antessala. Mais uma vez, a presença do fornecedor, que agora entrava, impediu Catherine de dizer à condessa de Thievenaz que tudo aquilo era muito para ela. A encomenda de sapatos e botas pareceu-lhe igualmente excessiva, mas Mimi não lhe dava tempo para recusar tudo aquilo e menos de uma hora depois, monsieur Chardon saía da sala, radiante, no meio de grandes cortejos às duas senhoras, prometendo trabalhar dia e noite para entregar os sapatos no prazo máximo de uma semana, "na casa da senhora condessa, como de costume".

— Não posso aceitar tudo isto! — disse Catherine, quando finalmente ficou sozinha com Mimi. — É muito e desnecessário. Onde usarei todas estas coisas?

— Em casa, claro! Mesmo que não saia, precisa estar sempre muito bem vestida. Só assim será respeitada pelas criadas que a servem...

— Mas vestidos de baile, leques, condessa?...

— Oh! É bem possível que não tenha de esperar muito tempo até precisar deles. O Vale do Loire não é Paris mas, uma vez por outra, há festas verdadeiramente deslumbrantes. Acredite em mim, vão ser muito úteis. — E a condessa de

Thievenaz olhou para Catherine de um modo inquisitório, como se quisesse ler a sua alma. A jovem se assustava sempre que Mimi a observava daquela maneira, como se esperasse que Catherine lhe explicasse que não era digna de ser convidada para um baile da aristocracia do Vale do Loire, apesar de estar hospedada no castelo de um dos seus mais importantes representantes.

— Bom, vamos ver os jornais de moda que madame Ribot nos trouxe. Temos muitos modelos e muitos tecidos para escolher — disse a antiga ama de Louis de Villeclaire.

E foi entre luxuosos tecidos e modelos deslumbrantes que as duas senhoras passaram os dois dias seguintes, até regressarem a Avaray, onde, ao despedir-se de Catherine, Mimi lhe disse:

— O seu enxoval chega na próxima semana. Mandarei o meu cocheiro levar-lhe as caixas, logo que tudo seja entregue mas, entretanto, se a companhia de uma velha como eu não a aborrece excessivamente, venha visitar-me.

— Claro, senhora condessa. Se me dá licença, virei visitá-la muitas vezes — respondeu a jovem.

Ao chegar ao castelo, Catherine sentiu-se aliviada ao saber que Louis de Villeclaire tinha regressado a Paris. Estava livre. Pelo menos, durante o tempo em que ele estivesse longe. E, muito provavelmente, para sempre. Em Paris, se o marquês fizesse como tinha prometido e procurasse informações a seu respeito, depressa descobriria que ela dissera a verdade. "E então vai me deixar em paz", pensou a jovem, cheia de esperança.

***

— Madame Martin! Não pode imaginar... Orleans é uma cidade enorme e magnífica, muito maior do que Avaray — disse, excitada, a pequena Sophie quando chegou na cozinha e reencontrou a governanta e o resto do pessoal do castelo que, a essa hora, jantavam.

— Ora, minha tonta, e acha que não sei?

— Sim, é verdade! A senhora é viajada. Já foi a Paris, madame Martin?

— Não, Sophie. Orleans é a cidade mais distante que conheço.

— Oh, madame Martin, não gostava de ir a Paris? Depois de Orleans esse é o sonho da minha vida... Se em Orleans há vestidos maravilhosos como os que madame Duvernois comprou, em Paris devem ser ainda mais bonitos... — e Sophie, a tagarela, desatou contando, com muitos pormenores, como era o enxoval que Catherine tinha encomendado durante aqueles três dias passados na cidade. E quando ficou a sós com a governanta, não resistiu comentando:

— Madame Martin, não acha estranho que uma senhora tão elegante como madame Duvernois tenha chegado aqui assim, tão pobremente vestida e quase sem bagagem?

— Proíbo-lhe de voltar a dizer tal coisa — disse-lhe a governanta com severidade. — E não quero conversa sobre madame Duvernois com os outros criados. Você fala demais, menina!

— Desculpe, madame, mas é que acho que...

— Sophie, a conversa acabou. Para sempre, entendeu? Não a pagam para achar seja o que for. Pagam-lhe para servir madame Duvernois e tem de agradecer por isso, porque antes dela chegar estava aqui por caridade, limpando as lareiras.

— Sim, madame. Desculpe — respondeu a pequena. Quer madame Martin ou não, ela continuava pensando que alguma coisa de estranho tinha se passado com Catherine Duvernois. Podia ser uma moça da aldeia, mas sabia que uma senhora viajava sempre com grande bagagem. Bem via a quantidade de malas e caixas que as convidadas do marquês traziam quando vinham passar temporadas no castelo. Para não falar na condessa de Thievenaz que, apesar da idade, sempre que ia a

Paris, na primavera, viajava com uma carroça atrás da sua carruagem, só para transportar a enorme quantidade de malas onde guardava os seus vestidos.

Era verdade que, todos os anos, na primavera, Marie de Thievenaz fazia a sua temporada parisiense. Visitava as amigas e as parentes, fazia compras, ficava a par das fofocas da corte que, caso contrário, lhe chegavam aos ouvidos com várias semanas de atraso, e no início do verão, quando o calor invadia as ruas da capital, regressava ao Vale do Loire. Sophie esperava, ansiosa, o regresso da prima porque Anette acompanhava sempre a condessa e, quando voltava para casa, contava-lhe coisas que a deixavam de boca aberta e, de ano para ano, cada vez com mais pena de não ter uma marquesa de Villeclaire que requisitasse os seus serviços na grande cidade.

Claro, Anette inventava muito do que lhe contava. E o que não inventava, sabia quase sempre não por ter visto, mas sim por ter ouvido aos mordomos e às governantas. Se era verdade que acompanhava sempre a condessa de Thievenaz em todas as suas visitas, não era menos verdade que não passava da cozinha, onde ficava com os outros criados das casas onde iam. E era aí que ouvia os comentários dos mordomos e das criadas de fora que, ao chegarem dos salões onde iam servir refrescos e bolinhos, comentavam que a princesa de Goumercier usava um belíssimo vestido azul-noite e uma tiara de brilhantes, que a duquesa de Villax escolhera renda de Bruxelas para o xale que trazia nessa tarde e outras coisas desse gênero. Quando chegava ao Vale do Loire, Anette exagerava um pouco o que tinha ouvido dos outros e pintava Paris como uma cidade ainda mais majestosa do que, de fato, era, deixando fascinada a pequena Sophie que, até aquela viagem de dois dias a Orleans nunca tinha ido mais longe do que Avaray.

IV

A primeira coisa que Louis de Villeclaire fez, quando chegou a Paris, foi visitar a princesa de Auvergne, a sua tia Clemence, a quem comunicava sempre as suas ausências e regressos.

— Vai ficar para o chá? Hoje é quinta-feira e recebo as minhas amigas...

— Não posso, querida tia, desculpe. Agora que voltei preciso me pôr a par dos negócios e tenho de visitar o meu banqueiro.

— O seu banqueiro? O jovem Bachelard que trata das suas finanças e o acompanha nas noitadas, segundo ouvi dizer.

— Oh! As coisas que se ouvem dizer em Paris, minha querida tia... — e aproveitando a ocasião, decidiu logo ali informar-se sobre o assunto que o fez regressar tão depressa à capital: — Imagine que ainda há dias alguém me dizia que o marques de Maulévrier se matou deixando a única filha numa situação de verdadeira penúria...

A princesa de Auvergne ficou, de repente, muito séria e respondeu-lhe:

— Não é verdade! Infelizmente, Catherine morreu antes do pai...

— Conhecia-os?

— Muito bem! Beatrice de Aubineau, a marquesa de Maulévrier, foi uma das minhas melhores amigas e Catherine era minha afilhada.

— Não fazia ideia... — disse Louis, cada vez mais interessado e querendo saber tudo o que a tia parecia ter para contar.

— Viviam na Bretanha e vinham muito pouco a Paris. Catherine esteve aqui muitos anos, num colégio, depois da mãe ter morrido, e foi aí que a visitei muitas vezes. Depois, voltou para o castelo do pai...

— E não soube mais nada dela?

— Sei que morreu de pneumonia no inverno seguinte. Era uma criança frágil e não aguentou a severidade do tempo bretão. Eu só soube uns meses depois, quando Pierre de Maulévrier se matou e tentei encontrá-la para trazê-la para minha casa. Não tinha família chegada e a vida que o pai levava certamente a deixara sem meios.

— E disseram-lhe que tinha morrido?

— Sim, foi o duque de Laugier quem me disse, ouviu-o da boca do próprio Pierre de Maulévrier, que esteve em Paris umas semanas antes de se suicidar — a princesa fez uma pausa e depois, acrescentou: — Eram uma família tão feliz e após a morte de Beatrice todos tiveram um fim trágico...

— De fato... — reconheceu Louis e, após uma pausa, quis ainda saber: — Há quanto tempo foi isso, quero dizer, a morte da pequena e do pai?

— Há cinco anos, creio. Sim, há uns cinco. Catherine tinha dezessete anos e deveria vir nesse verão a Paris para debutar. Quando a visitava no colégio falávamos muitas vezes dessa noite, em que iria ao primeiro baile e seria apresentada à sociedade...

— Lamento tê-la feito recordar fatos tão tristes, querida tia.

— Oh, mesmo que nunca fale de Catherine lembro-me dela constantemente. Como vê, por mais pobre que o pai a tivesse deixado, se tivesse sobrevivido estaria aqui agora, comigo ou, muito provavelmente, já casada. Quem falou nela dizendo que estava viva?

— Não me lembro — mentiu Louis, escondendo o embaraço que faltar à verdade lhe causava e depois, para desanuviar o ambiente: — Como vê, Tia Clemence, nem tudo o que se diz em Paris é verdade e a verdade é que não tenho tantas noitadas como por aí se diz...

— Ótimo! Nesse caso, tenho a certeza de que estará disponível daqui a dois dias, na noite de sábado. Vou dar um jantar e um baile, e não o dispenso!

Louis aceitou imediatamente o convite. As festas na casa da tia Clemence eram bem mais divertidas do que os chás com que a velha senhora recebia as amigas nas terças e quintas à tarde.

— Aqui estarei, tia! Mas, se não me engano, não faz anos e, que me lembre, metade de novembro que não se comemora nada que valha um baile seu. Decidiu antecipar o Natal?

— Tem razão! Não faço há anos. E também não decidi antecipar o Natal. Mas a neve e a guerra na Crimeia são deprimentes. Há dias em que Paris nem parece Paris. E, por isso, resolvi alegrar um pouco os espíritos. Nada melhor que um grande baile...

— Está prometido! Não faltarei... — E, assim, Louis de Villeclaire despediu-se da princesa Clemence de Auvergne e, furioso com Catherine Duvernois que estava agora convencido de que se fazia passar por quem não era, foi correndo para os braços de Cléa que, a essa hora, conversava alegremente no seu quarto com duas outras moças da casa.

— Que surpresa! Pensei que não voltaria a vê-lo! Há mais de uma semana que não aparece... — tagarelava a jovem alsaciana enquanto se despia. Louis, pela primeira vez, achou desagradável o cheiro adocicado daquele quarto pequeno mas confortável, e excessivamente teatrais os gestos com que Cléa se desfazia das poucas peças de roupa que ainda lhe encobriam a nudez. E o perfume da moça tornou-se ainda mais desagradável quando os corpos se envolveram. Louis tomou-a quase com violência.

— Que apressado! — riu Cléa.

Naquela tarde, e ao contrário do que costumava acontecer, não houve carícias nem jogos. Foi um ato apressado. Louis penetrou-a de olhos fechados e não era Cléa que via, mas sim Catherine. E foi Catherine que amou, ali naquela cama, com uma fúria selvagem, cheio de raiva e desilusão, por não conseguir esquecer a mulher que mentiu e o enfeitiçou. Que o deixara assim, desesperado.

Cléa gritou de prazer, sem precisar fingir os orgasmos com que satisfazia o orgulho da maior parte dos seus clientes. Como Raymond Lambert, o industrial de tecidos que, como agora Cléa contava a Louis, nua, em cima da cama:

— Quer que eu saia daqui e ofereceu-se para me alugar um bom apartamento e contratar duas criadas, com carruagem de aluguel ao mês e uma confortável mesada. O papai o que acha? — perguntava a moça, fazendo beicinho, e chamando "papai" a Louis, como às vezes fazia, quando se tornava lânguida, "pegajosa", como disse a si mesmo o marquês, naquele dia. E não perdeu tempo em aconselhá-la:

— Raymond Lambert? Parece-me uma excelente proposta, Cléa. O Lambert é um homem imensamente rico e muitíssimo respeitável. Teve a mesma amante durante mais de vinte anos, que me lembre, Agostine, que morreu num terrível acidente de barco no verão passado, em Nice. Devia aceitar, garante-lhe um futuro confortável e sem preocupações. Tenho certeza de que Martine lhe dirá exatamente o mesmo — "o bom velho Lambert!", pensou Louis de Villeclaire, aparecia na hora certa para livrá-lo de Cléa, de quem começava a se fartar, a quase não suportar. Muitas vezes, depois de se amarem loucamente como acabavam de fazer, Cléa rodeava o assunto numa tentativa de saber se passava pela cabeça do marquês de Villeclaire fazer-lhe uma proposta semelhante à que agora recebera do magnata dos tecidos. Mas ele fazia-se de desentendido e nunca lhe dizia redondamente que não. Mas, não. Não estava nos seus planos tirar ninguém de bordel nenhum. Faça-lhe justiça: conhecia-se bem demais e sabia que ter uma amante certa, com casa montada e carruagem à porta, a quem visitar todos os dias e com quem passar a maior parte das noites, não era para ele. Em meses — às vezes, em semanas — as moças com quem se deitava nos melhores bordéis de Paris começavam a aborrecê-lo e, então, trocava-as por outra, uma novidade acabada de chegar, normalmente, que o saciasse até que se desse por satisfeito e partisse em busca de uma outra. Era um caçador! Era assim mesmo que se sentia, sempre em busca de uma novidade que lhe entretivesse a vida enfastiada que levava. As mulheres eram como os gamos e as lebres que caçava nas suas terras do Vale do Loire, que o entusiasmavam durante o breve tempo em que cavalgava no seu encalço, e logo sem interesse quando tombavam sob um tiro certeiro.

As mulheres, de fato, eram mais cansativas do que a caça, porque o aborreciam de morte quando tinham veleidades sentimentais. Quando se apaixonavam por ele ou quando, como Cléa, sonhavam com uma vida a dois — ainda que na informalidade — com apartamentos e visitas obrigatórias pelo meio. Para uma vida assim, cheia de obrigações enfadonhas e tendo de ver todos os dias a mesma mulher, casaria, que pretendentes não lhe faltavam. Mas nem com as meninas das famílias aristocráticas que suspiravam por ele se deixava tentar. Quando eram bonitas, serviam-lhe apenas para dançar nos bailes onde as encontrava e para lhes dizer alguns galanteios, mas nunca excessivos, para que as suas imaginaçõezinhas tolas não se pusessem com ideias que ele próprio não queria lhes dar.

Louis de Villeclaire olhava poucas vezes para o futuro, vivia o hoje como se fosse o último dia da sua vida, sem se preocupar com nada a não ser o seu prazer. E, nas raras vezes em que pensava como seria a sua vida daí a dez ou vinte anos, imaginava-a exatamente como era agora. Com esta mesma liberdade. Afinal, foi assim que o seu pai viveu sempre, até morrer. Pelo menos, era assim que Louis se lembrava dele, saindo todas as noites, nunca jantando em casa, chegando de manhã, quando ele já se preparava para sair para o colégio... Talvez o pai tivesse se portado de maneira diferente enquanto a mãe existia, mas esse era um tempo de que não se lembrava, tinha menos de um ano quando ela desapareceu, e a única mãe que conheceu fora Mimi, a sua ama.

Havia a questão do título, claro! Nas poucas vezes em que pensava no futuro, esse era um assunto que bailava na sua cabeça. Sem filhos, não teria a quem deixar o título de marquês de Villeclaire. Mas talvez não fosse importante. Viviam-se tempos incertos e nada garantia que este novo império sobrevivesse ao imperador Napoleão III. Os defensores da República eram cada vez mais, até mesmo entre a nobreza. Quem poderia saber?...

Agora, nem sequer queria olhar para o presente. Isso o obrigava a reconhecer que Catherine era uma impostora, uma mulher vil que não podia ser mais do que sua amante. E não era assim que a queria. Queria-a para sempre. Queria-a todos os dias.

***

O palácio da princesa de Auvergne ficava a dois passos das Tulherias e era um imponente edifício de pedras retangulares e altas janelas, de três andares, com telhado plano, construído no século anterior, sob direção de um arquiteto italiano — como então era moda em Paris — Giuseppi di Marras, no exato local onde existia um outro palácio da família Auvergne, desde a Idade Média. Mas esse outro edifício era bastante desconfortável e, no início do século XVIII, o bisavô da atual princesa decidiu refazer a sua residência de Paris com o imenso luxo que a sua grande fortuna lhe permitia. Entre o palácio e o rio desenrolava-se um amplo jardim de grandes áreas gramadas e alamedas delimitadas por arbustos e um ancoradouro usado pela família, nas tardes de verão, para passeios de barco no Sena e deliciosos piqueniques fora da cidade.

A entrada principal era na rua de Rivoli, onde um grande portão se abria para um pátio quadrado, com canteiros de relva e bonitas flores e daí, cinco degraus suaves permitiam o acesso ao vestíbulo onde nascia a escadaria de pedra e estátuas clássicas que conduzia aos aposentos privados da princesa e, à direita, duas portas de madeira e vidro, com puxadores de ouro, abriam-se para uma sala com paredes e tetos pintados com cenas mitológicas, decorada com pequenas mesas redondas e poltronas forradas a sede onde, agora, Clemence de Auvergne recebia o grupo de trinta convidados para o jantar. Mais tarde, seriam mais de trezentas pessoas que viriam ao baile.

A refeição foi bastante divertida, até mesmo para Louis de Villeclaire que nem sempre achava graça nos convidados da tia. O marquês ficou sentado entre a duquesa de Roux e a embaixatriz da Inglaterra, e, apesar de qualquer uma destas senhoras ter idade para ser sua mãe e nenhuma delas ser exatamente uma beldade, eram ambas invulgarmente inteligentes e cultas e tinham um finíssimo senso de humor. Falaram de literatura, da guerra em que ambos os países estavam empenhados contra a Rússia, dos novos burgueses que o império napoleônico tinha gerado — e que os três ridicularizavam — e de Eugênia de Montijo, evidentemente, a imperatriz francesa, que todos admiravam na mesma proporção em que desprezavam o marido, embora a embaixatriz da Inglaterra não conseguisse evitar uma certa ironia quando se referia ao indisfarçável desejo de Eugênia em se igualar, nos mínimos pormenores, à rainha Vitória da Inglaterra.

Quando uma carruagem com os primeiros convidados para o baile começava a aproximar-se da entrada do palácio, o mordomo veio à sala, onde o jantar terminava, avisar a princesa de Auvergne, e quando a anfitriã se levantou, os outros comensais imitaram-na e dirigiram-se para o enorme salão, onde uma orquestra já tocava os primeiros acordes de uma valsa. Durante mais de meia hora, Clemence de Auvergne recebeu os cumprimentos de quem chegava para o baile. Um desfile de homens envergando casacos e fardas militares e de senhoras com deslumbrantes vestidos de seda e ostentando joias raras, decoradas com caríssimas pedras preciosas e pérolas invulgares.

No momento em que Louis de Villeclaire saía da sala de fumo onde estivera fumando um charuto e conversando com o embaixador da Inglaterra e Mr. Jackson, um importante negociante inglês que lhe comprava grande parte da sua produção de açúcar da Martinica, foi chamado pela tia que, ao vê-lo entrar no salão, lhe fez um discreto aceno de cabeça, para que se aproximasse.

— Louis, quero lhe apresentar a viscondessa de Belfort e a sua filha, mademoiselle Blanche. — O marquês fez um cortejo às senhoras, beijando-lhes delicadamente a mão.

— Creio que, de fato, não nos conhecíamos... — disse.

— Voltamos há algumas semanas de Londres, onde vivemos nos últimos anos. Já quase não conheço ninguém em Paris, mas pouco depois de nos instalarmos tive a sorte de me cruzar com a sua tia numa visita a uma das suas muitas obras de caridade, e a princesa tem feito de tudo para nos apresentar a novos amigos — respondeu a viscondessa.

Louis sorriu e antes que pudesse responder alguma coisa, Blanche de Belfort antecipou-se:

— Não vou sequer escrever o seu nome no meu *carnet* de baile porque vai me convidar para a próxima valsa, não é assim, marquês? — Villeclaire só não se surpreendeu com o ousado convite porque era um homem do mundo e bem sabia que, ao contrário das meninas francesas, as inglesas tinham o saudável e inocente hábito de flertar com quem lhes desejava, sem que tal coisa parecesse indecente. E como Blanche tinha sido educada na Inglaterra, era natural que tivesse esse costume.

— É uma honra, mademoiselle! — disse apenas e, pegando na mão da jovem, conduziu-a para o centro do grande salão, onde começava, de fato, uma nova valsa. Não foi um sacrifício para Louis. Blanche dançava muito bem e, além disso, era uma moça muito bonita, loira, com grandes olhos azuis e uma pele branca, quase transparente, rosada nas faces. Vestia de forma espalhafatosa para uma moça elegante, usando um vestido azul celeste, com um decote rasgado que lhe deixava descoberto os ombros e o colo, enfeitado de laços e pequenas rosas. O pescoço era delgado, mas não muito alto, e estava enfeitado por um belíssimo colar de safiras e diamantes, montados sobre um extravagante trabalho de ouro branco, que desenhava flores e folhas exóticas sobre a sua pele. Uns brincos também de safiras e diamantes pendiam das suas orelhas pequenas. E o seu cabelo, de um loiro pálido, estava penteado em cachos de caracóis, presos no alto da cabeça por ganchos decorados com as mesmas pedras preciosas usadas nos brincos e no colar. "É com certeza moda na Inglaterra", pensou o marquês, perante o mau gosto e o excesso das roupas e das joias. Blanche cheirava a verbena e era muito nova. Louis não podia lhe perguntar a idade, mas calculava que não teria ainda vinte anos.

— Viveu muitos anos em Londres, mademoiselle? — quis saber o Marquês, enquanto dançavam, para fazer conversa.

— Toda a minha vida. Era ainda um bebê quando o papai e a mamãe se mudaram para lá.

— E só agora voltou?

— Sim, só agora. O papai morreu há um ano e a mamãe achou que estaríamos melhor em Paris, uma vez que já nada nos prendia à Inglaterra.

— E a mademoiselle está gostando de Paris?

— Oh! Não sei... Até agora pouco pude ver da cidade. A mamãe está sempre muito ocupada com as suas obras de caridade e quase não vamos a mais lugar nenhum. Mas agora que o conheço, espero que me mostre tudo o que Paris tem para ver. Fará isso por mim?

— Sim, claro! — apressou-se a dizer o marquês de Villeclaire, achando graça no inocente flerte de Blanche. — Temos de ir ao Bois de Bologne e às Tulherias, aos Champs Elysées...

A moça riu, mostrando os dentes pequeninos, como pérolas. Quando a levou ao seu lugar, junto da mãe, estava de fato decidido a mostrar-lhe Paris. Seria uma boa distração, não lhe parecera nem inteligente nem culta e ria por tudo e por nada mas, agora que não tinha uma amante com quem passar as tardes desocupadas e enquanto não encontrasse alguém que pudesse substituir Cléa, estaria entretido mostrando a cidade a duas senhoras que acabaram de chegar. Voltar ao Vale do Loire, agora, estava fora de questão. Estava ainda muito furioso com madame Duvernois e as suas mentiras e, ao mesmo tempo, inexplicavelmente, desiludido. Achava-a tão bonita, tão elegante, tão bem educada que não conseguia deixar de pensar nela e, muitas vezes, ele mesmo reconhecia que gostaria que tudo tivesse sido diferente, que Catherine tivesse sido mesmo a filha do marquês de Maulévrier, a senhora infeliz e indefesa que ele podia salvar. Mas não, era uma aventureira, uma mentirosa... Sim, daí a umas semanas voltaria ao seu castelo do Loire e a faria sua amante.

Louis dançou toda a noite. Era um par muito desejado. E estava tão bem disposto que se inscreveu mesmo nos *carnets* de dança da duquesa de Roux e da embaixatriz da Inglaterra, valsou duas vezes com Madeloiselle Moreau, a sua pretendente que tinha o rosto enfeitado com um bigode negro que lhe caía sobre os cantos da boca, e suportou a estupidez de mademoiselle Delmas durante duas outras valsas. Com Blanche de Belfort dançou também outras vezes, ele e vários outros cavaleiros solteiros, incluindo os seus inseparáveis amigos de sempre, Laurent de Juy, Gaston de Montblanc, Pierre de Forchemont e Marcel Bachelard.

— É bonitinha, esta mademoiselle de Belfort! — comentou Louis de Villeclaire com os amigos, quando saíam juntos do baile.

— E não tira os olhos de você! — acrescentou o marquês de Forchemont. Os outros riram, concordando, e entraram nas suas carruagens para irem acabar a noite no bordel de Nanette, por sugestão de Louis, a quem não desejava voltar para casa de Martine e ouvir as súplicas de Cléa que, agora, prestes a mudar-se para o apartamento que Lambert tinha alugado para ela, lhe escrevia bilhetinhos todos os dias, prometendo recusar as propostas do industrial se ele, Louis, quisesse ficar com ela... para sempre. "Que maçante!", pensava o belo marquês, sempre que abria um desses envelopes.

Vivia como um sonâmbulo, sem conseguir esquecer Catherine e sem se decidir a voltar ao Vale do Loire e a dizer-lhe, cara a cara, que tinha descoberto tudo. E então, teria de mandá-la para um convento para indigentes. Teria de se separar dela... nunca mais voltaria a vê-la... E não sabia dizer a quem mais odiava. Se a ela por ter mentido ou se a si próprio por ter querido acreditar que a história daquela mulher era verdade.

***

A viscondessa de Belfort tinha sono e, se não fosse por causa da filha, há muito que se teria retirado. Mas ela bem sabia que Blanche precisava ficar o maior tempo possível naquele baile. Era a sua grande oportunidade para se dar a conhecer à alta sociedade parisiense e de passar a ser convidada para outras festas. E Blanche queria ficar. Durante aquela noite, um plano bem estruturado tinha começado a tomar forma. E, já a caminho de casa, sozinha com a mãe, que começava a deixar-se deslizar para um sono profundo, embalada pelo suave balançar da carruagem, disse:

— Casarei com ele!

— O que disse? — perguntou a viscondessa, estremunhada.

— Disse que casarei com o marquês de Villeclaire, mamãe.

— Está então decidido? É um belo homem e imensamente rico — concordou a viscondessa, acrescentando: — No entanto, o príncipe de Montblanc também é um excelente partido e dançou três vezes com você. Minha pequena Blanche, como gostaria de te ver princesa. Seria maravilhoso...

— Sim, seria maravilhoso... Mas o marquês de Villeclaire é muitíssimo mais rico e o título de marquesa também me assentará muito bem. Pena que ele seja tão velho... — suspirou a moça.

— Que tolice! Soube que ainda não tem quarenta anos. Combinaram de voltar a se ver?

— Prometeu me mostrar Paris! Mas não o fará se não lhe dermos uma pequena ajuda...

— Sim, tem razão. Amanhã mesmo mando-lhe um bilhete convidando-o para um chá em nossa casa e eu mesma me encarregarei de o levar a marcar, nesse mesmo dia, uma agenda completa de passeios.

— Mamãe, em duas semanas, Paris inteira saberá que sou a noiva do marquês de Villeclaire e em menos de dois meses estarei casada com ele...

— Perfeito! — concluiu a viscondessa, saindo da carruagem e dando graças a Deus por aquela filha bonita e decidida que agora, no momento em que mais precisavam, ia tirá-las da penúria em que estavam vivendo.

A verdade é que ambas tinham saído de Londres cravejadas de dívidas, tendo que vender algumas das suas joias para poderem pagar as despesas de viagem e a instalação em Paris, onde ninguém conhecia — por enquanto! — a sua situação financeira e onde Blanche podia aspirar a um casamento rico que lhe desse a posição que merecia.

Quando pensava na sua vida atual, a viscondessa sentia uma raiva incontrolável contra o Belfort, que as deixara assim, desamparadas e pobres, num país estrangeiro, com algumas relações sociais mas sem amigos. Estes pensamentos acabaram por não deixá-la dormir e a viscondessa aproveitou as horas de insônia para rever os pormenores do plano de Blanche. Tinham de agir rapidamente e com todo o cuidado, agora que o candidato a marido estava escolhido, para que nada falhasse. Dois meses! Era o máximo que podiam esperar por um casamento. Não ia ser fácil, bem sabia. Apesar de só estar há três semanas em Paris, a Viscondessa já conhecia tudo aquilo de que precisava sobre o marquês de Villeclaire: que, além de multimilionário, era mulherengo e, o pior de tudo, um solteiro empedernido, embora já tivesse mais do que idade para estar casado e ser pai de muitos filhos.

Mas, durante os seus quase vinte anos de convívio com os ingleses, a viscondessa tinha adquirido um sentido prático da vida que agora lhe seria muito útil. Agiria!

***

No dia seguinte, ao abrir o seu correio, Louis de Villeclaire sorriu ao encontrar um bilhete da viscondessa de Belfort que o convidava para um chá, daí a algumas horas, no seu apartamento de Saint-Germain-des-Près. Na véspera, prometera à duquesa de Dufour, com quem dançara no baile e com quem trocara galanteios de sentido dúbio, visitá-la nessa mesma tarde.

— Estarei à sua espera, amanhã, no meu *boudoir*! — dissera ela, atrevida. Isabelle de Dufour era uma mulher insinuante, muito bela, casada com um homem tão rico quanto enfadonho, e conhecida em Paris pelos seus vários amantes. Louis sempre a achara encantadora e tinham uma velha história de beijos trocados em várias ocasiões, ao longo de muitos anos. Mas nunca tinham sido amantes. Embora Louis não soubesse explicar por quê... afinal, Isabelle era exatamente o gênero de mulher que lhe convinha: acabava as suas relações de forma civilizada, sem choros e sem desesperos, simplesmente porque se fartava ou porque percebia que era o amante que estava farto e partia para uma nova aventura com a alegria da primeira vez. Com ela, não teria os idealismos burgueses de fugirem os dois para irem viver numa casinha pequena, no campo.

A imagem de Isabelle, sentada no seu *boudoir*, de roupão, à espera dele, acendeu-lhe o desejo de possui-la imediatamente. De correr sem demora para a casa dela e de amá-la com desespero. De repente, já não desejava ir à casa das Belfort. Que lhe interessava a ele a viscondessa e a sua filha, por mais divertida que a moça fosse com aquela sua roupa extravagante e aquele seu jeito inglês de flertar com os homens?

Não, não! Iria ao chá! Ficaria o tempo estritamente necessário para não ser mal-educado, deixando, entretanto, a duquesa de Dufour um pouco inquieta, sem a certeza de que o veria nesse dia, como combinado. Apareceria ao fim da tarde e a amaria até de madrugada. Recordou do cheiro de violetas que rodeava Isabelle e da suavidade dos beijos que muitas vezes trocara com ela. Como na véspera, na casa da tia, quando por acaso se cruzaram num corredor deserto. Fora nessa altura que Isabelle lhe dissera:

— Estarei à sua espera, amanhã, no meu *boudoir*!

— Lá estarei! — respondera-lhe Louis.

O marido de Isabelle estaria certamente em casa, mas em outra ala do palácio. Todo mundo sabia que tinham um casamento de fachada, que apareciam juntos em público mas que, em privado, tinham vidas completamente separadas. O duque de Dufour era trinta anos mais velho do que a sua bela mulher e importava-se mais com a sua coleção de espécies raras de plantas do que com Isabelle. Eram pessoas inteligentes e civilizadas, considerava Louis de Villeclaire, quando pensava no assunto. Tinham casado por amor e quando a paixão acabara, decidiram viver as suas vidas separados, sem dramas, como duas pessoas educadas, que continuavam a se admirar.

— Sem amarguras nem recriminações — dissera-lhe certa vez Isabelle, com quem brincara quando era criança e que conhecia desde que se lembrava de si mesmo.

— Por que se casou com Albert de Dufour? — tinha lhe perguntado Louis de Villeclaire nessa mesma ocasião.

— Porque estava apaixonada por ele. Mas a paixão arde e se extingue, como a chama de uma vela. Estimamo-nos e é quanto nos basta.

Isabelle à sua espera no *boudoir*, de roupão, cheirando a violetas. Pronta para se entregar a ele! Louis sorriu. Nunca antes desse dia pensara na sua amiga de infância como sua amante. Mas, agora, a ideia o agradava. Estar com Isabelle podia ser o remédio de que tanto precisava.

De repente, a vida lhe pareceu perfeita. Sim, iria tomar chá com a viscondessa de Belfort e a sua filha e, logo depois, correria para os braços de Isabelle de Dufour. Chamou Maurice para que o ajudasse a se vestir e mandou preparar a sua carruagem. Depois, respondeu ao bilhete da viscondessa de Belfort e mandou o seu cocheiro levá-lo ao Jardim das Tulherias onde, a essa hora, como acontecia sempre nas tardes de domingo, passeavam as famílias elegantes de Paris.

Ao vê-lo sair, Maurice não pode deixar de dizer:

— Acordou muito bem-disposto, senhor marquês!

— Pois tem toda a razão, meu bom Maurice! — respondeu, descendo correndo a ampla escadaria que levava a porta, como fazia quando era garoto.

***

A essa hora, em Saint-Germain-des-Près, a viscondessa de Belfort acordava a filha, apressada:

— Blanche, depressa, em menos de duas horas Louis de Villeclaire estará aqui!

— Já, mamãe? — estranhou a moça, ensonada.

— Você mesma reconheceu que não podemos perder tempo. Mandei-lhe um bilhete esta manhã e a resposta acaba de chegar. Virá! Já mandei preparar um chá tipicamente inglês, para que repare o quanto somos refinadas e tenho excelentes ideias de passeios que faremos durante a semana.

Blanche espreguiçava-se enquanto ouvia a mãe, que agora procurava um vestido para a filha usar naquele dia. Teria de ser alguma coisa verdadeiramente chique, para que o marquês pensasse que viviam folgadamente. Nada muito simples, para não dar a impressão de que a visita de Louis não tinha importância.

— Mamãe, será que o marquês estará disposto a passar uma semana inteira nos mostrando Paris? Não irá se enfadar?

— Minha tola! Acha que não pensei nisso? Sairmos os três sozinhos, nestes primeiros dias, seria imprudente e certamente iria espantar a caça. Louis de Villeclaire perceberia imediatamente as nossas intenções e arranjaria maneiras de recusar, sem nos ofender, como homem bem-educado que é. Não, nesta primeira semana sairemos em grupos, da forma mais inocente possível. Como duas senhoras acabadas de chegar em Paris e que querem estabelecer relações de amizade no meio social a que pertencem.

A criada que vinha ajudar Blanche a se vestir entrou no quarto e a viscondessa retirou-se, dizendo à filha:

— Confie em mim!

Dar um chá era bem mais barato do que convidar para um jantar. Bastavam uns bolinhos pequenos, que a cozinheira já estava fazendo, e podia convidar quantas pessoas quisesse. Viriam vinte! Todas as que tinha convidado responderam confirmando. Louis de Villeclaire e os seus amigos, o Conde de Juy, o Príncipe de Montblanc, o marquês de Forchemont e até Marcel Bachelard, o banqueiro, o que, dada a sua situação financeira, era um pouco arriscado. Convidara a princesa de Auvergne e a sua grande amiga, a duquesa de Roux, ambas influentes e cobiçadas. Tê-las em sua casa significava que a viscondessa de Belfort era merecedora de ser convidada para qualquer boa casa de Paris. Ah! Como era esperta! Aquela sua ideia de se informar sobre quem era quem através dos jornais e de ter feito tudo para ir socorrer os pobres órfãos — oh! Como odiava gente miserável! — no mesmo dia e à mesma hora a que, todas as semanas, a princesa de Auvergne costumava fazê-lo, estava dando frutos bem mais cedo do que esperava.

Seria uma tarde memorável a troco de meia dúzia de francos. Felizmente, sobrava-lhe bastante chá inglês, de excelente qualidade, e os bolinhos nem sequer lhe pesavam no orçamento. Os britânicos acompanhavam o chá com bolos pouco doces, uma mistura de farinha e água apenas com uma pitada de açúcar. E no naufrágio que tinha sido a sua saída da Inglaterra, conseguira trazer algumas pratas, porcelanas e cristais. O suficiente para que os seus convidados pensassem que era uma viúva rica. Blanche tocaria piano e certamente haveria cavalheiros que recitassem poesia. Seria uma tarde agradável e chique, digna da posição que queria que os outros julgassem ser a sua.

Havia outras questões mais preocupantes do que um simples chá entre amigos. Seria mesmo um entrave inultrapassável aos seus planos se o noivo escolhido fosse outro. Mas um homem tão imensamente rico como o marquês de Villeclaire não exigiria dote à sua noiva e tão-pouco se interessaria sobre o estado das suas finanças. O importante é que se apaixonasse por Blanche ao ponto de perder a cabeça e casar rapidamente. Era uma tarefa difícil. Mas a viscondessa sabia perfeitamente como atuar. Obrigaria o mulherengo Villeclaire a casar com Blanche em menos de dois meses.

— Janeiro! Janeiro será perfeito! — disse em voz alta.

— A senhora viscondessa chamou? — perguntou-lhe a criada, que acabava de compor as almofadas das poltronas da sala onde receberia as visitas.

— Sai! — ordenou-lhe a viscondessa, asperamente. E mal a moça saiu, deixou-se cair numa cadeira e deu uma boa gargalhada, dizendo: — Não resultou uma vez com o pai de Blanche. Mas desta vez, será muito diferente...

Depois, levantou-se e dirigiu-se ao grande espelho de moldura folheada a ouro que enfeitava uma das paredes da sala. Compôs o penteado. Olhou para a sua imagem e deu-se por satisfeita. Com Blanche casada com o marquês, ela própria ficaria com as mãos livres para encontrar um marido. Ainda era nova e bastante bonita e o estatuto de ser sogra de Villeclaire facilitaria suas pretensões. Por causa de Josefina de Montijo não faltavam em Paris nobres espanhóis, ricos e galanteadores, que nada sabiam do seu passado. Claro que o genro não lhe abriria as portas da corte imperial, uma vez que fazia parte da antiga nobreza da França e não admirava especialmente Napoleão III. Mas os espanhóis circulavam pelos salões de Paris onde ela agora começava a entrar. E Espanha era, das várias hipóteses, a melhor de todas. Mas, por enquanto, precisava se concentrar absolutamente no casamento da filha. O noivado de Blanche teria de começar naquela mesma tarde, durante o chá, ainda que Villeclaire de nada suspeitasse.

A viscondessa olhou para o relógio da sala que estava em cima da lareira já acesa. Já era tempo de ir ao seu quarto trocar o roupão pelo vestido preto, de renda de Chantilly, com que receberia os seus convidados. O preto realçava-lhe o azul dos olhos e a brancura da pele. Não se importava, por isso, de usar luto por aquele seu marido que não merecia. Chamou a criada, para que a ajudasse a se vestir e a pentear e, já pronta, passou pelo quarto de Blanche. A moça estava sentada junto a uma janela, bordando.

— Mamãe! Como é enfadonho este trabalho de agulhas, como me aborrece... Acha mesmo que é preciso tanto trabalho com roupa que vai ser vestida por crianças miseráveis?

— Blanche, não pense nas crianças miseráveis mas sim nos elogios que a princesa de Auvergne lhe fará, junto do sobrinho, depois de ver como borda bem...

A moça corou ligeiramente, satisfeita. E levantou-se.

— Estou bonita, mamãe?

— Linda, minha querida! — e a Viscondessa não mentia. Blanche estava de fato muito bonita, envergando um vestido amarelo palha, com gola e punhos de renda branca e a saia polvilhada de pequenas pérolas. "Era elegante e chique como convinha a uma ocasião daquelas", pensou a mãe.

Uma criada veio dizer às senhoras que alguém batia na porta. Mãe e filha olharam-se e sorriram uma à outra antes de se dirigirem à sala.

— Tenho fome! — queixou-se Blanche, em voz baixa, enquanto percorriam o longo corredor.

— Tarde demais! Devia ter se lembrado disso mais cedo. E não se atreva a comer mais do que um único biscoito, nada horroriza tanto um homem como uma mulher que come como um cocheiro — repreendeu-a a mãe que, segundos depois, já estava recebendo a primeira das convidadas com um sorriso encantador.

V

Ao regressar de Orleans, Catherine ficara sabendo que o marquês de Villeclaire voltara repentinamente a Paris. A notícia deixo-a tão surpreendida que teve alguma dificuldade em manter-se serena na frente de madame Martin. Sentia-se aliviada por não ter, por enquanto, de dividir o mesmo teto com ele e, ao mesmo tempo, um nó apertava-lhe a garganta, o coração batia descompassado. Pensava constantemente nele e no beijo que tinham trocado. Não conseguia perceber o que o levara a partir sem sequer esperar por ela para se despedir. A ausência dele enchia aquela casa e fazia-a sofrer.

Sozinha, no quarto, caiu aos prantos que lhe oprimia o peito. Sentia-se profundamente infeliz e não saber o que pensava Louis de Villeclaire desorientava-a. Oh! Se pudesse falar com alguém. Alguém que a ajudasse a perceber... mas não havia ninguém a quem pudesse contar o que a afligia.

Para se distrair um pouco, para não pensar no homem que assim a amargurava, gostaria de poder visitar a condessa de Thievenaz mas, lá fora, o vento soprava com força e a chuva não parava de cair. Nenhum dos seus dois vestidos suportaria um temporal assim. Chegaria encharcada a Avaray. E, por isso, passou os dois dias seguintes fechada em casa, entre o seu quarto e a biblioteca, que descobriu ser bem mais interessante do que a que havia na casa de Duvernois. Ali, encontrou livros de botânica, de zoologia, enciclopédias, tratados de política, clássicos romanos e gregos e, o melhor de tudo, romances para senhoras.

Sophie estava sempre por perto e, de vez em quando, interrompia a leitura para perguntar qualquer coisa do gênero:

— Tem mesmo certeza de que não precisa de nada? Posso ir buscar-lhe um chá? Biscoitos? Leite?

— Não, Sophie, obrigada! — respondia-lhe Catherine, com um sorriso. E a moça suspirava de aborrecimento e continuava sentada num banquinho baixo, junto à lareira.

— Sophie, não precisa de estar sempre aqui, se te aborrece...

— Oh, não, madame! Não me aborreço! E, além disso, madame Martin me mandou ficar sempre à sua disposição.

— E não tem nada para fazer enquanto está à espera de que precise de você? Podia bordar ou ler...

— Oh... isso são coisas de senhoras. Não sei bordar nem ler, madame...

Catherine levantou os olhos do livro:

— Não? E gostaria de aprender?

— Claro, madame! Mas como poderei aprender? Não passo de uma criada... quando a madame for embora voltarei a limpar as lareiras desta casa e a bater tapetes...

— Pois muito bem, enquanto estiver aqui, vou ensiná-la a ler e a bordar...

— A mim, madame? — e a pequena Sophie não cabia em si de contente.

De repente, os dias de Catherine tornaram-se mais curtos. Entre a leitura dos romances que encontrou na biblioteca do castelo e as lições de Sophie, as horas passavam correndo. Madame Martin, quando soube dos planos para a educação da moça, ofereceu-se imediatamente para colaborar e foi buscar uma grande caixa, que estivera arrumada durante anos, cheia de agulhas e linhas e pedaços de tecidos.

— O que as traças não comeram pode servir para os primeiros pontos da Sophie e logo que o tempo melhore, podemos comprar mais, na aldeia.

Sim, mal a chuva abrandasse, Catherine iria a Avaray visitar a condessa de Thievenaz e traria linhas novas e tecidos sem buracos com que Sophie pudesse bordar os seus primeiros lenços. Se não pensasse em Louis de Villeclaire e na possibilidade de ele voltar a qualquer momento, sem precisar de se fazer anunciar, sentia-se feliz e em paz. Há muitos anos que não se sentia tão bem como agora, naquele enorme castelo, rodeada de conforto e de pessoas simpáticas que a tratavam bem.

O terceiro dia nasceu sem chuva, embora bastante nublado e frio. Mas, o empenho de Sophie em aprender a bordar e a ler era tal e a vontade de rever a condessa de Thievenaz tão grande, que Catherine decidiu ir a Avaray com a sua criada, após o almoço. Iriam a pé e enquanto caminhassem, aqueciam.

— A pé? — escandalizou-se madame Martin. — Mas o que não faltam nesta casa são carruagens e há três cocheiros desocupados nas cavalariças, madame...

Catherine recusou. Não queria usar nada mais do que o estritamente necessário enquanto estivesse naquela casa. Entre os seus parcos pertences, estavam três moedas de franco. Usaria uma delas para comprar o que Sophie precisava para começar a bordar lenços. Os primeiros pontos dados nos tecidos velhos que madame Martin tinha arranjado correram muito melhor do que seria de esperar.

— Que surpresa agradável! — exclamou Mimi quando viu entrar Catherine.

As duas senhoras conversaram durante horas e quando a condessa ficou a par das lições que Catherine há dois dias dava a Sophie, quis participar no projeto e ofereceu o material necessário para os lenços que a moça iria bordar.

— Não precisa comprar nada! Tenho muito mais linhas e tecidos do que precisarei até o fim da minha vida, ainda que não faça outra coisa senão bordar.

Falaram ainda sobre a vida de Catherine no castelo e dos livros que a jovem tinha encontrado na biblioteca.

— Têm sido uns dias muito agradáveis — resumiu Catherine.

— E Louis? Que anda ele fazendo por aí? — quis saber a condessa.

— O marquês de Villeclaire regressou a Paris. Já tinha partido quando voltamos de Orleans.

— Tão cedo? — surpreende-se Mimi, que não deixou de reparar no incômodo que o nome do seu antigo pupilo causava em Catherine. — Nem esperou que chegássemos para se despedir... Mas, assim, a Catherine poderá vir me visitar todos os dias, se a minha companhia não a aborrece.

— Oh, não, senhora condessa. Será um grande prazer!

E foi desta maneira que ambas combinaram que, depois das lições a Sophie, Catherine viria visitar a velha senhora. Mimi estava decidida a descobrir o que Catherine escondia. Gostava verdadeiramente da moça, admirava o seu porte, a elegância dos seus gestos, a sua educação refinada e, por tudo isso, acreditava haver um mistério que a envolvia. Como é que alguém com a educação de uma aristocrata podia ser a viúva burguesa de um pobre tabelião? Além disso, quanto mais olhava para Catherine, quanto mais ouvia a sua voz, mais crescia a sensação de que a conhecia de algum lugar. Havia nela qualquer coisa de muito familiar que só a idade de Mimi explicava que não identificasse imediatamente.

— Madame, podemos andar um pouco mais depressa? — pediu a pequena Sophie, quando ela e Catherine já voltavam para casa.

— Está atrasada para alguma coisa? — quis saber Catherine.

— Não, madame. Mas é quase noite, e dizem que, à noite, anda por esta estrada um cavaleiro sem cabeça — disse a moça, benzendo-se — e, há uns anos, o tio Marcel, o que tem umas terras para os lados de Courbouzon, ficou gago depois de se cruzar com ele nesta estrada...

— Só isso? — riu Catherine, que tinha crescido na Bretanha, entre lendas muito mais aterradoras, e que por isso não tinha medo dessas histórias.

— Se acha pouco, madame... o pobre do tio Marcel ainda hoje gagueja e nunca mais andou de noite por estas bandas...

— Não se preocupe, andaremos então mais depressa, para que nem, a noite nem o cavaleiro sem cabeça nos apanhem — prometeu a jovem e, de fato, apertou o passo e Sophie acompanhou-a, quase correndo.

Estavam já perto de casa quando ouviram o galope de um cavalo que se aproximava.

— Madame! — gritou Sophie, agarrando-se a uma das mangas do vestido de Catherine. — Vem aí o cavaleiro sem cabeça...

— Continue a andar e não olhe, Sophie. É, com certeza, algum vizinho que volta para casa...

O cavalo estava já muito perto e, numa curva da estrada, apesar do lusco-fusco, o cavaleiro percebeu os dois vultos que caminhavam na direção contrária e pôs o animal a passo.

— Boa noite! — disse o homem, quando passou por elas.

— Boa noite! — responderam ambas. O cavaleiro olhou Catherine de cima a baixo mas não disse mais nada e voltou a apressar a montada. As duas mulheres estavam chegando ao grande portão que conduzia aos jardins do castelo e, quando se viu dentro da propriedade, a pequena Sophie encostou-se no alto muro e levou uma mão ao peito, aflita.

— Sophie, não seja tonta! Aquele cavaleiro tinha cabeça, pois não o ouviu nos saudar? — animou-a Catherine.

— Cabeça tem, mas boa fama é que não. Era o conde de Joubert, que não respeita nem solteiras nem casadas, nem ricas nem pobres. Ouça o que lhe digo, madame, não podemos andar por aí sozinhas a esta hora...

Catherine estremeceu quando ouviu o nome de Joubert, o assassino de Duvernois. Sem dúvida, tinha vindo se esconder ali para evitar problemas em Paris. Lembrava-se de tê-lo visto uma vez na sua casa da Rue des Archives, numa noite em que ele e Duvernois estiveram horas fechados no escritório, conversando, acabando desentendidos, aos gritos (as conversas daquele que fora seu marido acabavam sempre aos gritos!), mas não o teria reconhecido se Sophie não lhe dissesse quem era. E acabou por admitir para si mesma que talvez não fosse uma boa ideia andar por aquela estrada, apenas com a sua criada, quando a luz do dia já mal iluminava o chão que pisavam. Teria mais cuidado daí em diante.

***

— Paris inteira comenta o seu noivado com mademoiselle de Belfort! — disse a duquesa de Dufour, rindo, enquanto exibia a sua nudez, a caminho da cama.

— Paris inteira não sabe o que diz, Isabelle! — respondeu o marquês de Villeclaire.

— Oh Louis! Não há dia em que não veja mademoiselle de Belfort. Se isso não é um noivado, o que é então?

— Não há dia em que também não a veja, querida Isabelle. Por acaso estamos noivos?

A duquesa deu uma gargalhada, acomodando-se entre as almofadas do seu leito.

— É verdade, Louis, é comigo que se deita todos os dias, mas é com mademoiselle de Belfort que é visto nas Tulherias, passeando de carruagem, é com ela que vai à ópera, que toma chá no Mariage Frères, que é visto no Foubourg e nos Champs Elysées. Não é isto estar noivo?

— Não, Isabelle, isso é ser gentil com uma menina que sempre viveu no estrangeiro e ajudá-la a descobrir a cidade onde nasceu... Acredite, estou me esforçando para que Blanche de Belfort se sinta aqui como em casa. Não só tenho lhe mostrado a cidade como tenho apresentado-a a todos os rapazes de fortuna que poderão se casar com ela... Tenho certeza de que não tardará muito até que algum deles o faça. Phillipe de Beaumercier está encantado com a moça e o mesmo pode se dizer de Guillaume de Frechard e Louis de Maudamey...

A duquesa ficou em silêncio por uns momentos, olhando para a seda carmesim do dossel da sua cama, e depois disse:

— Não tenho a certeza absoluta de que não é você com quem ela quer...

— Que tolice, Isabelle! Bem sabe como a ideia de casamento é desagradável para mim. Quase tão desagradável como mademoiselle de Belfort, que é uma moça inculta e fútil. Irritam-me as suas gargalhadas estridentes e os seus vestidos de seda, muito enfeitados... Sai de casa às dez da manhã como se fosse para um baile... e tem tiques de burguesa nova-rica. Em resumo, é uma tonta!

— É um pouco tonta, é certo, e veste com um exagero de mau gosto. Herdará apenas um título de viscondessa mas é evidente que quer mais. E é claro que quer casar com você. Eu diria mesmo que é muito provável que tenha sido ela própria ou a mãe que puseram para circular o rumor do seu noivado. Apesar de nenhuma delas poder desconhecer a sua fama de boêmio. Ainda assim, foi a você que escolheram para marido. Acredite em mim, esta moça sabe muito bem o que quer!

— E eu também! Quero você, vem... — respondeu o marquês, abraçando-a e explorando a sua boca com a língua. A duquesa desceu uma das mãos até o sexo do seu amante, acariciando-o, primeiro com delicadeza e, depois, mais rapidamente, até fazê-lo arquejar e rolar o corpo sobre o dela. Isabelle afastou as pernas, abrindo-lhe caminho até o centro do seu ser. Amaram-se intensamente, como acontecia sempre, como se os seus corpos tivessem nascido já conhecendo os segredos um do outro. Louis sentia com Isabelle um prazer que nunca antes tinha sentido com mulher nenhuma. Não era paixão, era um desejo carnal alimentado pelos muitos anos em que tiveram vontade de se deitar um com o outro e em que se cruzavam sempre no momento errado.

— Não tenho mais de um amante ao mesmo tempo, bem sabe! — disse-lhe Isabelle, sempre que o marquês fazia avanços. — Por que nos encontramos sempre quando a minha cama está ocupada?

— Porque você é má e não a desocupa para mim... — queixava-se Villeclaire.

— O seu dia chegará — prometia Isabelle, tão depravada quanto ele. E, de fato, desta vez o convite tinha partido dela, durante o baile na casa da princesa de Auvergne. Se não fosse ela própria duquesa pelo casamento e filha de um duque, há muito que Isabelle de Dufour tinha deixado de ser recebida pela melhor aristocracia francesa. Mas a sua elevada posição social continuava a franquear a porta das melhores casas, apesar de ninguém ignorar o seu comportamento privado. No entanto, ao contrário de outras senhoras casadas, tinha o bom senso e o bom gosto de não exibir em público os seus amantes e a sua discrição era muito apreciada, até mesmo por senhoras mais velhas e de costumes mais rígidos, como era o caso da princesa de Auvergne.

— Em que pensa? — perguntou Isabelle, vendo-o tão calado.

— Nos anos que levamos até chegarmos aqui... — mentiu Louis. De fato, pensava em Catherine, de quem nunca mais tivera notícias. Que andaria ela fazendo naquela mesma hora? Como ocuparia o tempo?

A Duquesa riu.

— Nem parece você, ficar pensando no passado. Dedique-se ao futuro, peça a mão de uma jovem bonita e da sua condição social e se case com ela. A filha mais velha dos marqueses de Clement-Dumond, por exemplo, ou outra qualquer.

— Gosta assim tão pouco de mim que queira me ver casado?

Isabelle enroscou o seu corpo no dele, preparando-se para um novo assalto amoroso:

— Ser casado não lhe fechará a porta do meu *boudoir*, caro Louis. — Beijou-o profundamente e deixou que Villeclaire arrepiasse a sua pele passeando os dedos pelo seu corpo. — Sou sua amiga, sei que precisa de uma mulher que o acompanhe nas suas obrigações sociais, que lhe dê filhos que perpetuem o nome, tal como precisa de uma amante... — e deixou que o membro excitado e duro que ele lhe oferecia a penetrasse mais uma vez. Louis lambeu os seus seios grandes e duros, muito brancos e a sua língua foi subindo pelo corpo dela, até chegar a uma das orelhas, que mordiscou.

— Vire-se — sussurou.

Isabelle rolou na cama, ficando de quatro. As pernas abertas, revelando as pétalas da flor que um tufo de pelos loiros quase sempre escondia. O amante explorou o seu sexo com a língua, fazendo-a soltar gemidos enlouquecidos e implorar que a possuísse. Mas ele prolongou até o limite do impossível aquele prazer. O corpo de Isabelle estremecia de desejo. Louis usou um dedo para excitá-la um pouco mais, mergulhando-o naquele poço úmido e quente que o convidava a entrar. Ela atirou a cabeça para trás e pediu:

— Mais! Mais!

Villeclaire ofereceu-lhe finalmente o seu membro duro, inundando-a de prazer, gritando os dois em uníssuno, os dedos dele cravados nos ombros de Isabelle, as ancas dela inquietas.

Amaram-se durante horas, insaciáveis, e era quase manhã quando o marquês voltou para casa. Um pouco incomodado com a ideia de ser tido como noivo de mademoiselle de Belfort. "Paris inteira comenta o seu noivado", dissera Isabelle. Talvez estivesse sendo injusto, sem querer, com Blanche, talvez a moça também entendesse como noivado a companhia que ele lhe fazia. Mas que diabo! Tinha ido apenas com ela e com a viscondessa à ópera. De todas as outras vezes que se encontraram, fora sempre em grupo. Estavam sempre muitas outras pessoas com eles, Gaston, Laurent, Pierre, Marcel, mademoiselle de Chambon, a condessa de Triève e as duas filhas, a marquesa de Mourne... É certo que Blanche estava sempre a seu lado, chegava a lhe dar o braço em algumas ocasiões, mas nada que pudesse levar a pensar que havia um interesse especial entre eles.

Ainda pensava na fofoca que o envolvia com Blanche de Belford quando se deitou, finalmente, na sua cama, mas foi em Catherine Duvernois que pensou quando fechou os olhos e sentiu que o seu sexo ganhava vida própria enquanto a imagem da jovem viúva se desenhava na sua mente. E o seu último pensamento, antes de mergulhar num sono profundo, foi para ela e para uma visita que faria ao Vale do Loire, em breve...

***

Catherine não conseguiu segurar as lágrimas quando olhou para as caixas e baús que a condessa de Thievenaz mandava os criados do castelo levarem para o quarto da jovem viúva. Chegara ao fim da manhã, sem aviso, de carruagem, acompanhada por Anette e pelo cocheiro, que agora também colaboravam na tarefa. A idosa senhora percebeu imediatamente que as lágrimas da sua amiga — pois já assim a considerava — não eram de alegria e, discretamente, segurou-a por um dos braços e conduzia-a para um dos confortáveis salões do andar térreo.

— Por que chora, Catherine? A maior parte das mulheres daria saltos de alegria diante de um enxoval como o que passará a ter agora. E, no entanto, você chora...

Catherine tinha já grande estima por Marie de Thievenaz. Uma amizade que tinha crescido durante as tardes que ambas passavam juntas, bordando e conversando, na simpática casa de Avaray. No fundo da sua alma, sabia que podia confiar nela e já tinha até decidido a lhe contar não só a sua triste história como também a situação delicada em que agora se encontrava ali, naquele castelo. Sentia que teria na condessa uma aliada que podia defendê-la perante Villeclaire. Não tinha pensado, no entanto, em que momento lhe pediria ajuda. Mas agora, olhando para toda aquela roupa luxuosa com que o marquês queria vê-la enfeitada antes de a tornar sua amante, uma enorme tristeza a invadiu e estava enchendo a sua face de lágrimas.

— Condessa, esses vestidos serão a minha condenação...

— O que quer dizer, Catherine?

— Isso mesmo que a senhora ouviu. Esses vestidos farão de mim uma mulher desgraçada, serão a minha morte... — E Catherine chorou copiosamente.

Quando a jovem se acalmou, Marie de Thievenaz disse:

— Desde o início que me pareceu que faltava alguma coisa à sua história. Conte-me tudo, ordeno-lhe...

E foi assim que Catherine começou a contar a Mimi os seus primeiros anos, felizes, no castelo dos seus pais, na Bretanha — ou o pouco que se recordava desses tempos —, a morte da mãe e a sua ida para um convento, em Paris, e o estado em que encontrou o pai e a casa quando, aos dezesseis anos, saiu da proteção das freiras que a educaram para regressar à família. Mimi ouviu-a de semblante franzido, atentamente, enquanto a jovem descrevia como recordava o castelo em que vivera, na infância, e como o fora encontrar depois. E os seus olhos brilharam quando a ouviu dizer:

— O meu pai era Pierre-Marie Albert de Saint-Lazáre, marquês de Maulévrier...

— E a sua mãe, Beatrice Isabelle Marie de Aubineau, suponho...

— Conheceu a minha mãe? — perguntou Catherine, admirada.

— Não só conheci a sua mãe, como conheci o seu pai e a conheci, Catherine, quando era ainda um bebê...

A jovem abriu muito os olhos, espantada com o que ouvia.

— Acredita então que estou dizendo a verdade? — perguntou.

— É certo que desde que a vi que me recordou alguém mas, há uns anos, soube que a filha da minha querida Beatrice também tinha morrido... Está mesmo me dizendo a verdade?

— Oh, sim, senhora condessa, juro! — e Catherine abriu a gola do seu velho vestido preto e mostrou à sua interlocutora um medalhão com um retrato de uma mulher, em esmalte, que guardava junto ao peito. — É a minha mãe! Este retrato foi-me dado pelo meu pai, no dia em que me casou com Duvernois. Guardei-o desde então e nunca mais me separarei dele...

— Sim, é a minha amiga Beatrice de Aubineau... Não tenho a mínima dúvida. Como também não duvido que é a pequena Catherine, filha de Beatrice, que conheci há muitos anos na Bretanha... Tudo em você me recorda a sua mãe. As suas faces, a cor dos seus olhos, o seu porte, a sua voz, são os de Beatrice. — As duas senhoras se abraçaram, chorando. Estavam ambas muito comovidas. Quando, por fim, se acalmaram, Catherine pediu:

— Mas conte-me, como conhecia a minha mãe?

— Ambas nascemos e crescemos em Fontainebleau. As nossas famílias eram muito íntimas. Havia até laços de parentesco, através de uma das minhas tias, que casou com um tio da sua mãe. E éramos praticamente da mesma idade. Quando chegou o momento de deixarmos as lições das nossas progenitoras, fomos ambas para o convento das Ursulinas, em Paris. Os seus pais conheceram-se anos depois, quando tínhamos dezesseis anos, num baile em que fomos apresentadas à sociedade. Foi uma paixão à primeira vista e Beatrice não chegou a terminar o período de aulas seguinte. Pierre-Marie foi a Fontainebleu pedir a mão dela ao seu avô e se casaram pouco depois. Visitei-a um ano mais tarde, no seu castelo na Bretanha. Você não teria mais de seis ou sete meses e era um bebê lindo. Os seus pais estavam tão felizes... Foi um grande choque, para mim, receber uma carta do seu pai contando-me que Beatrice tinha morrido de pneumonia. Culpava-se por ter obrigado uma jovem tão frágil a viver num castelo imenso e gelado, à mercê das intempéries do Canal.

— Creio que nunca se perdoou...

— O que aconteceu depois? Há alguns anos, alguém ouviu Pierre-Marie dizer, em Paris, que a filha também tinha morrido.

— Mandou-me para um convento em Paris, para as Ursulinas. Nunca ia em casa. Mas fui feliz durante esses anos, as freiras eram carinhosas e tínhamos uma vida muito confortável. Diziam-me que tinha de ficar ali nas férias porque meu pai não estava no castelo e não havia ninguém que tomasse conta de mim... Aquela foi a minha casa, a minha vida, até os dezesseis anos.

— O que aconteceu depois?

— Um dia, a madre superiora me chamou para me dizer que a minha estadia ali tinha terminado, o meu pai tinha decidido que eu ia voltar à Bretanha. Fiquei feliz! Lembrava-me muito pouco dele, mas ainda assim sentia a sua falta. Mas essa alegria não durou muito tempo. O castelo estava sujo e abandonado, havia apenas uma criada que tinha de tratar de tudo. O meu pai estava sempre bêbado, quando estava em casa, e gritava comigo e com ela. Tinha muito medo dele...

— Por isso se casou com alguém de condição muito inferior? Para poder sair daquela casa?

— Não! Nem tal coisa me passou pela cabeça... — contou Catherine, recomeçando a chorar e, ainda entre lágrimas, continuou: — Uma manhã, muito cedo, meu pai bateu na porta do meu quarto e me mandou arrumar as minhas coisas. Disse que iria me casar nesse mesmo dia. E assim foi.

— Pelo menos, teve uma vida melhor, com o seu marido?

— Oh, não, senhora condessa! Duvernois era um velho, muito mais velho que o meu pai. Um homem muito rude. Gritava tanto ou mais do que o meu pai e mandava-me limpar a casa e fazer a comida. Dizia que agora que tinha uma mulher, não ia gastar dinheiro com criadas. Dois dias depois me levou para Paris, para uma casa decrépita e enorme, na Rue des Archives, e foi aí que passei os últimos cinco anos. Meu pai se matou umas semanas depois de eu ter partido e ele não me deixou ir ao enterro, nem sequer me deu a notícia. Eu soube muitos meses depois, numa noite em que tentou me bater e o ameacei fugir para casa. Desatou às gargalhadas, dizendo que eu não tinha nem pai nem casa e quando viu que não acreditava no que dizia, foi buscar uma carta do pároco de Saint-Cast-le-Guido. — Catherine escondeu a cara nas mãos e caiu aos prantos. — Era verdade, não tinha pai nem casa. O meu pai tinha dado um tiro na cabeça, pouco depois de eu ter ido para Paris, e havia um novo dono no castelo. O bom padre pedia ao meu marido que me tratasse com caridade, apesar das circunstâncias do casamento...

— Que circunstâncias? Por ele ser muito mais velho?

— Não... Por ter sido um casamento resultante de uma aposta de jogo...

— Que horror! — exclamou, chocada, a condessa.

— O bom pároco, na sua carta, lembrava Duvernois que, não tendo conseguido impedir aquele casamento combinado em condições diabólicas, tinha celebrado-o apenas para me defender de uma situação ainda mais imoral...

— Pobre Catherine! Que combinação foi essa, exatamente?

— Uma aposta de jogo, condessa, que o meu pai perdeu. Já não tinha mais nada, nem castelo, nem fortuna, nesse dia, perdeu o que lhe restava de dignidade e apostou a própria filha...

— Oh, Catherine! — e, dizendo isto, a condessa levantou-se e foi abraçar a jovem, e ambas choraram. Marie de

Thievenaz estava muito incomodada com o que acabava de ouvir, mas sabia que não era tudo. E, embora a resposta pudesse aumentar ainda mais o horror que sentia, encheu-se de coragem e perguntou:

— Esse Duvernois violentava-a?

— Não, isso nunca aconteceu. Fomos apenas marido e mulher formalmente. Estava sempre muito bêbado, e partilhava a cama com o criado. Era uma casa imoral, condessa, onde vivi sempre aterrorizada. Duvernois gritava e me batia mas creio que o fazia para que eu soubesse que era ele que mandava. Acho que me detestava. Estava sempre me insultando e me chamando de "marquesinha escanzelada", "monte de ossos". Dizia que eu tinha de dobrar o meu orgulho à pancada e, de fato, bateu-me muitas vezes... Um dia, gritou-me que só tinha casado comigo porque odiava o meu pai e essa era a forma suprema de humilhá-lo...

— Nunca pensou em fugir?

— Pensei! Pensei muitas vezes. Sempre que ia para a rua comprar qualquer coisa, pensava em não voltar. Mas fugir para onde? Tinha medo de todo mundo e não conhecia ninguém a quem pedir ajuda. Sabia que algumas das minhas antigas colegas de convento ainda moravam em Paris, mas tinha vergonha de procurá-las, teria de contá-las a minha história. Rezava todos os dias pedindo a Deus que me matasse e sabia que não demoraria muito a fazer a minha vontade. Passava frio e fome naquela casa e vivia aterrorizada.

— Quanto tempo viveu assim?

— Quase cinco anos...

— Até que Duvernois morreu?

— Exatamente! Há umas semanas, de madrugada, uns homens bateram na minha porta para entregar o cadáver. Duvernois tinha sido morto num duelo, por causa de mais uma estúpida aposta — Catherine riu, nervosa, os olhos febris.

— E onde entra Louis de Villeclaire nessa história? — perguntou Mimi.

Catherine corou intensamente e contou à idosa senhora a forma abjeta com que tinha ido parar na casa do jovem marquês e qual seria o seu destino se continuasse naquela casa.

— Condessa, entende agora porque odeio os vestidos que me trouxe hoje? É uma questão de tempo até que Louis de Villeclaire faça de mim sua amante... Ele não é o Duvernois. Me levará para a sua cama assim que quiser. E eu não aguento... Não aguento... Ajude-me!

— Claro que sim, Catherine! Garanto-lhe que a protegerei...

— Deixe-me fugir! Ou escreva-lhe e peça-lhe que me deixe ir para um convento para mulheres indigentes... Por favor!

— Fugir para onde, se não tem para onde ir? Já sofreu demais. Não deixarei que se encerre num convento para mulheres desamparadas, que nada tem a ver com a sua posição e o seu nascimento...

— Uma mulher como eu não tem posição, condessa, e quanto a nascimento... de nada me serviu até agora...

— Louis sabe quem você é?

— Sim! Contei-lhe quem era o meu pai e por que tinha casado com Duvernois, porque ele próprio me perguntou. Mas não creio que tenha acreditado em nada do que lhe disse...

— Compreenda, Catherine, a sua história é tão extraordinária que é difícil que alguém acredite nela. Eu mesma, se não tivesse conhecido a sua mãe, teria dúvidas... Não deixe que ninguém nesta casa suspeite que está triste, vista as roupas novas, mostre-se feliz. Confie em mim! Conheço Louis melhor do que qualquer outra pessoa e eu mesma resolverei o assunto.

***

O marquês de Villeclaire acordou no meio da noite, com uma forte dor de cabeça, e, à procura do fio, sempre pendurado nas cabeceiras das camas de todas as suas casas, para poder chamar Maurice, a qualquer hora do dia ou da noite, estranhou não encontrá-lo. Mais ainda se surpreendeu ao perceber que alguém dormia a seu lado. Uma mulher loira, com a cabeleira iluminada pelo luar. Não se lembrava de ter visitado Isabelle de Dufour e ainda menos aquele lhe parecia o quarto da sua amante. Tateando, procurou a mesa de cabeceira e acendeu uma vela. E foi com horror que percebeu que era Blanche de Belfort quem estava deitada ali... Estava no quarto dela! Mas como?

Em segundos, recordou o pouco dessa noite que guardava na memória.

Na véspera, quando chegou na casa de Blanche de Belfort, ficara surpreendido ao descobrir que seria o único convidado para jantar. E a surpresa depressa passou a contrariedade quando a moça lhe leu um bilhete da viscondessa, que uma das criadas acabara de lhe entregar.

— A mamãe me avisa que não virá... Uma pobre mulher a quem foi socorrer está moribunda e vai ficar acompanhando-a nas suas últimas horas. Querida mamãe, sempre tão caridosa...

— Bom, nesse caso, me parece melhor que também eu não fique para jantar — disse o marquês.

— Oh, por favor, fique! Faça-me companhia.

— Não me parece decente. É uma menina solteira e a sua mãe não está em casa.

— Mas não estamos sozinhos, Louis! Pedirei à criada que fique na sala enquanto jantamos. — Blanche fez beicinho e pediu, com ar de criança desamparada: — Por favor, não me deixe jantando sozinha. É tão deprimente...

O marquês de Villeclaire concordou, contrariado, em fazer-lhe companhia, mas pediu e que, de fato, chamasse uma das criadas. Por momento algum demonstrou o desconforto que a situação lhe provocava. Se já se comentava o seu inexistente noivado com Blanche e se só em público e na companhia de outras pessoas eram vistos, o fato de poder saber em Paris que tinham jantado a sós, na casa dela, iria confirmar os rumores. Nem aos seus melhores amigos contaria! Não temia a indiscrição de nenhum deles, isso não. Mas, seria mais seguro se ninguém mais soubesse. Achava cada vez mais complicado relacionar-se com duas senhoras que tinham vivido tantos anos no estrangeiro. Na Inglaterra seria normal este comportamento da viscondessa de Belfort? Deixar a filha jantando sozinha com um homem enquanto socorria uma desconhecida que estava para morrer? Não devia antes ter-lhe mandado um bilhete, adiando o convite e explicando as razões, ainda que ele já estivesse na sua casa? Só não era embaraçoso porque ele era um homem mundano e bem-educado, que sabia resolver situações delicadas.

— Armandine, sirva o jantar — ordenou Blanche, levantando-se da poltrona em que estava acomodada e oferecendo o braço a Louis, enquanto se dirigiam para a outra sala.

Louis lembrava-se de estar sentado à mesa conversando com Blanche, de ter até gracejado. De ter elogiado a salada e os dois primeiros pratos e, depois... Bem, depois, não se lembrava de absolutamente mais nada. Como se alguém lhe tivesse batido na cabeça e o tivesse deixado desmaiado para agora acordar ali... Como?

Blanche virou-se na cama, estendeu um braço para ele e murmurou:

— Louis...

O marquês olhou-a estarrecido. Blanche encostou o seu corpo um pouco mais ao dele e Villeclaire, instintivamente, afastou-se dela. A moça abriu suavemente as pálpebras e sorriu:

— Louis... Está acordado...

Ele olhava-a surpreendido, chocado. O que tinha acontecido naquele quarto que a levava a tratá-lo por você e a comportar-se daquela maneira?

— Mademoiselle de Belfort, eu...

Blanche ergueu-se na cama, o peito descoberto, indicando que dormia nua. Aproximou o seu rosto do dele e beijou-o nos lábios.

— Amo-o, Louis! Jamais esquecerei a noite maravilhosa que tivemos e tenho a certeza de que será sempre assim.

— Noite maravilhosa?

Blanche riu.

— Não seja modesto! Nunca imaginei que dormir com um homem fosse algo tão arrebatador — disse Blanche, saindo da cama e mostrando-lhe toda a sua nudez. E então, o marquês deu-se conta que também ele não tinha qualquer peça de roupa vestida.

— Mademoiselle, de que fala?

Ela aproximou-se, segurando o seu rosto nas mãos, o seu corpo nu encostado ao dele.

— Está brincando? Como pode falar assim da noite extraordinária que acabamos de viver os dois? É tão engraçado! E amoroso. Que delicado foi beijar-me na sala, enquanto a pobre da Armandine dormia numa cadeira. E que romântico, ao me trazer no colo até a cama. E como me amou com verdadeira paixão, como disse que me amava. Que futuro maravilhoso como marido e mulher nos espera, querido Louis. Promete que me amará assim todas as noites, que procurará o meu corpo como fez ainda há pouco, que me fará gritar de prazer ainda mais do que hoje... — Blanche de Belfort percorria o seu peito com a língua e a cabeça da moça foi descendo, à procura do sexo do seu amante, sem, no entanto, conseguir excitá-lo minimamente.

— Mademoiselle de Belfort, preciso voltar para casa. A sua mãe pode chegar...

Pela primeira vez na sua vida, Louis de Villeclaire não sabia como sair de uma situação, porque também não sabia como tinha entrado nela. Pelo que Blanche de Belfort dizia, tinham feito amor na cama dela. E as aparências pareciam confirmar que fora exatamente isso o que aconteceu. Mas como tinham chegado ali, não sabia e isso o atormentava.

Blanche abraçou-o implorando:

— Ainda não... Ama-me outra vez.

— Mademoiselle...

— A mamãe não virá no meio da noite para casa. As criadas dormem. Fica até que o sol nasça.

— Preciso voltar para casa — repetiu Louis, quase com aspereza.

Vestiu-se rapidamente e saiu ainda mais depressa daquele apartamento, descendo os dois andares que o separavam da rua quase correndo. Procurou a sua carruagem nas imediações mas não a encontrou. Teria mandado o cocheiro embora? Também não se lembrava... Mas uma angústia enorme enchia a sua alma e decidiu voltar para casa a pé, pelas margens do Sena, atravessando a Pont Neuf para chegar ao seu destino.

O frio da noite talvez lhe clareasse a memória...

VI

— Catherine, depois de pensar muito sobre a melhor maneira de resolver a situação em que se encontra, decidi que vou escrever a Louis e pedir-lhe que venha urgentemente.

Ao ouvir tal coisa, a jovem ficou muito pálida e suplicou:

— Por favor, Mimi, não... — Sim, é verdade, desde que a condessa de Thievenaz conhecia a sua verdadeira história, tinha lhe pedido que a tratasse assim, tal como todas as suas pessoas íntimas, que a estimavam e a quem estimava.

— Ouça até o fim, minha filha. Sei que tem de Louis uma ideia que não corresponde totalmente à verdade. Ninguém como eu o conhece tão bem, nos seus defeitos e nas suas virtudes e, posso dizer sem soberba, a ninguém ele ouve com a atenção que a mim me reserva. Por isso, vou pedir-lhe que venha logo assim que puder e eu mesma lhe direi quem a Catherine é. E, depois, trataremos da sua vida. Ficará aqui, no Vale do Loire, se essa for a sua vontade, ou irá para qualquer outro lugar, à sua escolha, com meios de fortuna que lhe permitam ter a vida que merece. Louis, sabendo quem é, não quererá privá-la dos bens de Duvernois e se sentirá obrigado a devolver-lhe tudo que é seu. E Clemence de Auvergne, a sua madrinha, vai recebê-la de braços abertos se quiser viver em Paris.

— Mas, de fato, nada é meu Mimi. Há documentos assinados perante tabeliões que fazem do marquês de Villeclaire o dono de todos esses bens.

— É verdade! Mas tenho a certeza de que Louis lhe devolverá tudo... — disse a condessa que, nessa altura, entendeu que devia contar a Catherine um pouco mais do que ela sabia sobre Villeclaire. Mas começou por lhe revelar a sua própria história.

— Tal como a Catherine, também eu casei aos dezessete anos. Mas, o meu, foi um casamento por amor. Casei com o homem que escolhi e que me escolheu. E, durante seis anos, fui muito feliz. Para coroar essa felicidade, tive um filho, Charles-Marie, e sem dúvida teria tido muitos mais se a tragédia não tivesse alterado brutalmente o curso da minha vida. Um dia, o pequeno Charles caiu doente com sarampo e, dias depois, a terrível doença atingiu o meu marido. Nenhum deles resistiu... em duas semanas perdi as duas pessoas que mais amava e fiquei à beira da loucura...

Mimi contou depois a Catherine que, após tão grande desgosto, passou meses de reclusão, fechada em casa sem ver ninguém. Stéphanie de Anjou, sua amiga de infância e recentemente casada com o jovem marquês Antoine de Villeclaire, era a única pessoa que aceitava receber e todos os dias a visitava.

— Devo-lhe a vida. Foi o esforço da mãe de Louis, as suas visitas diárias, o amor que me transmitia, que me fizeram reagir e me tiraram do estado de letargia em que estava. Esses longos meses de dor uniram-nos ainda mais. Nunca mais nos separamos. Stéphanie sabia tão bem como eu o que era a dor. Ela própria tinha perdido o primeiro filho, que nasceu já morto. Quando soube que estava grávida, uma vez mais, viveu nove meses de terror. Nas longas horas em que suportou as dores do parto, estive sempre ao seu lado, segurando a sua mão. Fui a primeira pessoa que pegou em Louis no colo, fui eu que o entreguei nos braços da ama que o amamentou. Fui eu que fiquei com ele quando, meses depois, a mãe fugiu...

— Fugiu? — surpreendeu-se Catherine.

— Sim. Ao contrário do que Louis possa dizer, a mãe dele está viva ou, pelo menos, estava, há menos de um ano, quando tive as últimas notícias dela. Vive desde então no México, com o nobre espanhol que conheceu em Paris, por quem se apaixonou e que se apaixonou por ela, Dom Francisco de Palma y Gutiérrez... têm sete filhos, todos eles nascidos naquela colônia onde, ao que parece, ninguém lhes pergunta ou quer saber, o que fizeram antes de lá chegarem. Antoine de Villeclaire ficou furioso de vergonha. Era um homem muito elegante e respeitador das tradições. Casou com Stéphanie não por amor, mas porque entendia que essa era a união que mais convinha a duas famílias nobres e ricas como eram as suas. Estimava-a e era um bom marido. Depois da fuga da mulher, pediu-me que viesse com o pequeno Louis, que era um bebê de meses, para o Vale do Loire e me encarregasse da sua educação. Aparecia muito poucas vezes, creio que olhar para o filho o fazia lembrar ainda mais a sua vergonha... Só se interessou verdadeiramente por ele quando Louis tinha catorze ou quinze anos e antes nunca o tivesse feito...

Mimi contou então a Catherine que Antoine de Villeclaire passou a levar Louis às festas e aos bordéis que frequentava, incutindo nele o cinismo que ele próprio votava às mulheres.

— Antes dos vinte anos, Louis já tinha verdadeiro horror ao casamento... e já levava a vida dissoluta que ainda hoje tem. Às vezes, eu mesma tinha dificuldade em reconhecer aquele menino doce que eu tinha visto crescer... A vida dele tornou-se insuportável para mim, por isso decidi comprar esta casa e afastar-me dele. Mesmo depois da morte do pai, há quase dez anos, quando insistiu que voltasse para sua casa, recusei. Apesar de tudo, amo-o como a um filho, como amei o meu próprio filho, tal como ele me ama como amaria a mãe que não o quis, e ao longo de todos esses anos tenho-o visto ser generoso e compassivo para com centenas de pessoas. Sabe que há em Paris um orfanato e um recolhimento para senhoras idosas que paga inteiramente do seu bolso? Perdoa as dívidas aos rendeiros a quem o ano correu mal, distribui dotes pelas criadas que casam... É ainda o menino de bom coração que vi crescer e será o primeiro a repor a injustiça que tem sido a sua vida, Catherine. O seu único defeito é ser incapaz de amar uma mulher...

— É tão inesperado, tudo o que me diz, Mimi. Por favor, deixe-me pensar alguns dias, não lhe escreva já...

— Compreendo-a. Esperarei então que me diga que já se sente preparada para voltar a vê-lo.

Quando saiu da casa da condessa de Thievenaz, Catherine ia tão absorvida nos seus pensamentos, tão envolta na história que acabava de ouvir, que não percebeu que um homem caminhava na sua direção.

— Madame... — murmurou a pequena Sophie, que caminhava atrás dela.

***

Há dois dias que Louis de Villeclaire não saía de casa. Ter acordado, no meio da noite, na cama de Blanche de Belfort tinha-o deixado tão preocupado que não desejava ver ninguém. Mas, nessa manhã, a duquesa Isabelle de Dufour mandara-lhe um criado com um bilhete:

"Por que não vem me ver? Está doente? Ninguém sabe de você há uns dias. Mande-me notícias. Sua, Isabelle."

Por isso ali estava, no *boudoir* da sua amante, de rosto fechado, sério. Isabelle recebeu-o com um sorriso encantador mas logo reparou que, dessa vez, a disposição de Louis era muito diferente da habitual.

— Vejo que está preocupado...

— Nem imagina o quanto, minha querida amiga.

Isabelle estendeu-lhe uma mão, convidando-o a sentar-se a seu lado. Louis sabia que podia confiar nela. Nada do que dissesse naquele quarto sairia dali. Por isso, contou à amante o que tinha se passado na casa da viscondessa de Belfort.

— Disse que não se lembra de uma parte da noite?

— Juro!

— Acredito em você. Por que razão você mentiria? — Isabelle sorriu e continuou: — São criaturas engraçadas, vocês, os homens. Tão experientes numas coisas e tão ingênuos em outras... como crianças...

— O que quer dizer?

— Que é evidente que caiu numa cilada, Louis...

— Uma cilada?

— Não fique chocado! Não é o primeiro homem e não será o último a quem isso acontece. Lamento não ter sido mais clara na última vez que me visitou, lembra-se? Mas não imaginci quc os acontecimentos pudessem tomar este rumo...

Isabelle, sempre tão alegre, estava séria e também ela visivelmente preocupada.

— Você crê que tudo isso faz parte de um plano para me casar com mademoiselle de Belfort?

— Não tenho a menor dúvida, Louis. E está diante de duas mulheres que não estão dispostas a perder tempo, como também não admitem falhar. Em apenas duas semanas, convenceram Paris que o mais empedernido dos solteirões estava disposto a casar e obrigam-no, de fato, a fazê-lo.

— É isso que me horroriza mais do que tudo, ter de casar com aquela moça enfadonha... Não consigo me imaginar vivendo debaixo do mesmo teto que ela, tendo de suportá-la durante as refeições, tendo de aparecer com ela em público...

— Não exagere! Mademoiselle de Belfort é bastante sofrível, apesar de tudo. Terá apenas de fazer o possível para que lhe dê um herdeiro rapidamente e, depois, tem apenas que manter as aparências. Afinal, é o que quase todo mundo faz, não é?

— Ainda assim... Será penoso, garanto-lhe. Confesso, Isabelle, que mademoiselle de Belfort não desperta em mim qualquer desejo. Neste momento, provoca-me raiva e repugnância...

— Isso passará com o tempo.

— Acha que o plano é das duas? Quero dizer, que também a mãe colaborou?

— É provável, embora isso agora pouco importe. Deixe passar uns dias para que essa raiva que agora sente se dissipe e, depois, faz uma visita formal à viscondessa de Belfort e peça a mão da filha.

— Não serei capaz...

— É claro que vai ser capaz! Só um canalha, coisa que você não é, fugiria de uma situação destas...

Louis escondeu o rosto nas mãos, a cabeça baixa, desesperado. Não conseguia imaginar-se entrando na casa das Belfort para pedir a mão de Blanche. De repente, tudo nela o irritava. O risinho estridente, as conversas ocas, a garridice da roupa, as birras que fazia por tudo e por nada. Pela sua cabeça desfilavam agora todas as situações em que a moça tudo tinha feito para estar sempre ao seu lado, a familiaridade com que lhe dava o braço, quando havia tantos outros cavaleiros presentes a quem podia fazer o mesmo. Isabelle tinha razão! Tinha sido ingênuo... Tinha se deixado levar por aquelas duas mulheres sem nada fazer para as impedir de terem sucesso. Via Blanche, nos seus vestidos de seda, passeando pelos salões dos palácios Villeclaire, rindo às gargalhadas, dando ordens aos criados, invadindo a paz da biblioteca com um mau humor, em lágrimas por causa de uma unha partida ou de uma amiga que nessa tarde não pudesse vir vê-la. Odiava-a. Ele, que sempre tinha fugido do casamento, era agora obrigado a se casar com uma mulher que não desejava... com uma mulher detestável.

Ao chegar em casa, a irritação de Louis de Villeclaire aumentou ainda mais. A viscondessa de Belfort tinha lhe mandado um bilhete:

"Meu caro marquês de Villeclaire,

Precisamos conversar a sós sobre assuntos sérios que a ambos dizem respeito. Peço-lhe que me visite amanhã, depois do almoço. Sei que, tal como eu, está disponível e ansioso por essa conversa.

Despeço-me com elevada consideração,

Eunice,
Viscondessa de Belfort"

Não era um convite para um chá. Era uma intimação. Uma ordem. Louis de Villeclaire sentiu se como se tivesse sido condenado à morte.

***

O murmúrio da pequena Sophie despertou Catherine dos seus pensamentos e, à sua frente, viu o conde de Joubert. Tinham acabado de deixar para trás as últimas casas de Avaray e caminhavam já pela estrada solitária, ladeada de árvores seculares cujas copas cobriam completamente a vista do céu.

— Madame Duvernois! — exclamou o Conde, olhando-a descaradamente, enquanto lhe beijava a mão.

— Senhor! — respondeu apenas a jovem, deixando claro que não sabia quem a cumprimentava.

— Bertrand de Joubert! Creio que se lembra de mim, tal como eu a reconheci imediatamente quando, há uns dias, nos cruzamos nesta mesma estrada...

— Não creio, senhor...

— Pois fomos apresentados na casa do seu marido, há menos de um ano, e logo aí não pude deixar de reparar na sua beleza. Uma bela mulher casada com um velho que não a merecia...

Catherine corou, ofendida. Mas Joubert não estava disposto a ser delicado e continuou:

— Finalmente encontrei-a. Depois da morte do seu marido procurei-a na Rue des Archives mas encontrei a casa fechada. Um desencontro lamentável, por horas, segundo me disseram os seus vizinhos, que nessa mesma manhã a viram partir, acompanhada por um homem... Quem diria, madame Duvernois! O seu marido morto há uma semana e a senhora, sem perder tempo, foge com o seu amante... — O conde tinha agora o rosto muito próximo do dela e despia-a com o olhar.

— Ofende-me, senhor!

Jaubert deu uma gargalhada.

— Por quem se toma, madame Duvernois? Uma mulher que salta para a cama do amante quando o cadáver do marido ainda nem arrefeceu... Não passa de uma rameira. Mas dou-lhe os meus parabéns, desta vez soube escolher um homem rico que, pelo que vejo, lhe paga os vestidos e a faz esquecer que ainda devia estar de luto. Catherine baixou os olhos para o seu novo vestido de lã verde-folha, de fato pago por Louis de Villeclaire, e corou.

Joubert deslizou um dedo, levemente, pelo rosto da jovem, fazendo-a tremer de medo, e disse:

— Voltaremos a nos ver, madame Duvernois, muitas vezes... escapou-me em Paris, mas não me escapará aqui! — E o conde montou o cavalo e continuou o seu caminho, em direção a Avaray, deixando Catherine e Sophie paralisadas, à beira da estrada.

— Madame, vamos voltar para casa da condessa de Thievenaz, peço-lhe... — suplicou Sophie.

Catherine, dominando a aflição que sentia, acalmou a moça:

— Que tolice, Sophie! Anda, vamos para casa.

A criada choramingou e agarrou-se a uma manga do vestido de Catherine.

— Tenho medo, madame!

— Não seja tonta! O conde de Joubert estava bêbado... Da próxima vez que o encontrarmos virá me pedir desculpas, verá...

Sophie não pareceu ficar mais descansada e apertava o passo para acompanhar Catherine, que caminhava depressa. Estava tão assustada, a pequena criada, que, ao contrário do que era costume, ia calada. Mas, no meio do caminho, já mais calma, perguntou:

— Pensei que não conhecia o conde de Joubert...

— E não conheço...

— Mas ele disse...

— Ainda assim, se é verdade, não me lembro de tê-lo visto na casa do meu marido e termos sido apresentados... deve ter feito confusão. Estava bêbado, já lhe disse.

— Como pode tê-la confundido, madame, se sabia o seu nome?

— Todo mundo na região deve saber o meu nome, Sophie.

— É verdade! — reconheceu a moça que, durante algum tempo voltou a ficar calada. Já viam o muro da propriedade de Villeclaire quando Sophie voltou a falar: — Madame Martin vai ficar muito aflita quando souber o que hoje nos aconteceu...

— Madame Martin só se afligirá se lhe contar e proíbo de fazê-lo.

Catherine parou e olhou Sophie nos olhos. A criada percebeu que o aviso era sério, baixou, por sua vez, o olhar e respondeu:

— Sim, madame.

Gostava de Catherine e sabia que ela tinha razão. Se nada contasse à boa madame Martin, a governanta, que já achava imprudente vê-las sair para Avaray, todos os dias, a pé, não se afligiria. Madame Duvernois devia ter razão, o conde de Joubert só podia estar bêbado para ter tomado tais liberdades e ter dito tais coisas a uma senhora. Sophie tinha treze anos, mas desde os nove que trabalhava no castelo e bem via como Catherine era diferente das outras mulheres que o marquês, por vezes, convidava para aquela casa. Essas outras senhoras traziam as suas próprias criadas e dormiam na mesma cama que o marquês. Algumas eram muito finas, mas outras nem tanto. Na cozinha, Sophie ouvia as conversas de madame Martin com Maurice, com monsieur Varin, o mordomo, e com madame Lafon, a cozinheira, que comentava que esta era casada e que a outra também, que aquela outra era uma moça de bordel e essa outra uma atriz. Madame Duvernois dormia no seu próprio quarto, distante dois corredores do do marquês, e sobre ela não tinha ouvido senão elogios. Prometeu a si mesma que seguraria a língua e nada contaria à governanta. Embora não visse maneira de convencer madame Duvernois a usar uma das três carruagens que estavam à sua disposição nas cavalariças.

***

Louis de Villeclaire leu e releu o bilhete da condessa de Belfort e quanto mais o fazia, mais se sentia irritado. A ousadia daquela mulher! Não, não iria para a casa dela no dia seguinte. Mostraria que era dono da sua vontade e que não se sentia obrigado a cumprir as suas ordens.

Percorreu várias vezes o quarto, em grandes passadas, as mãos atrás das costas, até ser interrompido por Maurice:

— O senhor marquês vai jantar em casa?

— Não! Prepare a bagagem, vou sair e quando voltar, partimos...

O criado não perguntou para onde, presumindo que iriam para o Vale do Loire ou para a Borgonha, onde Villeclaire tinha propriedades e gostava de caçar com os amigos. Louis dispensou o cocheiro e, apesar do frio, foi a cavalo que chegou a casa de Gaston de Montblanc, que encontrou na sala de armas praticando, com o seu mestre de esgrima.

— Bons olhos o veem, meu velho! — alegrou-se o príncipe, quando viu chegar o amigo. — Venha praticar conosco...

— Preciso falar com você em privado.

Gaston percebeu que o assunto era urgente. Dispensou o professor e sem mesmo trocar de roupa, conduziu o amigo pelos corredores do seu elegante palácio, até a enorme biblioteca — uma das melhores da França — onde estavam guardados milhares de livros raros, adquiridos pela sua família ao longo de muitos séculos.

— Tenho de sair já de Paris e não quero ser encontrado. Pensei que podíamos ir passar uns dias na sua casa de Chantilly...

— Parece-me bem! — Gaston deu uma gargalhada. — Podemos caçar, já que não ficou no Vale do Loire tempo suficiente para podermos lhe fazer companhia... Quando partimos?

— Dentro de duas horas.

— É assim tão grave, Louis? Matou alguém?

— É um caso de vida ou de morte, pode se dizer, mas não, não matei ninguém. Será melhor viajarmos em carruagens separadas, para que não se saiba para onde fui. Encontramo-nos na estrada, duas léguas depois da estalagem do Alphonse. O primeiro a chegar espera pelo outro. A partir daí, viajaremos juntos e lhe conto o que se passou.

— Que mistério, homem! Deixa-me curioso... E Pierre, Laurent e Marcel? — quis saber o príncipe, referindo-se ao marquês de Forchemont, ao conde de Juy e a Marcel Bachelard.

Louis refletiu por momentos. Sim, se todos saíssem de Paris no mesmo dia, seria mais difícil descobrir para onde tinham ido. Todos eles tinham grandes propriedades em vários pontos da França. Podiam ter ido para qualquer uma delas.

— Mandamos-lhes um bilhete agora.

Depois de enviarem um cocheiro para entregar as mensagens aos três outros amigos, Louis e Gaston despediram-se. O marquês de Villeclaire voltou para casa para constatar que tudo estava pronto para a viagem. Ao mordomo, deixou um envelope dirigido à viscondessa de Belfort, com instruções para só ser entregue na manhã seguinte e, antes de entrar na carruagem, disse ao cocheiro:

— Vamos pela estrada de Chantilly, duas léguas depois do Alphonse, pode parar.

Era já noite escura quando as carruagens se encontraram no local combinado. Louis fora o primeiro a chegar, seguido por Gaston, que apareceu pouco depois. Mas tiveram de esperar ainda um bom bocado, até verem aparecer os outros três, que tinham saído de Paris mais tarde e todos juntos. Durante a espera, o marquês de Villeclaire manteve-se em silêncio e o príncipe de Montblanc achou por bem não lhe interromper o curso dos pensamentos. No meio do caminho entre Paris e Chantilly, pararam em Villiers-le-Bel, onde havia uma pequena estalagem em que cearam e dormiram algumas horas, enquanto cavalos e cocheiros descansavam. Só então Louis contou aos amigos por que quisera sair tão depressa da capital.

— O que pretende fazer? — quis saber Laurent de Juy.

— A única coisa que devo, casar-me com ela. Mas não agora, não já. E, sobretudo, não por ordem da insuportável viscondessa de Belfort...

— Não me parece que faz isso de livre vontade! — disse Pierre de Forchemont.

— Blanche é insuportável, tal como as circunstâncias. Sinto-me um coelho apanhado numa armadilha...

— Há outras soluções — disse, por fim, Marcel Bachelard. — Mademoiselle de Belfort tem pretendentes sérios, Phillipe de Beaumercier, Guillaume de Frechard, Louis de Maudamey... qualquer um deles da sua idade, bem menos experientes do que qualquer um de nós, mas todos excelentes partidos, ricos, de boas famílias. Nenhum deles precisará saber o que aconteceu e casará com ela sem hesitar.

— Seria uma solução, de fato, mas creio que mademoiselle de Belfort está decidida a se casar comigo e com nenhum outro.

— É uma caçadora de dote — disse Gaston. — Não admira que você tenha sido o escolhido. Você é um dos homens mais ricos de Paris e, entre todos, o único solteiro. Acredita que não é possível fazê-la mudar de ideia?

— À moça, talvez. Quanto à mãe, começo a achar que será a parte mais difícil do problema. Quanto mais penso em tudo o que aconteceu, mais me convenço de que tudo isto foi arquitetado pela viscondessa.

— Faz todo o sentido! — concordou Laurent. — Você é um excelente partido, herdeiro de um título importante e milionário. Melhor do que você, só me ocorre Gaston, que é príncipe. Porém, bem menos rico e inconvenientemente noivo da prima Caroline de Lescher...

Apesar da seriedade do assunto, todos eles riram ao ouvirem o conde de Juy mencionar o noivado do príncipe de Montblanc. Há mais de três anos que Caroline esperava pacientemente que Gaston concordasse com uma data para o casamento. A sua jovem e inocente prima sugeria um dia ao acaso e logo ele se apressava a responder-lhe que não seria conveniente, invocando uma qualquer razão acabada de inventar. Gaston de Montblanc sabia que o seu tempo estava se esgotando. Chegaria em breve o dia em que teria de aceitar a data proposta. O pai e a mãe tinham mesmo ameaçado marcar uma data sem sequer o consultarem. E ele próprio não sabia explicar completamente por que fugia daquele casamento, uma vez que adorava Caroline e estava certo de que era ela a mãe ideal para os seus filhos. Era uma jovem doce e bem-educada, inteligente e culta, considerada a maior beldade de Paris, que sabia perfeitamente o que se esperava dela quando casasse com Gaston e, por isso, não levantaria nunca obstáculos às saídas do marido com os amigos. Enquanto princesa de Montblanc, Caroline saberia em que ocasiões deveria acompanhar o marido e em que outras deveria ficar em casa. Filha de um primo direito da mãe de Gaston, era a noiva perfeita.

— Querida Caroline! — exclamou o príncipe. — Creio que casarei com ela na próxima primavera. Mas, mais urgente que isso, é o caso do nosso Villeclaire. Uma semana de caça em Chantilly servirá, com certeza, para nos inspirar uma solução para esse seu problema, meu caro. E a sua ausência certamente assustará a viscondessa e a filha. Tem de dar-lhes tempo para se angustiarem e pensarem em outras possibilidades.

Ao fim da manhã do dia seguinte, os cinco amigos chegavam ao belíssimo palácio dos príncipes de Montblanc, nos arredores de Chantilly. Era um edifício imponente, ricamente decorado, que tinha sido construído por um antepassado de Gaston, como residência de caça. Ao longo dos séculos, foi sempre esse o uso que teve. As mulheres da família frequentavam-no pouco e, por isso, era uma casa quase marcial. Tinha salas de armas, salões com grandes mesas, onde os príncipes de Montblanc ofereciam copiosos jantares aos seus convidados. Que se soubesse, nunca ali tinha havido um baile. Havia apenas um episódio romanesco que tivera aquela casa por cenário: há cem anos, um antepassado de Gaston, ainda adolescente, perdera-se de amores por uma criada e foi para ali que, uma noite, fugiu com ela, deixando os pais aflitos, em Paris, sem saberem o que tinha acontecido ao filho, a quem ninguém via desde que pedira licença para se retirar para o seu quarto, onde nunca tinha chegado. Três dias depois, chegava a explicação do mistério, por um criado de Chantilly, que vinha dizer aos príncipes, por ordem do mordomo, que o menino estava ali, com uma mulher mais velha e de baixa condição, com quem mantinha relações carnais a qualquer hora do dia ou da noite, pelos quatro cantos do palácio.

A disposição de Louis de Villeclaire melhorou quase que por magia. Ali, entretido com as armas e as caçadas, tudo lhe parecia menos dramático. Uma enorme floresta rodeava aquela casa construída no reinado de Luís XV. À espera deles havia raposas, gamos, lebres e perdizes que lhes ocupariam quantos dias quisessem. Gaston tinha razão! Cavalgar por aquela floresta seria inspirador. Alguma ideia haveriam de ter que lhe permitisse escapar da armadilha em que caíra. Em Paris, ninguém sabia onde estavam. Era muito provável que a viscondessa de Belfort mandasse procurá-lo no Vale do Loire e na Borgonha, mas as idas e vindas dos emissários demorariam vários dias, no fim dos quais as senhoras concluiriam que tinham perdido o seu rastro. Não saberiam onde estava nem quando voltaria a Paris. "Sim", pensou Louis de Villeclaire, "entretanto, Blanche sairá de casa, aceitando os muitos convites dos seus pretendentes e das senhoras que agora conhecem". Louis queria acreditar que Beaumercier, Frechard e Maudamey disputariam a companhia da moça, contava até que, pelo menos um deles, pressionado pela concorrência dos outros dois, formalizasse o noivado. Se acreditasse em Deus, o marquês teria rezado para que isso mesmo acontecesse.

Lá fora, a matilha de cães ladrava alegremente, na expectativa da correria que se aproximava. Os moços de estrebaria ultimavam os preparativos, selando cavalos e preparando os sacos de armas e munições. Alguém bateu na porta do quarto de Villeclaire.

— Está pronto? — ouviu a voz de Gaston perguntar-lhe.

— Desço já! — respondeu, enquanto Maurice lhe oferecia para escolher duas vestimentas de caça. Decidiu-se pela de veludo vermelho-sangue. Sentou-se, para que o criado o ajudasse a calçar as botas e preparou-se para sair. Era tarde demais para caçar, todos eles sabiam. Já passava do meio-dia e para caçar era preciso começar ao nascer do sol, deixar os cães farejarem à vontade até encontrarem pistas. Além do mais, sem estarem avisados da vinda do príncipe de Montblanc e dos seus amigos, os batedores não tinham procurado pegadas de animais nos dias anteriores. Conheciam apenas um ou dois locais onde tinham sido avistadas presas. Todos eles sabiam que seria apenas uma tarde de cavalgada, mas era isso o que todos precisavam. Ficarem fechados em casa, ia obrigá-los a voltarem ao assunto que ainda não queriam discutir. Gaston de Montblac montou o seu cavalo e fez sinal ao corneteiro para que desse o sinal de partida.

***

Nessa mesma manhã, em Paris, a viscondessa de Belfort entrou no quarto de Blanche, que ainda dormia. Abriu os pesados cortinados que impediam a claridade de entrar e ficou olhando para a filha, imperturbável no seu sono profundo, apesar da luz que agora lhe banhava o rosto. Uma criada bateu levemente na porta e entrou com um tabuleiro em que transportava o café da manhã. Eunice não mostrou notar a sua presença e a moça continuou a preparar a roupa e os objetos de toilete para ajudar Blanche a se arrumar, quando acordasse.

A viscondessa tocou suavemente num ombro da filha, mas ela não se mexeu.

— Blanche! — chamou, muito baixo, e não obtendo resposta, chamou uma vez mais: — Blanche! — elevando ligeiramente o tom de voz ao mesmo tempo em que abanava a jovem.

Blanche abriu os olhos muito devagar, habituando-se à claridade que invadia o quarto. Voltou-se para o outro lado, resmungando:

— Tenho sono.

— Blanche, acorda! — quase gritou a mãe.

Blanche espreguiçou-se como um gato ensonado, bocejou longamente e, depois, sentou-se na cama e disse com rudeza:

— O meu café da manhã, Armandine!

A criada levou o tabuleiro até à cama e serviu-a. Só então Blanche pareceu lembrar-se do que aconteceria nesse dia e perguntou à mãe:

— Virá, não é verdade?

— Não! — respondeu a viscondessa, com irritação.

— Como não? — repetiu Blanche, surpreendida.

— Acabo de receber um bilhete em que diz que teve de sair de Paris para tratar de assuntos urgentes...

— Talvez ainda não tenha partido, vamos visitá-lo.

— Tarde demais, partiu ontem à noite. Não diz para onde nem quando volta.

Blanche saiu da cama com um salto, furiosa. Desatou aos gritos:

— Como ousa? Como ousa tratar-me assim?

— Perder a cabeça de nada nos serve neste momento, Blanche. Saiu de Paris mas terá de voltar um dia destes. Vamos esperar.

— Esperar! Esperar! Não podemos esperar, mãe! Preciso me casar com ele rapidamente, antes que seja tarde demais para ambas... — disse a jovem, descontrolada.

— Acalme-se, Blanche! — gritou a mãe.

— É um covarde! Fugiu! A mãe não percebe? Deixamos ele fugir... Ah! Mas se pensa que desisto, está enganado. Está muito enganado... — Blanche tremia de raiva, os olhos injetados de sangue. Tratou com rudeza a criada quando esta se aproximou e quis saber se podia ajudá-la a se vestir: — É evidente! Por que pensa que está aqui, estúpida? Vai buscar água quente, depressa, mulher insuportável.

Quando Armandine saiu, Blanche atirou-se em pranto nos braços da mãe.

— Acalme-se, filha. Bem sabe que não deve se descontrolar. Vou mandar uma das criadas ao palácio Villeclaire saber para onde foi o marquês. A mim não me disse mas certamente, na casa dele, saberão onde está.

— Isso, mamãe! — animou-se a moça. — Mande já alguém saber para onde foi. Hoje mesmo iremos encontrar com ele.

— Onde estará? Se diz que tinha assuntos urgentes a tratar só pode estar no Vale do Loire ou na Borgonha, onde tem propriedades e castelos...

— Iremos... Iremos ao Vale do Loire, à Borgonha, ao Inferno, se é lá que está! — gritou Blanche e acrescentou, com raiva: — Louis de Villeclaire, tenho pena de você. Não sabe o que a partir de agora lhe espera...

Armandine vinha entrando, trazendo uma grande bacia com água quente. Blanche deu-lhe um encontrão, entornando o líquido.

— Estúpida! — insultou-a. — Estúpida criada! Sai!

VII

A duquesa de Dufour estava verdadeiramente preocupada com os últimos acontecimentos na vida de Louis de Villeclaire. Ela própria há anos que lhe dizia que devia se casar, mas não assim, forçado por uma armadilha montada por uma jovenzinha tonta com a ajuda da mãe. Porque se tratava de uma armadilha, tinha a certeza. Na sua opinião, Louis tinha agido de uma forma muito masculina ao sair de Paris. Adiava as consequências durante uns dias, uma semana ou duas, no máximo. E, na volta, seria obrigado a levar Blanche ao altar, como um cordeiro a caminho do matadouro. Típico dos homens!

Pois bem, ela trataria do assunto à sua maneira, enquanto o seu velho amigo caçava com os amigos e acalentava a esperança de encontrar uma solução milagrosa que o tirasse de apuros. Ser agora seu amante era apenas um pormenor sem importância neste caso. Ainda que nunca tivessem dormido juntos, estimavam-se muito e há muitos anos Isabelle teria tomado a mesma decisão que agora a levava para a casa de Margareth Willcox, a embaixatriz da Inglaterra.

— Isabelle! Que bom vê-la!

— Sempre tão querida, Margareth! Lamento ter lhe pedido para me receber com tão pouca antecedência, mas já sabe como sou... quando penso em alguma coisa não descanso enquanto não a concretizo.

As duas senhoras riram. A fama de impulsiva de Isabelle não era segredo para ninguém e nem mesmo uma estrangeira, como a embaixatriz, se espantava.

— Então, e de que se lembrou desta vez?

— Das viúvas dos soldados franceses, Margareth. Ando muito preocupada com o número crescente de mulheres que ficam sozinhas, muitas delas com filhos ainda pequenos. Sabe tão bem como eu que está sendo bem mais difícil do que o imperador nos fez acreditar...

— Tem razão, Isabelle. Essa guerra terrível está espalhando a desolação em muitos lares dos nossos dois países.

— Por isso, foi de você que primeiro me lembrei para me ajudar a organizar um bazar de Natal. Com as contribuições de todas nós podemos proporcionar um pouco de conforto a algumas dessas pobres mulheres. O que acha?

— Excelente! Pode contar comigo, é claro!

— E conto, Margareth! Aliás, queria aproveitar a sua grande experiência nestas coisas para lhe pedir que faça parte do comitê organizador. Aceita, não é verdade?

— Não só aceito, como me sinto honrada. E quem mais nos ajudará?

— Bom, creio que não nos faltarão voluntárias, mas tive esta ideia hoje mesmo e é a primeira pessoa a quem falo dela. Por isso lhe pedi para me receber, para juntas dirigirmos os convites às outras senhoras que farão parte do comitê.

— Isabelle, o seu entusiasmo é verdadeiramente contagiante. Vamos fazer essa lista já e, amanhã, dou um chá em que formalizamos os convites. O que acha pedirmos a ajuda da princesa de Auvergne e da duquesa de Roux?

— Imprescindíveis! O prestígio de ambas é essencial ao sucesso do empreendimento. Caroline de Lescher?

— Sim, claro! A juventude de Caroline é essencial numa tarefa como esta em que está nos metendo. Tem imensas amigas que não faltarão ao bazar...

— Precisamos apenas de mais uma pessoa... Lembrei-me da viscondessa de Belfort. Talvez a conheça, viveu mais de vinte anos em Londres...

— Curioso, Isabelle, não é a primeira a me falar dessa senhora mas, de fato, não a conheço. Cruzamo-nos há dias na casa da princesa de Auvergne mas não fomos apresentadas — respondeu a embaixatriz Willcox e a duquesa de Dufour notou um certo desconforto na sua interlocutora mas fingiu nada perceber e disse, jovial:

— Não faltarão ocasiões, tenho a certeza! Desde que voltou a Paris, com a filha, é convidada para as melhores festas. Não tardarão a encontrar-se. Mas, se ainda não a conhece, melhor será chamarmos outra pessoa. Angeline Traore-Lamine?

— Oh, sim! É tão enérgica a querida Angeline. Será uma ajuda preciosa. Mas falta menos de um mês para o Natal, Isabelle, teremos de trabalhar depressa. Crê que teremos tempo?

— Estou certa de que sim. Mal se saiba que estamos organizando o bazar a ajuda não nos faltará.

O plano não tinha corrido exatamente como a duquesa de Dufour previra. A sua ideia tinha sido ter um contato diário com a viscondessa de Belfort, pretextos para a visitar amiúde e para ser visitada por ela. Para isso, precisava de tê-la no comitê de senhoras que organizaria o bazar. Embora fosse uma mulher generosa e estivesse sempre disposta a socorrer quem mais precisava, desta vez, a ideia de ajudar as viúvas dos soldados mortos na Crimeia tinha muito pouco de altruísta. E falhara! "Paciência! Ficam as viúvas ganhando e eu hei de ter outra ideia que me permita descobrir o que quero sem ter de estar sempre convidando as Belfort para minha casa. São insuportáveis!", pensou, enquanto a sua carruagem percorria as ruas de Paris, de regresso ao palácio.

No entanto, a hesitação que notou em Margareth de Willcox, quando mencionou a viscondessa, fê-la perceber que, ao contrário do que a embaixatriz dissera, as duas senhoras se conheciam. A curiosidade de Isabelle ficou ainda mais aguçada. Sim, era quase impossível que Margareth Willcox não soubesse quem era Eunice de Belfort. Antes de vir para Paris, o marido de Margareth desempenhara um alto cargo na corte da Rainha Vitória e os Willcox recebiam e eram recebidos em todas as boas casas de Londres. Alguma coisa acontecera na Inglaterra, tinha a certeza, que levava a embaixatriz a não se querer relacionar com a viscondessa. E alguma coisa de muito grave tinha sido, para que uma inglesa abandonasse o espírito prático que caracteriza o seu povo e recusasse ter qualquer espécie de relação social, ainda que distante, com alguém. "Talvez demore mais tempo do que eu supunha, mas acabarei por descobrir o que se passa!", pensou Isabelle de Dufour.

***

Catherine decidiu dar um passeio pelas redondezas do castelo quando Sophie veio lhe pedir licença para não lhe fazer companhia nessa manhã:

— Babette, a ajudante da engomadeira, torceu um braço ontem e, por isso, se não lhe causar transtorno, madame, precisam de mim lá embaixo...

Estava um dia lindo, frio, mas com um céu límpido onde brilhava um Sol envergonhado. Um tempo excelente para dar um passeio a pé. Vivera tantos anos fechada na casa de Duvernois, na Rue des Archives, que agora aproveitava todas as ocasiões para fazer caminhadas e gozar o ar livre que, de certa maneira, lhe recordava os primeiros anos de vida, na Bretanha, quando brincava no jardim do castelo do seu pai, com as águas revoltas do Canal no horizonte. Quase há um mês que ali estava e conhecia apenas o troço da estrada que levava a Avaray. Nem sequer tinha ido ainda ao rio, que corria ao longo de um dos extremos da propriedade.

— É um lindo passeio, madame — disse Fouchon, com quem se cruzou no jardim. — Por este caminho, sempre em frente, vai dar à margem e aí, pela direita, de um lado tem o rio e, do outro, os campos de cultivo da propriedade e, por fim, um bosque, antes de chegar a Mer, a aldeia mais próxima. Para cá, pode vir pela estrada real, que é mais perto, e também é um agradável passeio. É uma bela caminhada e pode ir descansada — acrescentou, olhando para o céu —, hoje não chove.

Catherine agradeceu o conselho do feitor e decidiu segui-lo. Até Mer, iria pela margem do Loire e, à volta, viria pela estrada. Assim, a jovem tomou o caminho de saibro que cortava o jardim ao meio e depois descia, num declive suave, até o rio, que nesta altura do ano corria rápido, com águas escuras que arrastavam galhos de árvores, pedras e terra. Em contrapartida, os gramados estavam verdejantes, fruto da chuva que caíra nos últimos dias, e ainda tão ensopados que era impossível pisá-los sem enterrar os sapatos. Demorou alguns minutos contemplando o rio, acenou a um barqueiro que transportava legumes num pequeno barco que descia a corrente, voltou à direita como Fouchon lhe recomendara e, uns minutos depois, passando a última sebe do jardim, parou para apreciar os campos lavrados que se estendiam a perder de vista. Dois meninos pescavam à linha, na margem.

— Bom dia, madame! — saudaram-na, quando a viram passar. Catherine sorriu, desejou-lhes boa pescaria e ficou ali parada, vendo-os, descalços, metidos na água até os joelhos, indiferentes ao frio, atentos ao mínimo movimento das linhas que pendiam das suas varas improvisadas com galhos de árvore. Ao lado, num balde, debatiam-se três peixes. A jovem retomou o passeio e, mais à frente, passou por um grupo de camponeses que colocava palha sobre as sementes que acabavam de lançar à terra, protegendo-as das geadas. Uma mulher que Catherine conhecia de vista mas de quem não sabia o nome, conduzia duas vacas pelo mesmo carreiro que a jovem seguia e parou para cumprimentá-la:

— Bom dia, madame Duvernois!

— Bom dia! — respondeu Catherine.

— Está gostando do passeio?

— Sim, claro! A paisagem é linda.

— Oh! Então o que dirá na primavera, quando todos estes campos estiverem cobertos com flores de lavanda...

Catherine sorriu, imaginando como, de fato, seria deslumbrante ver aquela enorme planície coberta de roxo e exalando o perfume suave da lavanda. Mas, muito provavelmente, quando essa época chegasse, ela já estaria longe dali, numa outra vida. Não sabia qual, mas era sobre isso que queria pensar durante aquele passeio. Confiava em Mimi de Thievenaz. Louis de Villeclaire tinha de ouvir a sua ama, a mulher que fora verdadeiramente a sua mãe. Tinha de deixá-la partir... Mas sempre que pensava nessa possibilidade, Catherine sentia a tristeza invadi-la. Contra sua vontade, era o marquês de Villeclaire que provocava a angústia que agora, como nas outras vezes, sentia. Nem a Mimi seria capaz de confessar tal coisa, mas admirava a beleza de Louis, os seus olhos de um azul profundo, o rosto clássico, o porte atlético, o modo como caminhava, o tom da sua voz. Descobrira, com horror, que Louis a perturbava, que o seu coração batia com mais pressa quando pensava em Villeclaire. Em outras circunstâncias, Catherine reconhecia que podia ter amado aquele homem que tanto a tinha feito sofrer. Tudo isto se agravara depois de Mimi ter lhe contado a vida do marquês. Tinha pouca ou nenhuma experiência do mundo, mas a suficiente para perceber que ele era um homem do seu tempo e o fruto da educação libertina que o pai lhe dera. Se as coisas pudessem ter sido diferentes, se se tivessem conhecido não na Rue des Archives mas num baile em Paris, na casa de alguém que ambas as famílias conhecessem... Se os seus pais fossem vivos e a tivessem apresentado à sociedade, como acontecera com todas as suas colegas de colégio...

— Se, se, se... — murmurou, quase com impaciência. A vida era muito diferente dos livros que encontrara na biblioteca do castelo e que agora lia, onde os homens eram delicados e fiéis e amavam as mulheres de forma arrebatadora. Pelo menos, a sua vida... era muito diferente da dessas heroínas. Muito diferente das outras moças aristocratas que conhecera no convento das Ursulinas, em Paris. Precisava decidir para onde queria ir. Desejava ficar em Avaray, onde teria a companhia de Mimi e de duas ou três outras senhoras que conhecera na casa dela. Era uma aldeia simpática, sossegada. Mimi achava que Louis lhe devia restituir tudo o que era de Duvernois e dar-lhe, assim, meios para viver como muito bem entendesse e poder se casar com um homem do seu nível social. "Casar... Nada mais longe da minha vontade!", pensava Catherine. Imaginava-se vivendo na aldeia, com a pequena Sophie como companhia, indo duas vezes por ano a Orleans encomendar vestidos no ateliê de madame Ribot, tomando chá com Mimi, madame Labrousse, a mulher do médico, e madame Girault, que era, de todas, a que estava mais próxima da sua idade, e era casada com o comandante da região militar. Seria a vida perfeita! Mas sabia que não era possível correr o risco de encontrar Louis de Villeclaire, quando ele estivesse na sua casa do Vale do Loire, sem que o seu coração disparasse e a sua cabeça se enchesse de ideias loucas. Pior, um dia, o marquês haveria de casar, Catherine seria apresentada à sua mulher. E bem sabia que não iria suportar conhecê-la. Só a ideia lhe provocava ciúmes.

— Estou ficando doida... — disse para si mesma.

Mimi sugeria que se instalasse em Paris, com o seu nome de solteira, sob a proteção da princesa de Auvergne, a sua madrinha. Mas como teria de dizer à condessa de Thievenaz que essa era a pior das soluções, porque significava encontrar Villeclaire ainda mais vezes do que ficando ali, no Vale do Loire. Não suportaria vê-lo dançar com outras senhoras, rir com outras jovens, cumprimentá-lo como se não se importasse com os galanteios que dirigia às outras mulheres. Paris estava fora de questão. Tal como a Bretanha, embora por razões diferentes. Por mais anos que vivesse não voltaria ao local onde nascera, onde vira a degradação a que o pai se deixara chegar e onde o seu próprio martírio começara. Havia demasiada tristeza naquela terra para que ali pudesse viver em paz. Orleans era uma possibilidade que lhe parecia cada vez melhor. Gostara da cidade, na única vez em que lá estivera, e ficava suficientemente perto de Avaray para que pudesse vir passar alguns dias com Mimi. Mas, primeiro, tinha ainda de conversar com Villeclaire sobre tudo isto e quando recordava o calor da mão de Louis sobre a sua, na viagem que os levara até ao Vale do Loire, o beijo delicado que ele lhe pousara nos dedos, sentia um formigueiro no estômago, os joelhos tremiam e sabia que a sua voz deixaria transparecer a tristeza que ia na alma.

A jovem ia tão embrenhada nos seus pensamentos que já nem se dava conta da paisagem que a rodeava e foi como uma sonâmbula que passou pelas primeiras casas da aldeia de Mer, a essa hora com as ruas desertas, para logo seguir pela estrada real, de regresso a casa. Há mais de duas horas que caminhava, pensando no seu futuro, sem no entanto conseguir chegar a uma conclusão. Mimi esperava uma palavra sua para escrever a Louis de Villeclaire, pedindo-lhe que viesse ao Vale do Loire, onde acertariam os pormenores da sua nova vida. Mas que vida seria essa se nunca mais o visse? Se não voltasse a sentir a sua mão na dela?

De um lado e de outro, um frondoso bosque envolvia a estrada, mas Catherine olhou sem ver, como também não viu o conde de Joubert, quando este saiu detrás de uma árvore para lhe travar o passo.

— Madame Duvernois!

Só nessa altura a jovem despertou dos seus pensamentos, assustada.

— Que pensamentos a distraem tanto para não ter se dado conta de que a sigo desde a última casa de Mer... Ou devo pensar que gosta de ser seguida?

— Senhor, deixe-me passar, peço-lhe.

Joubert riu.

— Não tenha pressa. Desde que soube que está na casa de Villeclaire que aguardo este momento. O esperto do Villeclaire! Fica com os bens do Duvernois e inclui neles a viúva.

— Não admito... — disse Catherine, com raiva.

Joubert aproximou-se dela, quase tocando-a com o seu próprio corpo, e agarrou-a violentamente por um braço.

— Largue-me! — ordenou Catherine, cujo medo tinha se transformado em fúria.

Mas o conde continuou a segurá-la violentamente.

— Não passa de mais uma das amantes do Villeclaire! Crê que a sua soberba me impede seja o que for... É uma mulher desprezível... como só pode ser alguém que foi casada com o bêbado do Duvernois e que agora é amante do Villeclaire. É dinheiro que procura? Também sou muito rico, sabia?

— Largue-me! — repetiu Catherine. Joubert deu uma gargalhada e aproximou muito o seu rosto do dela, fazendo-a sentir o seu hálito pesado e desagradável.

— Seja boazinha, madame Duvernois, não me faça perder a paciência. Tornará tudo mais difícil. Quer queira, quer não, vai ser minha. Desejo-a desde a primeira vez em que a vi.

— Senhor... — murmurou Catherine, debatendo-se, tentando soltar-se e fugir.

Joubert apertou-lhe o braço com mais força, até fazê-la gritar de dor.

— Calada, sua cadela! — insultou-a e dando-lhe um encontrão que a fez cair por terra. Foi com repugnância que a jovem o viu cair sobre si e começar a rasgar-lhe a roupa, com violência, deixando os seus ombros descobertos. Por baixo de si, sentia a terra molhada pelas chuvas que tinham fustigado a região nas últimas semanas, as folhas caídas das árvores. O rosto de Joubert estava encostado ao seu, procurava a sua boca, agarrava os seus dois pulsos, não deixando-a se mover. O conde insultava-a enquanto com uma das pernas tentava obrigá-la a abrir as coxas, mas Catherine resistia, embora percebesse que estava perdendo as forças e que algo de muito grave acabaria por lhe acontecer. Pediu ajuda aos céus, para que aparecesse alguém na estrada que a salvasse de tamanho suplício. Mas, à sua volta, tudo era silêncio, quebrado apenas pelos palavrões com que Joubert a ofendia.

— Vaca! — gritou ele, quando, desesperada, Catherine aproveitou um movimento do conde para morder uma das suas mãos. Mas não conseguiu libertar-se. Em vez disso, o fez enfurecer-se e dar-lhe um tapa, com violência, numa das faces. A jovem soltou um grito de horror e depois, impotente, já sem forças para continuar lutando contra aquele homem que a atacava, sentiu-se deslizar, como se estivesse caindo num poço profundo e escuro, desamparada. Estava sozinha, numa estrada deserta, com um depravado. "Meu Deus! Ajude-me!", pediu, aflita. Sentiu o hálito desagradável do conde no seu pescoço e a última coisa que pensou, antes de desmaiar, foi: "Quero morrer!"

***

Eunice de Belfort ficou radiante quando, nessa manhã, recebeu um bilhete da duquesa de Dufour perguntando-lhe se seria conveniente visitá-la. Mais depressa do que a etiqueta recomendaria, respondeu-lhe que sim. E, agora, dava os últimos toques do cabelo e esperava ansiosamente a chegada da sua convidada.

— É a glória! — dizia a Blanche, que com ela estava na sala. — Depois de termos recebido a princesa de Auvergne em nossa casa, agora é a própria Isabelle de Dufour que pede para nos visitar. Depois disto, resta-nos apenas sermos convidadas pelo próprio imperador…

Os olhos de Blanche iluminaram-se.

— A mamã crê?...

— Não seja tonta! O que interessa o imperador? O que importa é que a velha nobreza da França nos abre as suas portas. E, melhor que tudo, Isabelle de Dufour é grande amiga de Villeclaire. Ainda há dois dias a duquesa de Roux comentava que se conhecem desde pequenos e que, nos últimos tempos, se veem frequentemente. Não me admiraria se Louis de Villeclaire a enviasse como emissária. Hoje, certamente, ficaremos sabendo quando volta a Paris e talvez mesmo nos proponha já uma data para o seu casamento…

Ouviram alguém tocar à porta e, pouco depois, Isabelle entrava na sala onde as suas duas anfitriãs já a esperavam.

— Que simpático o seu apartamento — disse Isabelle, enquanto se sentava, enfatizando a palavra "apartamento". Eunice percebeu a intenção da duquesa e apressou-se a responder:

— Oh! É bastante pequeno e em nada se parece com a nossa casa de Londres. Mas é apenas provisório. Certamente, encontraremos uma casa mais conveniente dentro em breve.

— Certamente — repetiu a duquesa, dissimulando a ironia e não podendo deixar de reparar nos móveis e tapetes daquela sala. Eram de bom gosto e boa qualidade, mas demasiado recentes. Nada naquela casa lhe parecia "herdado", em suma.

— Honra-nos muito a sua visita, duquesa! — disse a viscondessa.

— Agradeço-lhe — respondeu Isabelle, sorrindo. E continuou: — De fato, fiz questão de vir pessoalmente fazer-lhes um convite. — E a Duquesa contou às duas senhoras o seu projeto de bazar de Natal para ajudar as viúvas dos soldados franceses mortos na Crimeia.

— Que ideia excelente! — disse Blanche, que falava pela primeira vez. — E onde será?

— A princesa de Auvergne, que também faz parte do comitê, ofereceu duas salas do seu palácio. E já fizemos o programa. Durante a tarde, serão vendidos os objetos que todas nós ofereceremos, haverá tômbolas e recolhimento de donativos. Depois, a princesa convida para um baile durante o qual serão anunciados os lucros apurados.

— Ah! Espera-nos um grande trabalho — disse a viscondessa.

— Assim é! Sei que o tempo é pouco, mas conto com o empenho de todas. Este inverno tem sido particularmente rigoroso e são muitas as famílias que estão sofrendo terrivelmente e a quem devemos acudir. Por isso, aceitamos lavoures feitos por vocês e também outras coisas que possam ser vendidas, como joias, peças de arte, o que entenderem...

— Será um dia inesquecível! — disse a viscondessa. — Blanche borda primorosamente e, apesar do pouco tempo que nos resta, oferecerá tudo o que até lá conseguir fazer.

— Sabia que podia contar com as duas. Por isso, foram das primeiras senhoras a quem fiz questão de vir convidar.

Blanche e a mãe sorriram, lisonjeadas.

— E podemos ajudá-la na organização, duquesa? — perguntou Eunice, vendo nisso mais uma oportunidade de se tornar amiga íntima de uma mulher tão importante como Isabelle de Dufour.

— Bom, na verdade, conto com as nossas doações e também com o nosso apoio, divulgando o bazar junto dos nossos amigos.

— Assim faremos, embora a nossa contribuição seja insignificante. Será um bazar apenas de senhoras? — quis saber Eunice, um tanto desiludida com o assunto que tinha trazido

Isabelle a sua casa mas vendo aí uma oportunidade para tentar descobrir onde Louis de Villeclaire estava. A duquesa percebeu que rumo a sua anfitriã queria dar à conversa e resolveu se divertir um pouco à custa daquelas duas mulheres de quem não gostava nem um pouco. Por isso, respondeu:

— Oh, não! Os cavaleiros serão indispensáveis! Contamos com a generosidade deles para conseguirmos grandes lucros. — Todas riram e Isabelle continuou: — Fizemos uma enorme lista de nomes a quem, mais do que convites, enviaremos verdadeiras intimações, obrigando-os não só a comparecer como a fazerem grandes donativos. De fato, talvez conheçam alguns deles, como o príncipe de Montblanc, cuja noiva faz parte do comitê organizador, e o marquês de Villeclaire...

— Sim, são nossos amigos — disse a viscondessa. — Mas estarão em Paris nessa altura? Há vários dias que não os vemos...

— Sim, tem razão... Agora que fala nisso, creio ter ouvido alguém dizer que estão viajando...

— Viajando? — surpreendeu-se Blanche.

— Foi o que ouvi! Creio que foi madame Blachelard que me contou que o filho, Marcel, saiu de Paris com Louis de Villeclaire, Gaston de Montblanc, Pierre de Forchemont e Laurent de Juy e que tinham ido viajar...

Eunice de Belford não se conteve:

— E para onde foram?

— Quem pode saber? A própria mãe de Marcel desconhece que destino tomou o filho, nem tão pouco sabe quando volta. Não é a primeira vez que fazem tal coisa. Há dois anos, partiram para a Alsácia, para caçarem ursos, e voltaram dois meses depois como se tivessem estado fora apenas dois dias. — Isabelle riu, parecendo divertida com a história que acabava de contar mas, de fato, deliciada com o pânico que via estampado nos rostos das duas mulheres que tinha à sua frente. — Esperemos que, desta vez, voltem a tempo do bazar...

Eunice de Belfort e a sua filha Blanche estavam lívidas.

***

Em Chantilly, o grupo de aristocráticos rapazes que acompanhava Louis de Villeclaire naquele seu exílio voluntário estava tão entretido com as caçadas que, de fato, nem sequer falava no regresso a Paris. Como também não tinham voltado a conversar sobre o problema que os tinha levado para lá.

O príncipe de Montblanc estava certo de que conseguiria convencer Phillipe de Beaumercier a pedir a mão de Blanche de Belfort. Eram parentes — muito afastados — mas Phillipe idolatrava-o. Único rapaz no meio de seis irmãs, mal começara a dar os primeiros passos seguira Gaston, quase dez anos mais velho, para todo o lado e não perdia uma oportunidade de imitá-lo. Pedia-lhe conselhos e fazia sempre o que o primo mais velho lhe recomendava. Por isso, Montblanc estava decidido a falar com Phillipe mal chegasse a Paris e nem sequer tinha de se esforçar muito para convencer o seu parente. Bastava recordar-lhe que ele próprio casaria muito em breve e fazê-lo pensar um pouco no agradável que seria, se também Phillipe casasse, poderem fazer programas juntos. Iriam à ópera, a concertos... se Phillipe continuasse solteiro deixariam de se ver tão amiúde. E, no meio da conversa, sugeriria o nome de mademoiselle de Belfort.

E sentia remorsos? Nenhum! No fundo, Gaston de Montblanc tinha a certeza de que o seu plano era vantajoso para todas as partes. Libertava Louis de Villeclaire de um casamento forçado e casava o seu primo com uma moça bonita, da sua idade e, com certeza, com um dote apreciável. O fato de Blanche ter dormido uma noite com Louis não lhe causava inquietações morais. Estava quase certo de que nada acontecera entre eles. O marquês, nessa noite, estava muito bêbado, só isso explicava que não se lembrasse de nada. Louis não mentia.

Nunca! Em circunstância alguma. E dizia não se lembrar... era verdade.

Uma noite, Gaston partilhou com Laurent de Juy o seu plano.

— Nunca imaginei vê-lo nessas andanças de casamenteiro! Mas conte comigo. Parece-me uma solução bastante boa. O único problema será convencer a moça...

— Tem razão, Laurent. Isso é o que mais me preocupa... Se é como Louis pensa, mademoiselle de Belfort não quer apenas um marido, quer Louis de Villeclaire como marido e essa pode ser a parte mais complicada. Quem nos poderá ajudar?

— Não faço ideia... O ideal seria termos a colaboração de uma senhora, de alguém a quem Blanche respeite e que seja suficientemente íntima das Belfort para poder abordar este assunto. Mas isso também implicaria termos de contar o que se passou, o que está fora de questão, a não ser que seja o próprio Louis a fazê-lo.

Louis aproximou-se deles para se servir de mais conhaque.

— Que tanto cochicham vocês? — quis saber.

— Discutimos a estratégia para amanhã. Diga-nos você: seguimos a pista do gamo que vimos hoje ou vamos caçar perdizes?

— Vamos às perdizes. O gamo portou-se com bravura e inteligência, merece viver.

— Às perdizes, então! — concordaram Gaston e Laurent.

Ah! Como Louis de Villeclaire desejava que, tal como o gamo, também ele tivesse se portado com bravura e inteligência, para que agora merecesse a liberdade. Mas não. Bem sabia que tinha caído na armadilha de Blanche de Belfort de livre vontade. Ou quase... Se, naquela noite, tivesse dado ouvidos a si mesmo e não tivesse ficado para jantar sozinho com ela... Se, naquela noite, tivesse dado atenção aos sinais de alarme e tivesse saído a tempo...

Por isso, reconhecia, não tinha outra saída senão casar com mademoiselle de Belfort. A vinda para Chantilly não resolvia nada. Adiava, apenas. E, apesar de não falar no assunto, Louis de Villeclaire pensava constantemente nele. Seu casamento próximo e contrariado e a desilusão que Catherine Duvernois lhe infligira não lhe saíam da cabeça. Ele, que tanto gostava de caçar, nem com a caça se distraía dos pensamentos negros que o atormentavam.

Melhor seria voltar a Paris e resolver o assunto de uma vez por todas. Ele, que não quisera casar com Marie-Charlotte de Anjou, nem com Sophie de Monnier, ambas filhas de príncipes, tampouco com Berte de Jourdain, filha de um duque... agora, casaria com uma moça desinteressante e espalhafatosa, filha de um obscuro visconde, de quem nada se sabia a não ser que tinha vivido muitos anos do outro lado do Canal. Que ironia...

***

Chantal Martin estava na horta, conversando com Fouchon quando ouviu o galope dos dois cavalos e o barulho da carruagem que estes puxavam. Olhou nessa direção e viu que se encaminhavam para o castelo, a grande velocidade.

— É a carruagem do doutor Labrousse! — e apressou-se em ir para casa. A presença do médico de Avaray ou de algum emissário seu só podia significar que a condessa de Thievenaz estava muito doente. Mas quando chegou ao vestíbulo encontrou um grande rebuliço de criados que, sob as instruções de madame Labrousse, transportavam Catherine Duvernois para o seu quarto e o cocheiro já partia, tão rapidamente como tinha chegado.

— Santo Deus! O que foi que aconteceu? — perguntou a governanta, aflita.

— Um milagre! — respondeu a mulher do médico, acrescentando: — Esta manhã saí de casa muito cedo, para ir visitar uma boa amiga, que tem uma casa nos arredores de Mer e que voltava hoje para Paris. Ao regressar a Avaray, já depois de passar a aldeia, o meu cocheiro percebeu que, na beira da estrada, um homem atacava uma mulher. Viu que a senhora se debatia e que o homem a atirava no chão e se preparava para a atacar da pior maneira. — E a pobre senhora, visivelmente chocada, interrompeu a sua história para se benzer — Parou imediatamente e encontramos Catherine desmaiada. O conde de Joubert fugiu quando percebeu que parávamos...

Madame Martin ficou lívida quando ouviu tal nome:

— O conde de Joubert?

— Ele mesmo! Até aqui, violava plebeias, mulheres sem recursos para poderem enfrentá-lo. Mas, hoje, foi longe demais, o depravado... Madame Martin, não sei o que poderia ter acontecido se não estivéssemos passando por ali naquele preciso momento...

— Santo Deus!

A pequena Sophie saiu do quarto de Catherine em lágrimas e veio agarrar-se à governanta que, ainda no corredor, ouvia o que a mulher do médico lhe contava.

— Madame! Madame! Madame Duvernois está morta?... — soluçava a moça.

A governanta olhou, interrogadora, para madame Labrousse e foi esta quem respondeu:

— Não, Sophie... Madame Duvernois está em choque. Vamos, vai buscar vinagre e um pano. Vamos refrescar a fronte dela enquanto o meu marido não chega...

E antes que a pequena criada pudesse ter tempo para voltar da cozinha, o velho doutor Labrousse apareceu, para observar a doente. Pediu que lhe trouxessem conhaque e tentou a todo o custo reanimá-la. Muito branca, parecendo ainda mais magra do que, de fato era, com fundas e negras olheiras marcando a sua face, Catherine estava deitada na cama, sem dar conta de si, apesar dos esforços do médico. Ardia em febre, não respondia ao que lhe perguntavam, os olhos fechados. Labrousse levantou-se da cabeceira da cama e fez sinal a madame Martin para que o acompanhasse no corredor:

— Está num estado de choque gravíssimo que pode ser fatal. Não deve ficar sozinha, nem de dia nem de noite. Não lhe toquem e tentem alimentá-la. Dê-lhe caldos de galinha, em quantidades pequenas, várias vezes ao dia, e água. Não deve ouvir barulho mas é aconselhável que lhe falem, em voz muita baixa, de vez em quando, e que vejam se reage ao que lhe dizem. Voltarei ao fim do dia, para ver como está... Os próximos dias serão decisivos. Madame Duvernois corre um sério risco de vida...

A governanta tomou boa nota das recomendações do médico e decidiu que, perante um caso tão grave, o melhor seria pedir à condessa de Thievenaz que viesse para o castelo. Talvez devesse mandar dizer ao marquês de Villeclaire que a sua convidada tinha sofrido um acidente.

— Sim! — concordou Mimi, quando chegou e ficou a par da situação em que Catherine se encontrava. — Vou escrever-lhe imediatamente, pedindo-lhe que venha. — E deu instruções a Jacques Dupont, um dos rapazes das cavalariças, que não voltasse de Paris sem a certeza de que Louis de Villeclaire tinha recebido a carta que lhe mandava.

Depois, ordenou que lhe instalassem uma cama no quarto de vestir de Catherine, que tinha uma porta que podia deixar sempre aberta, de maneira a ver a pobre moça doente. Enquanto a sua jovem amiga estivesse naquele estado deplorável, Mimi estava decidida a ficar ali.

— Condessa, o que não faltam nesta casa são criadas que podem ficar com madame Duvernois de dia e de noite. A senhora precisa descansar.

Mimi sorriu ligeiramente.

— Os velhos como eu dormem pouco, Chantal. Ficarei com ela...

Sophie também não conseguia abandonar a cabeceira daquela senhora tão boa, que tanto se preocupava com o seu futuro e que tinha lhe ensinado as primeiras letras. Pediu licença à condessa de Thievenaz e preparou-se para ficar de dia e de noite naquele quarto. Às vezes, a condessa percebia que Sophie chorava baixinho. Muitas vezes, pegava na mão de Catherine e chamava:

— Madame!

Catherine continuava mergulhada em silêncio, alheia de tudo o que a rodeava, consumida pela febre. E um ambiente pesado, quase fúnebre, espalhara-se por todo o castelo. Madame Martin passava o dia a caminho do quarto onde estava a doente e, durante a noite, levantava-se da cama para vir saber notícias. Mas os dias passavam e não havia melhoras. O doutor Labrousse aparecia logo de manhã e voltava a visitar a doente ao fim da tarde. Abanava a cabeça, impotente. Catherine não saía do estado de choque em que fora encontrada. O bom velho estava cada vez mais preocupado. De dia para dia a esperança de salvar a moça diminuía.

No quarto dia, depois de visitar Catherine, ao entardecer, o doutor Labrousse voltou para casa ainda mais desanimado e confessou à mulher:

— Não posso fazer mais nada, Gabrielle... É uma questão de dias. Madame Duvernois está morrendo...

VIII

Gilles era um rapazinho de sete anos, excessivamente magro e muito baixo para a sua idade, mas muito mais inteligente do que seria de esperar de um menino tão pequeno. Tinha nascido no sótão do palácio dos Duques de Dufour, nas dependências dos criados, e era filho de uma ajudante de cozinha que, três anos depois, tinha ido embora sem sequer se dar o trabalho de dizer adeus, atrás de um namorado. Na manhã seguinte, as criadas da casa deram por falta da moça e, quando foram procurá-la, encontraram apenas a criança, sozinha, dormindo na cama que dividia com a mãe.

Desde esse dia, Gilles passou a ser filho de todas as mulheres daquela casa, que o enchiam de comida — sempre preocupadas com a magreza do menino — e limpavam o ranho do seu nariz. Os moços de recados achavam graça nele e quase sempre o levavam nas suas voltas pela cidade. O menino crescia entre a cozinha e a copa e ia ajudando nas tarefas pequenas que a sua idade permitia. Capaz de se meter em qualquer canto, aos sete anos, Gilles conhecia Paris tão bem como o palácio Dufour. Não havia lugar onde não tivesse estado.

Por isso, quando Isabelle de Dufour chamou Rose, a sua criada privada, e lhe pediu que descobrisse o que se passava na casa das Belfort, a moça pensou imediatamente em Gilles.

Não era a primeira vez que, nas dependências dos criados, encarregavam-no de recolher informações sobre pessoas estranhas à casa. Não fosse Gilles, e Claudette, a engomadeira, ainda hoje andaria iludida com Joseph, o cocheiro que lhe prometera casamento. Mas, em apenas dois dias, Gilles desfizera-lhe os sonhos, ao contar-lhe que o homem já era casado e pai de oito filhos. E este tinha sido apenas o último serviço do gênero que o menino fizera. Agora, Rose tinha lhe dado instruções precisas: queria saber quantos criados havia na casa de Saint-Germain-des-Prés e a que horas saíam e para onde iam.

Foi tão fácil para o menino descobrir tudo isso que, no dia seguinte, ali estava ela, de cesto no braço e com Gilles ao seu lado, fazendo compras no mercado perto de casa das Belfort, onde ficou sabendo que ia, todos os dias, uma das duas criadas. Como combinado, ao passarem pela empregada da viscondessa, o rapazinho deu-lhe um encontrão no cesto, entornando o seu conteúdo, de modo a obrigá-la a parar para que Rose tivesse oportunidade de conversar. E foi isso mesmo que aconteceu.

— Vê por onde anda, rapaz! — gritou a criada das Belfort, quando as laranjas que acabara de comprar se espalharam no chão, à sua volta.

— Desculpe, mademoiselle — respondeu Gilles, baixando-se imediatamente para apanhar a fruta e, também, poder sorrir sem que a moça percebesse.

— Eu é que lhe peço desculpa — disse Rose. — Vinha tão distraída como ele e não o vi esbarrar contra você. — Depois, estendeu a mão, sorrindo: — Rose Gibon.

— Armandine Banon — respondeu a outra, já mais calma e acrescentou: — Nunca a tinha visto por aqui. É nova no bairro?

— Oh, não! De fato, vimos poucas vezes a este mercado, moramos nas Tulherias...

— Nas Tulherias? Que chique...

— Sim, na casa dos Duques de Dufour. Mas hoje viemos fazer um recado aqui perto e como tenho de levar beringelas à cozinheira, lembrei-me de ver se por aqui tinha...

— Beringelas? Só se a tia Pauline tiver. É a última banca, à direita, mas aviso-a que é caríssima, nunca vou lá... — depois, Armandine pareceu reparar na maneira elegante como Rose e o rapazinho estavam fardados e acrescentou: — Bom, mas para uma duquesa que tem criados vestidos assim, talvez os preços da tia Pauline não sejam assim tão exagerados...

— Sim, de fato, dinheiro é coisa que não falta na casa dos Duques de Dufour — sorriu Rose.

— Tratam-nos bem ou só querem vocês bem vestidos?

— Tratam-nos muitíssimo bem! Bons quartos, boa roupa, boa comida, pagamento a horas e um dia livre por mês.

Armandine olhava para Rose sem poder acreditar no que ouvia:

— E a sua patroa é das que gritam e nunca estão satisfeitas?

— Não, muito pelo contrário. A senhora duquesa de Dufour é uma mulher muito exigente, tudo naquela casa tem de estar irrepreensível e trabalha-se bastante, porque os senhores recebem muito e rara é a semana em que não há dois ou três jantares para mais de cinquenta pessoas. Mas a senhora é educadíssima, pede sempre tudo com delicadeza e nunca a ouvi levantar a voz a ninguém, nos quinze anos que ali trabalho...

— Não precisarão de mais uma criada?

— Não ouvi dizer nada, mas posso perguntar a madame Berche, a governanta. Nunca se sabe... Está interessada em mudar de casa?

— Nem pode imaginar quanto! Trabalho para duas criaturas insuportáveis...

— Tem referências? Vão pedir-lhes e, mais do que isso, madame Berche irá confirmá-las e a duquesa de Dufour quererá falar com vocês antes de a contratarem, mesmo que nunca mais volte a vê-la, o que não é difícil naquela casa. São muito rigorosos.

As duas moças, seguidas pelo pequeno Gilles, encaminhavam-se, enquanto conversavam, para a banca da tia Pauline, onde Rose comprou três beringelas por um franco.

— Vai levá-las? — perguntou Armandine, escandalizada.

— Mas é claro! São bastante boas e bem valem este dinheiro.

— Não vai acreditar se lhe disser que um franco é quanto a minha patroa me dá para vir ao mercado comprar frutas e legumes para as refeições de um dia inteiro...

— Mas para que espécie de gente trabalha, Armandine?

— Oh! Para uma tal viscondessa de Belfort que nem viscondessa é... Por favor, Rose, garanto-lhe que sou boa moça, honesta e trabalhadora. Nunca estive numa casa fina como me parece ser essa onde trabalha, mas tenho cartas de recomendações dos meus antigos patrões e aprendo depressa...

Os sinos de uma igreja próxima anunciaram as dez da manhã.

— Tenho de ir, está ficando tarde. Prometo falar de você a madame Berche. Como posso encontrá-la?

— Poderá vir amanhã, à mesma hora?

— Sim, claro! Amanhã à mesma hora, então, aqui no mercado. Vamos Gilles, temos de nos apressar...

Três dias e várias conversas depois, Rose já podia contar à duquesa de Dufour:

— A criada diz que as tais Belfort não são viscondessas, foram para Londres porque a mãe era amante de um tal James Belfort, um inglês que era negociante de chás, mas a moça não é filha dele. Armandine não sabe quem é o pai, só as conheceu quando vieram para Paris e a tomaram como criada. O tal Belfort morreu e foi a família que herdou tudo, elas vivem na maior pobreza, contando tostões e vendendo as poucas joias que lhes restam. Andam numa aflição para casarem a mais nova com o marquês de Villeclaire e, há dias, a mãe até se fechou no quarto para a filha poder jantar sozinha com ele e a criada ouviu uns zunzuns entre as duas. Não sabe explicar o que é, mas alguma coisa puseram no vinho do marquês, porque o pobre caiu redondo e levaram-no nos braços para a cama da moça, para o convencerem de que tinha dormido com ela e o obrigarem a casar. Foi a própria mãe que ajudou a levá-lo para a cama da filha e o despiu, imagine a senhora duquesa! Armandine também foi obrigada a carregá-lo, tal como a cozinheira... Pois tinha de ser as quatro, para carregarem um homem daquele tamanho... Senhora duquesa, Armandine é uma boa moça, simplória, mas decente. E está muito aflita com esta história toda. Crê que pode tomá-la como criada?

— Sim, claro! Mas ainda não... Não, enquanto não perceber por que querem aquelas duas laçar Louis de Villeclaire tão depressa. Alguma coisa tem...

— Pois se não têm dinheiro nenhum e o marquês é rico!

— Ainda assim! Creio que Armandine ainda não lhe contou tudo o que sabe. Continua se encontrando com ela. Diga-lhe que o assunto está muito bem encaminhado e que madame Berche está pensando em falar com ela e a faz contar-lhe mais coisas. Pergunta-lhe por que têm, essas duas, tanta pressa em casar a moça com o marquês...

— Assim farei, senhora duquesa!

— Agora, pode ir.

***

A duquesa de Roux dava apenas duas ou três grandes festas por ano mas, em contrapartida, convidava frequentemente os amigos para jantares menores, a que não iam mais de vinte pessoas. Os grupos de convidados variavam muito, mas as ocasiões eram sempre muito agradáveis. Ah! Os Roux tinham a elegância da velha nobreza e a duquesa possuía a arte de saber juntar as pessoas certas. Nessa noite, mais do que em qualquer outra, embora sem saber, tinha feito coincidir duas convidadas que precisam mesmo se encontrar, Isabelle de Dufour e Margareth Willcox.

Depois do que a sua criada pessoal lhe contara, a duquesa de Dufour procurava uma oportunidade para falar a sós com a embaixatriz da Inglaterra. Todas as semanas se encontravam no comitê organizador do bazar de Natal, mas essa não era uma boa hora. As reuniões juntavam apenas cinco senhoras e não seria de bom gosto puxar Margareth à parte e ficar cochichando com ela num canto da sala. Mas na casa dos Duques de Roux era diferente. Depois do jantar, quando os homens se retirassem para a sala de fumo, as senhoras ficariam no salão, em pequenos grupos. Era o momento certo!

Isabelle deu o braço a Margareth, como duas boas amigas que, de fato eram e conduziu-a a um vão de janela, longe das outras senhoras, que tagarelavam alegremente sobre os últimos acontecimentos sociais de Paris.

— Preciso absolutamente lhe contar, querida amiga.

— É assim tão grave que não nos possam ouvir, Isabelle?

— Não sei! E é isso que espero que me diga, Margareth!

— Deixa-me curiosa...

— Margareth, vieram me contar que a viscondessa de Belfort não é viscondessa e nem sequer Belfort. De fato, soube que não passa de uma aventureira que viveu em Londres como amante de um homem que nunca casou com ela...

— Não sei de que fala, Isabelle...

— Estamos sozinhas, Margareth! Bem sabe que a vida dos outros não me interessa, nem tampouco os seus comportamentos privados. Tenho amantes demais para poder ser moralista... — a duquesa deu uma gargalhada e a embaixatriz corou ligeiramente. — Mas é o futuro de um grande amigo que está em risco e, por isso, me preocupo.

— Não sei em que posso ajudá-la, Isabelle. Como já lhe disse, não conheço a viscondessa...

— Acredito que não a conheça, Margareth. Mas sei que sabe quem é. Bem notei a sua hesitação quando propus que a convidássemos para o comitê. Querida amiga, como compreenderá, por questões de discrição, não posso revelar pormenores, mas garanto-lhe que essas duas mulheres usaram dos meios mais baixos para obrigarem um amigo meu a casar com Blanche...

— Oh, Isabelle... — disse a embaixatriz, chocada.

— Se a história que chegou até mim é verdade, essas duas mulheres precisam ser desmascaradas quanto antes. Se é mentira, estão a ser alvo de uma injustiça infame, de uma calúnia que é necessário reparar. Compreende por que preciso da sua ajuda, querida Margareth?

A embaixatriz refletiu por uns momentos e depois, disse:

— Então avise o seu amigo, Isabelle, porque tudo o que lhe contaram é verdade. A mãe era amante de Mr. James Belfort, um riquíssimo e conhecido negociante de chás. Ninguém as recebia, mas todo mundo em Londres sabia quem eram. Viviam numa boa casa, em Belgravia, e tinham carruagem privada e conta no Fortnum & Mason e no Asprey, ou seja, circulavam pelos mesmos locais da alta sociedade e da nobreza. Mas não se convida uma mulher dessas para nossa casa... Quando o Belfort morreu, soube-se que não as contemplara no seu testamento e, pouco depois, saíram de Londres. Confesso-lhe que fiquei muito surpreendida quando, há umas semanas, as vi na casa da princesa de Auvergne. Imaginei imediatamente que a nossa boa amiga não podia saber que gênero de gente é aquela.

— Que ousadia a delas! Pensariam que nunca seriam descobertas?

— Não creio, Isabelle! Mas se conseguissem casar rapidamente a Blanche, o assunto ficaria resolvido... Esta guerra dificulta as viagens entre as duas margens do Canal, minha amiga. Pode demorar mais de um ano até que apareça algum inglês que se lembre delas e eu, sendo a embaixatriz da Inglaterra, uma estrangeira, estou numa posição delicada para dizer seja o que for de uma senhora que, afinal, é francesa e recebida nas melhores casas de Paris. Confesso-lhe que pensei muito no assunto, quando soube que saíam todos os dias na companhia de alguns dos melhores partidos. Blanche é muito bonita, era evidente que conseguiriam casá-la bem...

— Que história sórdida, querida amiga. Dizem-me que a moça não é filha do Belfort.

— Sim, de fato, não é. Chamava-lhe papai, mas já tinha três ou quatro anos quando apareceram em Londres, com o Belfort, depois de uma das suas viagens de negócios na França.

Isabelle voltou para casa muito preocupada com o que ouvira de Margareth Willcox. Nessa mesma noite, antes de se deitar, escreveu uma carta que, na manhã seguinte, mandou entregar no palácio de Louis de Villeclaire.

***

Armandine só não estava desesperada porque a sua amiga Rose lhe garantira que, na próxima semana, Madame Berche a receberia e prometera contratá-la. Teria de ficar na cozinha, cortando legumes e ajudaria as outras criadas no serviço das salas, mas tinha a certeza que muito depressa faria o seu trabalho tão bem como todas as outras. Bastava que lhe dessem a oportunidade de trabalhar numa casa fina, ela faria o resto. Ali, na casa das Belfort, é que não aprendia nada. Uma semana não custaria a passar, embora agora tivesse trabalho demais. Na véspera, a cozinheira despedira-se, farta que lhe devessem os ordenados, de ser maltratada e de cozinhar carne que nem os cães quereriam comer.

— Abra os olhos, moça, se tivesse juízo também sairia hoje desta casa — dissera-lhe, enquanto arrumava as suas coisas. Armandine nada lhe contara sobre o prometido emprego na casa dos Duques de Dufour, encolhera apenas os ombros.

— É muito tonta — disse a outra, em jeito de despedida. — Bom, se mudar de ideia, sabe onde me encontrar. Procure-me e eu falo com o dono da hospedaria, pode servir às mesas ou tratar dos quartos...

Agora, Armandine também tinha de cozinhar, além de arrumar e limpar a casa e de ajudar a vestir as duas patroas, entre gritos e insultos. Mas tanto lhe fazia. Queria era ver a cara com que as duas ficariam quando lhes dissesse que também ela ia embora. De dia para dia odiava cada vez mais aquelas duas. Ah! O que lhe valia é que não paravam muito tempo em casa. Ainda nessa manhã, a viscondessa saíra logo cedo, muito apressada para ir vender mais uma joia. Ela bem a vira meter um colar de pérolas na carteira. E Blanche ficara dormindo, como sempre, porque era uma preguiçosa, antes do meio-dia não havia quem a arrancasse da cama. Armandine aproveitara a manhã de liberdade para ficar ainda mais tempo no mercado conversando com Rose e até fora convidada para beber chocolate. Oh, como a sua vida seria boa na casa da Duquesa de Dufour... Bem via a vida de Rose, que podia demorar conversando enquanto fazia compras e tinha sempre dinheiro seu, com que a convidava para bolos e outras guloseimas. Armandine sonhava acordada enquanto arrumava, na cozinha, as compras que trouxera do mercado e, depois, preparava-se para arrumar e limpar as salas quando, ao passar à porta do quarto de Blanche, ouviu gargalhadas. Primeiro, assustou-se, pensando que a viscondessa já teria regressado a casa e, dando pela sua falta, lhe repreenderia mal a visse. Mas, de repente, as gargalhadas pareciam de um homem...

Na ponta dos pés, evitando as tábuas que mais rangiam, Armandine entrou no quarto de vestir de Blanche, que tinha uma porta de comunicação com o quarto de dormir, que nunca estava fechada. Colada à porta, a criada não conseguia ver tudo, mas viu o suficiente.

Blanche estava nua, no colo de um rapaz, também ele sem roupa, que Armandine nunca tinha visto. A moça gemia e o chamava de Denis, enquanto ele metia a mão entre as suas coxas e a acariciava. Armandine estava petrificada, sem querer ver o que acontecia no outro quarto e, ao mesmo tempo, sem conseguir deixar de olhar. Viu Blanche atirar a cabeça para trás e sentar-se de frente para o rapaz, colocando uma perna de cada lado do corpo dele, que agora lhe agarrava as nádegas e a possuía de forma selvagem, os dois aos gritos. Blanche contorcia-se de prazer, enquanto o jovem lhe trincava os bicos dos seios e a penetrava.

— Os safados... — murmurou Armandine, mas logo se arrependeu, temendo que a ouvissem. Tal como já começava a temer que a viscondessa chegasse na hora e não só encontrasse a filha naqueles preparos com um homem como fosse dar com ela ali, vendo tudo, atrás de uma porta. Preparava-se, por isso, para sair de onde estava quando ouviu o rapaz dizer, ofegante:

— Blanche, casa comigo...

A moça riu e levantou-se, mostrando completamente a sua nudez.

— Não diga tolices, Denis. Não foi isso que combinamos.

— Eu sei, mas quanto mais penso nisso mais ciúmes tenho de saber que vai se casar com outro, a quem o nosso filho chamará pai, que poderá dormir na sua cama sempre que desejar...

— Desde quando é sentimental? Com Villeclaire serei uma mulher muito rica, terei a vida que mereço e o nosso filho também e continuaremos a nos encontrar, prometo. Me verá todos os dias e arranjarei um jeito de o meter muitas vezes na minha cama. — Blanche riu, descarada. — Pois não arranjamos sempre um jeito de nos deitarmos um com o outro mesmo debaixo do nariz da mamãe? Garanto-lhe que poderá até mudar-se para minha casa, dormir todas as noites na minha cama e o meu marido nunca saberá. Basta-me escolher um quarto longe do dele e dizer que quero ficar sempre com a criança junto de mim. Nunca mais o verei, prometo.

— Parece muito segura do que diz.

— E estou! O plano correu às mil maravilhas, como lhe contei. Villeclaire é tão bem-educado que foi incapaz de me dizer que não ficaria para jantar quando soube que eu estava sozinha. Depois, foi só servir-lhe o vinho com umas gotinhas do remédio que a mamãe dava ao Belfort para fazê-lo adormecer quando não desejava deitar-se com ele. — A jovem deu uma gargalhada.

— Às vezes, me assusta — disse Denis.

— Às vezes, você não passa do filho do confeiteiro da Rue de Saint-Paul, que de fato é. Tem falta de ambição e isso, sim, é assustador.

— A que chama você ambição? Casar com um marquês que não ama. Ou será que ama?

— Está me enfadando, Denis.

— Enfado-a porque lhe digo que podíamos casar e ter uma boa vida, o negócio da confeitaria corre muito bem. Podemos ter uma boa casa, criada, podemos viver felizes.

— Nem pense nisso! Mereço muito mais do que isso e o meu filho também. Quero um palácio, carruagens, festas, joias. Quero continuar a ser recebida nas melhores casas de Paris. É assim tão difícil de perceber que só assim serei feliz?

— Mesmo que tenha de viver sem mim?

— Não vamos começar outra vez. Já lhe disse como será. Por que tinha de estar naquele barco que me trouxe da Inglaterra e por que eu tinha de me apaixonar logo por você?

— Quando a conheci não tinha essas manias. Era uma moça normal viajando com a mãe num camarote de segunda classe, tal como eu.

— O papai tinha acabado de morrer, não podíamos gastar muito dinheiro. Mas foi a primeira e última vez que estivemos tão mal instaladas. Jurei que não voltaria a passar pelo tormento da pobreza, casando com Villeclaire serei uma das mulheres mais ricas de Paris...

— E se ele não quiser se casar com você?

— Casará! É um cavalheiro e eu e a mamãe já combinamos que mal ele volte a Paris lhe contaremos que estou grávida e que temos de casar rapidamente para evitar um escândalo. Nada o assustará mais. — Blanche voltou a dar uma gargalhada. — Preciso mesmo me casar com ele durante o próximo mês, enquanto a barriga quase não se nota, para que não se ponha a fazer contas e descubra que o filho não pode ser dele.

Ah! Como Rose era esperta! Ainda nessa manhã, enquanto bebiam chocolate, insistira com Armandine que alguma razão haveria para as suas patroas quererem laçá-lo, com tanta pressa, o pobre marquês de Villeclaire para marido de Blanche.

— É por dinheiro! — dizia Armandine.

— Mas por que têm tanta pressa? Você mesma me contou que ouviu a moça dizer à mãe que precisa se casar até o fim de dezembro ou será tarde demais. Tarde demais para quê? Aí tem coisa, digo eu...

E tinha, de fato! No dia seguinte contaria a Rose o que tinha descoberto. Eram umas desavergonhadas, as Belfort, tal mãe, tal filha. Armandine estava tão indignada com o que vira e ouvira que lamentava não passar de uma pobre criada. Gostaria de contar ao marquês de Villeclaire tudo o que sabia, mas nem valia a pena tentar. Rose talvez soubesse onde ele morava e podia levá-la lá, mas Armandine teria de entrar pela porta de serviço e não passaria da cozinha, criado nenhum se atreveria a anunciar ao Marquês que estava ali uma simples criada que queria lhe falar em privado.

No dia seguinte falaria com Rose. Rose era uma mulher esperta e há mais de quinze anos que trabalhava para a duquesa de Dufour, conhecia aquele mundo onde Armandine se preparava para entrar agora, sabia como aquelas pessoas viviam, e teria uma boa ideia.

"Coitado do marquês de Villeclaire!", pensou Armandine, enquanto saía do seu esconderijo, pé ante pé.

***

Não valia a pena prolongar muito mais a estadia em Chantilly. Por mais que pensasse no assunto, Louis não via outra saída senão casar com Blanche.

— Convencerei o meu primo, Phillipe de Beaumercier — prometera-lhe Gaston, nesse mesmo dia, quando pararam, no meio da caçada, para o almoço, acrescentando: — Será fácil, verá!

— Poderá ser fácil convencer o bom do Phillipe, mas quanto às Belfort, a diligência me parece impossível...

— Não desanime, Louis, dormiu uma vez com ela, mas não precisa voltar a fazer isso, mesmo estando casado — disse Laurent, tentando animar o amigo. — Pode instalá-la na ala mais distante do seu palácio de maneira a nunca ou quase nunca se cruzar com ela.

— Mas teremos de aparecer em público juntos...

— É verdade! Mas também aí não precisa estar sempre a seu lado, entra com ela nas festas a que tiverem de ir os dois e deixa-a entretida com as senhoras enquanto vai para a sala de fumo. E continuará a ter as suas amantes, como até agora.

— Sim, um cavalheiro que se prese está com a mulher nos salões mas dorme com as amantes! — riu Pierre.

Em outra situação qualquer, também Louis teria rido com eles. Mas não agora, não nesta situação. Voltaria a Paris e foi isso mesmo que propôs aos amigos:

— Por mim, estou pronto para regressar e enfrentar as Belfort.

Iria para a casa de Blanche, falaria com a viscondessa, mas imporia as suas condições. Casaria com Blanche dentro de dois anos.

— Pensa que aceitarão esse prazo?

— Não terão outro remédio! Sem mim, não haverá casamento e não estarei disponível mais cedo. O que podem fazer senão esperar?

— Parece-me uma estratégia inteligente — comentou Marcel —, dois anos é um prazo longo, talvez a moça se farte de esperar e mude de ideia. Afinal, o que é uma noite passada com um homem, se é que tal noite aconteceu mesmo...

— Além disso, exigirei um contrato pré-nupcial que me seja favorável e estabelecerei uma pensão anual para Blanche. Se ela e a mãe pensam que vão viver como milionárias, terão uma bela surpresa.

— Ah! E o judeu sou eu! — exclamou Marcel. — Confesso que não teria tido melhor ideia, meus amigos. E alegro-me, Louis, porque o ar destes bosques te inspiraram verdadeiramente. É a solução perfeita. Casa-se com a moça, não tem de vê-la quase nunca e, sobretudo, não tem de dormir mais com ela e estabelece-lhe um montante fixo para os vestidos. E, tudo isso, para se realizar apenas daqui a dois anos... Brindemos!

— Mas, entretanto, Blanche quererá oficializar o noivado e, durante longos vinte e quatro meses terás de se portar como um noivo amantíssimo — contrapôs Gaston.

— Ou talvez não! — respondeu Louis, sorrindo pela primeira vez: — Preciso absolutamente ir à Martinica. Ainda há umas semanas a Mimi me recomendava que fizesse a viagem e fosse conhecer as minhas plantações de açúcar. Com a minha idade, o meu pai já tinha estado lá duas vezes mas, a mim, a viagem sempre pareceu excessivamente longa e a cana-de-açúcar nunca me interessou especialmente. Depois, já que ali estou, irei a Nova Iorque, onde está o nosso maior entreposto comercial da América, e inteiro-me dos meandros dos nossos negócios de açúcar com a Europa. Em tudo isto, pretendo demorar, pelo menos, dois anos.

Os quatro amigos do marquês de Villeclaire deram grandes gargalhadas. O plano de Louis era de tal maneira engenhoso e justificado que nem Blanche nem a mãe poderiam se opor. Afinal, um homem rico precisava cuidar das suas fontes de rendimento e era exatamente isso que Villeclaire ia fazer...

— Paris sentirá a sua falta, Louis! E nós, mais do que todo mundo — disse Pierre.

— Paris sobreviverá à minha ausência e, quanto a vocês, meus queridos amigos, serão muito bem-vindos se quiserem me acompanhar nesta espinhosa missão de contato com as mulheres do continente americano.

— Não me ofereço para acompanhá-lo à Martinica, o calor me incomoda — disse Marcel — Mas conte comigo na etapa de Nova Iorque. Também preciso absolutamente ir lá, para ver de perto as novidades da finança norte-americana.

— É assim tão importante? — quis saber Laurent.

— Muito mais do que se possa imaginar. O meu pai defende que devíamos abrir uma sucursal do nosso banco ali, tal como estão fazendo alguns parceiros nossos. É o novo mundo, meus amigos, a terra de todas as oportunidades. É lá que nascem novas fortunas todos os dias.

Um dos batedores veio lhes dizer que tinham avistado pegadas recentes de um gamo adulto e os cinco amigos terminaram o almoço e partiram no rastro da caça.

Pela primeira vez desde que chegara a Chantilly, Louis de Villeclaire estava alegre, quase feliz, e sentia verdadeiro prazer em caçar na companhia dos amigos. Sim, voltaria para Paris, resolveria o assunto do seu casamento e iria visitar Isabelle de Dufour, de quem sentia a falta. Antes de partir iria ao Vale do Loire, dormiria finalmente com Catherine, em quem não conseguia deixar de pensar. Saciaria o desejo que sentia do seu corpo. De repente, a vida voltava a parecer-lhe quase perfeita e os meses de Atlântico que tinha pela frente eram uma bênção do céu, que levantava um muro intransponível entre ele e Blanche de Belfort. Talvez levasse Catherine! Sim, era isso. Ia levá-la. Não podia amá-la, mas podia tê-la.

Combinaram de regressar a Paris dois dias depois, de maneira a chegarem a tempo do baile na casa dos príncipes de Lescher, futuros sogros de Gaston. Certamente, as Belfort não estariam presentes, Caroline e Blanche não se conheciam, e a princesa de Lescher era uma mulher orgulhosa, que se dava ao luxo de receber em sua casa apenas a nata da nata da sociedade parisiense. O próprio Marcel Bachelard só começara a frequentar as festas dos Lescher porque era amigo de Gaston e Caroline lhe devotava uma amizade sincera. Mas a princesa limitava-se a oferecer-lhe displicentemente a mão e nunca conversava com ele.

Um tiro e depois outro, seguidos de um baque seco, interromperam os pensamentos de Louis de Villeclaire, que cavalgava distraído, seguindo os amigos sem atentar na pista do gamo que perseguiam. Gaston e Marcel tinham acertado no animal, que agora jazia no chão, rodeado pelos cães e pelos batedores, que lhe atavam as patas e o preparavam para ser transportado para o castelo. No céu de inverno, o Sol começava a baixar e dentro de pouco tempo não haveria luz suficiente para continuarem a caçar. Agora, os cavalos iam a passo, pela floresta, cansados de um longo dia de correrias. Pararam à beira de um riacho, para darem de beber às montadas. Um pássaro solitário cantou entre os arbustos que bordejavam a água. Louis de Villeclaire assobiou, imitando os seus trinados. Gaston riu, recordando a infância, quando passava grandes temporadas no Vale do Loire, na casa do amigo, e o feitor de então lhes ensinava a imitar os muitos pássaros que iam ouvindo ao passear pelos campos. Louis sempre assobiara bem e conseguia imitar as aves com perfeição. Gaston era mais desajeitado.

— Cale-se! Você desafina — dizia o amigo.

O príncipe de Montblanc sentiu saudades desses tempos longínquos, sem preocupações, passados entre gargalhadas e jogos, sem aventureiras que lhes ensombrassem os pensamentos, porque também Gaston estava preocupado com o destino que esperava o seu melhor amigo. Pousou uma mão sobre o ombro de Villeclaire, que olhava para as águas do riacho, hipnotizado. Em dois dias, tudo estaria resolvido, pensavam todos. O marquês de Villeclaire ficaria noivo de Blanche de Belfort e, depois, partiria para a América. Mas nada seria como estava planejado, porque tal como Louis de Villeclaire, também o destino gostava de apostas e, tal como o marquês, também o destino quase sempre ganhava.

Maurice saiu logo para o pátio, como se há muito estivesse à espera da chegada do patrão, e mal este desmontou, segurou as rédeas do cavalo e entregou-lhe uma carta:

— Do Vale do Loire, muito urgente. Foi Dupont que a trouxe há pouco... — disse o criado.

A mão de Villeclaire tremeu imperceptivelmente ao segurá-la e ainda antes de abrir o envelope soube que traria más notícias. Alguma coisa acontecera a Mimi. Mas surpreendeu-se ao reconhecer a letra da sua ama:

"Querido Louis,

Peço-lhe que venha imediatamente. A situação é muito grave, Catherine está morrendo.

Um beijo,
Mimi"

Louis ficou lívido. Olhou uma vez mais para a carta que tinha na mão. Tinha sido escrita três dias antes.

— Catherine... — murmurou.

IX

Eunice de Belfort acordou irritada. Na noite anterior, ela e a filha tinham ficado em casa, enquanto Paris se divertia no palácio dos príncipes de Lescher. Esperara ansiosamente um convite que nunca chegara, enquanto ouvia as outras senhoras falarem dos vestidos e das joias que usariam no baile.

— É uma pretensiosa, essa Lescher, mas depressa engolirá a soberba. Quando for marquesa de Villeclaire será obrigada a nos receber, seremos praticamente parentes... — dizia ela a Blanche, que a ouvia enfastiada. Já não bastava não ter ido à festa, ainda tinha de aturar o mau humor da mãe, que não melhorara nada quando, pouco depois, ouvira Armandine dizer que ia embora nesse mesmo dia.

— Como ousa, insolente! — gritara a viscondessa. Mas, ao contrário do que era costume, a criada não se mostrara intimidada com os seus insultos. Eunice continuou aos gritos: — Gentinha desprezível! Deixar-me assim, de repente, eu que a tirei da lama, que matei a sua fome! Quer ir embora, vai! Saia da minha frente, volte para a rua de onde nunca devia ter saído!

E Armandine dera meia volta e fora para o seu quarto, para apanhar os pertences e partir para a nova e radiosa vida que, sem dúvida, teria na casa dos Duques de Dufour. Mas Eunice seguira-a, entre insultos, e obrigara a moça a desmanchar a trouxa de roupa, para verificar se não levava nada que não lhe pertencesse.

— Tudo isto é meu e ainda aí faltam os três meses de ordenado que me deve — dissera a criada, olhando-a nos olhos.

— Saia imediatamente desta casa! — berrara a Belfort e, agora, estava na sala, tombada num sofá, queixando de dores de cabeça e lamentando a sua má sorte, que a obrigava a procurar uma nova criada, depois de já ter perdido a cozinheira, quando o dinheiro escasseava e as joias que podia vender diminuíam todos os dias. E tudo piorou na tarde desse mesmo dia, quando foi com Blanche ao luveiro e se cruzaram com Isabelle de Dufour, que saía da loja seguida por uma criada carregada de caixas.

— Duquesa! — cumprimentaram as Belfort.

Isabelle sorriu cortesmente.

— Que bom é saber que estão ambas bem! Não as vi ontem à noite no baile dos príncipes de Lescher, imaginei algum incômodo.

— Oh, não! Já tínhamos outro compromisso quando recebemos o convite — mentiu Eunice, fazendo Isabelle sorrir uma vez mais, mas desta vez com indisfarçável ironia, como muito bem percebeu a viscondessa.

— Pois notamos a falta de vocês! — exclamou Isabelle, para logo depois acrescentar: — Os rapazes voltaram! Afinal, desta vez, a viagem foi curta e não os levou muito longe. Estiveram durante toda a semana na floresta de Chantilly, caçando. — E virando-se para Blanche, disse: — Perguntaram muito por você...

Os olhos da moça e da mãe brilharam de contentamento e surpresa.

— Ah! O marquês de Villeclaire voltou... — disse a mais nova das Belfort.

— Bom, não! — respondeu Isabelle. — O marquês ainda não voltou, ao contrário de Laurent de Juy, Gaston de Montblanc, Pierre de Forchemònt e Marcel Bachelard.

— Mas não viajaram todos juntos? — perguntou, impaciente, a viscondessa.

— Sim, de fato, mas segundo ouvi, houve um acidente com uma senhora que era convidada de Louis de Villeclaire numa das suas propriedades e foi para lá que ele foi. — Deliciada com a decepção que via estampada nos rostos das suas interlocutoras, a duquesa de Dufour decidiu prolongar o seu sofrimento. — Agora que falo nisto, reparo que não consigo me lembrar se me disseram que foi para o Vale do Loire ou para a Borgonha...

Blanche e a mãe estavam lívidas, suspensas nas palavras de Isabelle de Dufour que, no entanto, fingia nada perceber e continuava a tagarelar.

— Tenho mesmo de ir! Não se esqueçam do bazar, falta apenas uma semana e na próxima sexta-feira começaremos a recolher os donativos que serão vendidos e leiloados.

Não, de fato, este não tinha sido um dia nada bom para Eunice de Dufour. Nada podia ter corrido pior e agora, para terminar, Blanche estava completamente histérica:

— Temos de procurá-lo imediatamente! — gritava a moça.

— Não seja tonta! Não podemos procurá-lo se nem sequer temos a certeza para onde foi. E se é apenas um problema com uma convidada, certamente não demorará mais de dois dias a voltar.

— E se não voltar?

— Voltará! — disse a viscondessa, severa. — Agora vá para o seu quarto, acalme-se. Tenho outros problemas para resolver ou já se esqueceu que não temos criada?

***

Louis de Villeclaire chegou ao seu castelo do Vale do Loire no meio de uma ventosa noite de inverno, que durante todo o caminho, fustigara homens e cavalos. Mas, nem assim resolvera parar para descansar mais tempo do que o suficiente para que cavaleiros e montadas comessem. Há dois dias que nem ele nem Jacques Dupont dormiam. Maurice ficara muito mais para trás, com a carruagem que transportava a bagagem do jovem marquês. Estavam à beira do esgotamento físico, mas finalmente em casa.

Madame Martin apareceu de roupão, acordada por Dupont, que batera levemente na porta do seu quarto para avisá-la que o patrão esperava no andar de baixo.

— Senhor marquês! — cumprimentou.

Louis estava sério, como nunca antes o vira. Profundas olheiras marcavam o seu rosto, acentuadas pela fraca luz de duas velas, pousadas sobre a lareira.

— Que aconteceu, Chantal? Como está a madame Duvernois?

— Na mesma, há muito poucas esperanças...

Mimi, que mal dormia, sempre preocupada com o estado de Catherine, apareceu também no salão.

— Louis... finalmente apareceu.

— Não estava em Paris, o Jacques teve de ir avisar-me em Chantilly. Mas vim logo que recebi a sua carta, Mimi. O que aconteceu?

Chantal Martin percebeu que estava na hora de se retirar.

— Vou pedir que lhes tragam um chá — disse, saindo.

— O que aconteceu, Mimi?

— Uma desgraça, Louis... Catherine foi atacada por Bertrand de Joubert quando passeava sozinha. — O marquês olhava a sua ama, estupefato.

— Foi o que ela lhe disse?

— Oh, não! Infelizmente, há quase seis dias que Catherine não fala e não reage a nada do que se passa à sua volta. O doutor Labrousse já nos preparou para o pior. Está num estado de choque profundo que poderá lhe causar a morte...

— Então como sabe o que aconteceu?

— Porque, por sorte, Gabrielle Labrousse passava na estrada real de Mer no momento em que Joubert se preparava para atacá-la e o seu cocheiro socorreu-a.

— O que disse, Mimi?

— Exatamente o que ouviu…

— Como se atreveu?

— Da mesma maneira que se atreve a violar as moças solteiras e casadas da região. É um selvagem que não respeita nada nem ninguém.

— Não fazia ideia…

— Até agora, acontecera apenas com moças que trabalham na sua propriedade e que nunca se queixaram porque têm medo dele. Mas ter atacado Catherine revela uma ousadia desmedida. Por isso, pedi que viesse, alguém tem de tomar medidas contra este monstro.

— Falarei com ele amanhã mesmo — disse Louis, com muito pouca convicção. Estava convencido de que tudo aquilo acontecera porque Joubert conhecia madame Duvernois, certamente já teriam se visto em Paris, em alguma das vezes que o conde fora à Rue des Archives. Tinha sido um erro trazê-la para ali. Não passava de uma aventureira e, sem dúvida, dera corda a Joubert para que a tratasse sem consideração. Sim, falaria com ele no dia seguinte, era um cavaleiro e tinha obrigação de ouvir a versão que o seu vizinho teria para lhe contar. Pobre Mimi, era tão querida, tão inocente! Nada sabia da história de Catherine, das mentiras que contava, inventando um passado falso, nem imaginava o crápula com quem estivera casada. Tal como a boa madame Labousse, que apenas sabia o pouco que pudera ver, ao passar na estrada. "Que grande golpe!", pensou, aborrecido, e uma ruga funda marcou a sua belíssima testa.

— Não fique aí parado, venha vê-la — disse Mimi, interrompendo-lhe os pensamentos.

Louis seguiu-a até o quarto onde Catherine jazia, pálida e imóvel, os lábios, que outrora eram vermelhos e cheios, estavam agora de um rosa muito leve, os olhos fechados, a respiração muito tênue, inaudível. A pele quase transparente das mãos deixava ver uma rede azul de veias. "É tão bonita!", pensou o marquês de Villeclaire quando olhou para ela. "Tão perigosamente bonita!", disse a si mesmo, encantado com a visão daquela mulher quase moribunda que ele mal conhecia, que lhe contara uma história cândida e trágica em que ele não conseguira acreditar e que agora, depois do que ouvira da princesa de Auvergne, sabia ser mentira... A mesma ruga funda voltou a marcar sua testa. Lembrou-se de Blanche de Belfort, da maneira sórdida que tinha arquitetado para o obrigar a casar, e o seu olhar endureceu ainda mais. "Todas umas falsas!", pensou.

— Vem! Temos de conversar... — disse a condessa de Thievenaz.

— É tarde, Mimi. Descansa, conversaremos amanhã.

— Vem! — repetiu a ama, severa, no mesmo tom que costumava usar quando Louis era pequeno e ela precisava de pô-lo na ordem.

***

— O rapaz já chegou? — perguntou a duquesa de Dufour, quando a criada entrou.

— Sim, senhora duquesa, acabou de chegar — respondeu Rose.

— E trouxe novidades?

— Muito mais do que se podia imaginar...

Isabelle sorriu.

— Vamos, Rose, conte-me.

Uma vez mais, o pequeno Gilles tinha sido o espião usado por Rose para descobrir o que se passava na casa das Belfort. Depois de ouvir tudo o que Armandine tinha para lhe contar, a duquesa de Dufour resolveu confirmar as informações. A história era tão desprezível que a própria Isabelle, a quem os escrúpulos morais não incomodavam excessivamente, duvidou que fosse completamente verdadeira.

— Essa história da gravidez deve ser mentira, Rose. As Belfort ficaram lhe devendo dinheiro e, agora que trabalha aqui, pode querer vingar-se da antiga patroa ao mesmo tempo que me lisonjeia. Tem de confirmar! Tudo isto é muito grave... — dissera a duquesa à sua criada.

Por isso, Rose pusera o menino outra vez em campo, recomendando-lhe que se fosse oferecer para trabalhar na confeitaria que Armandine indicara como sendo a do amante de Blanche de Belfort. Durante três dias, o rapazinho não aparecera em casa. Propusera a monsieur Derouet trazer recados a troco de comida e dormida e foi aceito. Desta maneira, Gilles passava a maior parte do dia na loja, onde podia ouvir as conversas, mas depressa descobriu que o nome das Belfort nunca era mencionado. Em contrapartida, servia de mensageiro a Denis e Blanche, que trocavam bilhetes duas ou três vezes por dia. Gilles entrava pela cozinha, levando bolos para a nova criada e dizia:

— Trago um recado para mademoiselle Blanche.

A criada ia chamar a jovem patroa e Gilles, dizia, tal como Denis lhe recomendara:

— Mademoiselle Marie manda este recado e espera a sua resposta.

Às tantas, já nem precisava dizer fosse o que fosse à criada. Entregava-lhe simplesmente os bolos e ela ia logo correndo chamar a patroa. À noite, Gilles dormia num pequeno cubículo embaixo da escada, e foi assim que, logo no primeiro dia, ouviu passos descendo os degraus e decidiu espreitar. Viu Denis, que saía de casa, sorrateiro, e seguiu-o até a casa de Blanche de Belfort, por onde entrou, não pela cozinha, mas pela porta da frente. E ouviu de novo os seus passos, ao voltar para casa, quando os primeiros raios de sol já iluminavam as ruas.

— Meu Deus! Então o que Armandine lhe contou é verdade e é muito provável que mademoiselle de Belfort esteja mesmo grávida desse rapaz... — concluiu Isabelle, pensativa. — O menino já está aqui em casa?

— Sim, senhora duquesa.

— Dá-lhe cinco francos, que bem os merece.

— Cinco francos? Mas é uma fortuna para ele, não saberá o que fazer com eles.

— Tens razão! Mas ainda assim, lhe dê.

Agora, Isabelle prometia prestar atenção aos vestidos de Blanche. Se estava mesmo grávida, mais cedo ou mais tarde notaria a barriga. Não agora, claro! Certamente, andava apertada em espartilhos. Mas isso não duraria para sempre. Entretanto, Louis voltaria a Paris e ela mesma lhe contaria a armadilha em que caíra.

Ah! Como se sentia feliz! Só lamentava não poder ainda dividir com ninguém as suas descobertas. Mas nem a Gaston contara, quando, no baile dos Lescher, o príncipe a pusera ao corrente dos planos de Villeclaire para protelar o casamento. "Engenhoso", pensou Isabelle, ao recordar. Mas, agora, deixava de ser necessária a longa viagem pela Martinica e pela América. Louis estava salvo das garras de Blanche de Belfort e da sua mãe.

Isabelle estendeu um pé, para que Rose lhe calçasse o sapato. Abriu o cofre onde guardava as suas joias e escolheu uma tiara de diamantes e rubis que colocou sobre os seus cabelos de um loiro escuro. Desceu a enorme escadaria de mármore que conduzia ao andar térreo do seu palácio e entrou no salão onde o marido já a esperava.

— Vamos, Albert?

— Está linda, minha querida — disse o duque de Dufour.

Isabelle estava, de fato, deslumbrante, com um vestido de seda vermelho escuro e, sobre os ombros, uma capa longa, de veludo negro. Nessa noite, a duquesa ocuparia, ao lado do marido, o seu camarote na ópera e, depois, jantariam com amigos no Tour d'Argent. Diria a Jean-Marie Lafitte que a visitasse na tarde do dia seguinte. Tinha saudades de Louis de Villeclaire, mas ele estava excessivamente ocupado, no Vale do Loire, com uma amiga misteriosa que nem Gaston de Montblanc sabia dizer quem era e, quando regressasse a Paris, teria o assunto Belfort para resolver. "Querido Louis", pensou Isabelle, sorrindo. Tinha sido um bom amante. Mas a duquesa de Dufour era uma mulher realista. Uma vez mais, o destino de ambos se encarregara de desencontrá-los. As noites loucas que passara com ele lhe pareciam já distantes e Isabelle sabia que isso significava que faziam parte do passado. Sorriu a Albert.

— Está muito bem-disposta hoje, Isabelle! — disse o marido, oferecendo-lhe ajuda para descer da carruagem.

— Sempre tão perspicaz, meu querido amigo! — respondeu Isabelle, rindo.

***

— Você é tão boa e tão ingênua, Mimi! Como pode acreditar numa história dessas? Madame Duvernois não passa de uma aventureira que mente bem...

— Como se tornou cínico, Louis! Não consigo reconhecer o rapazinho generoso que eduquei... Como mudou...

— Sou apenas realista, minha querida. Vive há tanto tempo aqui que nem se dá conta de que o mundo se tornou um lugar cruel, movido por dinheiro...

— E você vive há tanto tempo em Paris, que perdeu a noção dos valores em que foi educado. Se lhe digo que Catherine diz a verdade!...

— Como pode acreditar em tal coisa...

— Porque tenho provas! — exclamou a condessa de Thievenaz, irritada.

Louis olhou-a, espantado.

— Que disse, Mimi?

— Digo que tenho provas, Louis! Catherine é, de fato, a filha dos marqueses de Maulévrier, garanto. Conheci muito bem a mãe dela, Beatrice de Aubineau, de quem fui grande amiga, tal como conheci o pai e a própria Catherine, quando era ainda um bebê.

Villeclaire ouvia a sua ama sem conseguir acreditar.

— E quando voltou a vê-la? Agora? Como pode ter a certeza de que se trata da mesma pessoa? Não pode ser, Catherine de Maulévrier morreu. Madame Duvernois, sem dúvida, conheceu os Maulévrier e se faz passar por quem não é...

— Cale-se, Louis! Não sabe o que diz! Catherine é igual à mãe, soube que a conhecia desde a primeira vez em que a vi, embora não conseguisse lembrar-me de onde, e tive a certeza de que é a filha de Beatrice quando me contou a sua história e me mostrou o medalhão que traz sempre com ela, escondido junto ao seio. É um retrato em miniatura da marquesa de Maulévrier que bem conheço, vi-o há muito anos, na casa deles, na Bretanha... Como pode dizer que mente?

— É uma história absurda, tem de concordar...

— Mas nem por isso deixa de ser verdadeira. Diz que sou ingênua, mas você, um homem que se orgulha de conhecer o mundo, tornou-se tão cruel que agora é incapaz de parar para pensar. Se tivesse me dito o que sabia, quando trouxe Catherine para aqui, ou se tivesse falado dela à sua tia Clemence de Auvergne...

— E falei, mas foi a própria tia Clemence que me disse que Catherine tinha morrido há mais de cinco anos.

— Sim, era o que todos achávamos. Foi isso mesmo que o pai disse, em Paris, pouco depois de tê-la entregue a Duvernois. Certamente, estava coberto de vergonha pelo que fizera e quis que todos pensássemos que Catherine estava morta, para que não a procurássemos.

— Estou sem palavras...

— Se não acredita no que lhe digo, peça à sua tia que venha vê-la. Vai reconhecê-la imediatamente.

— Meu Deus! — exclamou Villeclaire.

— Bem pode dizer, Louis. Preparava-se para cometer uma infâmia semelhante à de Joubert contra uma menina que tanto tem sofrido nos últimos cinco anos.

O marquês corou, percebendo que a ama não só sabia quem era Catherine como estava a par dos seus planos para torná-la sua amante.

— Há quanto tempo sabe? — perguntou Louis.

— Desde que o enxoval que lhe comprou chegou de Orleans e a obriguei a explicar-me porque não queria aquela roupa... Sempre me pareceu que havia um mistério à volta de Catherine, adensado pelo pouco que me contou dela, diga-se, em abono da verdade. Mas confesso que eu mesma fiquei surpreendida quando descobri toda a verdade e, chocada, Louis, pela forma como a tratou... Aliás, para evitar que a ultrajasse ainda mais, tencionava lhe escrever, pedindo-lhe que viesse, para poder te contar quem era a sua convidada, mas esses terríveis acontecimentos precipitaram a sua vinda... Agora, temo que seja tarde demais para pedir desculpas e emendar o mal que lhe causou...

— Vou vê-la... — disse o marquês.

— Vai dormir, Louis!

— Não, ficarei com Catherine, tomarei eu próprio conta dela. É o mínimo que posso fazer agora...

— Irá vê-la amanhã. Vai dormir! — ordenou Mimi, num tom que não admitia réplica.

***

Marcel Bachelard e Laurent de Juy desciam, a pé, os Champs Elysées. Estava uma bela tarde de inverno e já há vários dias que a neve tinha desaparecido das ruas. Conversavam sobre trivialidades quando passou por eles, a passo, uma carruagem onde seguia uma jovem belíssima, de olhos verdes e cabelos ruivos, cor de fogo, que Marcel cumprimentou com uma leve inclinação de cabeça, e depois ficou olhando-a, enquanto o carro se afastava, com um sorriso nos lábios.

— Quem é? — quis saber Laurent.

— Rebeca Espinoza...

— O nome não me diz nada e não me lembro de alguma vez tê-la visto...

— É natural! É portuguesa e vive em Lisboa. Eu próprio só há dois dias a conheci.

— Mudou-se para Paris?

— Não, não. Estará por aqui apenas algumas semanas. O pai é dono de um grande banco português com quem temos negócios e visita-nos todos os anos. Desta vez, trouxe a mulher e a filha e, como lhe digo, só há dois dias a vi pela primeira vez, quando jantaram em nossa casa.

— Mas parece-me que não se importará de vê-la muito mais vezes!

— É muito bonita! Fiquei agradavelmente surpreendido quando a conheci... — sorriu o rapaz e Laurent reconheceu a paixão que incendiava o coração do amigo.

— Vai pedir a mão dela, Marcel?

— Terá de ser o meu pai a fazer isso, respeitando as nossas tradições. Mas, sim, se é isso que quer saber. O assunto já estava sendo tratado há uns anos, pelas nossas famílias e, agora que Rebeca tem idade para casar, o pai trouxe-a a Paris, para que nos conhecêssemos e eu desse o meu consentimento.

— Oh! O mundo desmorona-se! — disse Laurent, rindo, teatral, para depois acrescentar, já sério: — Acabam-se os nossos bons tempos de solteiros, é o que é. Gaston casa na primavera com Caroline de Lescher, você acaba de ceder aos encantos da bela prima portuguesa, Louis de Villeclaire, está prestes a ficar noivo de Blanche de Belfort...

— Tem tido notícias dele?

— Não! Sabe alguma coisa?

— Também não. Mas pergunto-me quem será a convidada que o fez ir correndo para o Vale do Loire.

— Sabe que eu também tenho pensado nisso. É estranho que tenha convidado alguém e não nos tenha contado nada. Será que foi fazer uma festa de despedida com Cléa?

— Não, não — garantiu Marcel ao amigo. — Cléa já está vivendo no apartamento que o Lambert lhe deu. Ainda ontem a encontrei perto da Ópera, fazendo compras, acompanhada por uma criada. Cumprimentou-me muito discretamente. Está uma senhora, meu caro!

— Então, quem estará no Vale do Loire com o Louis?

— Alguma conquista recente que, com esta confusão toda com a Blanche, se esqueceu até de nos contar... Mas a verdade é que não notei nenhum entusiasmo dele por ninguém. Desta vez foi muito discreto.

— Talvez seja casada.

— Não me parece! E quanto mais penso nisso, mais misterioso me parece o assunto. A carta que o deixou lívido e o fez ir correndo para lá era de Mimi e não está vendo a austera condessa de Thievenaz metida nos assuntos de saias do Villeclaire, pois não?

— Tem razão! Mimi teria mandado o mordomo ou a governanta escrever-lhe chamando-o, se a convidada lhe levantasse dúvidas. Vai ver, é uma dessas primas velhotas a quem o bom do Villeclaire dá pensões e casas. Deve ter se sentido mal...

— Se dentro de dois dias não tiver notícias dele, tenciono escrever-lhe.

A duquesa de Dufour, avistando-os no passeio, mandou parar a carruagem:

— Laurent! Marcel! Que bom vê-los...

— Isabelle! — cumprimentaram-na ambos, beijando a mão que ela lhes estendeu, delicadamente, através da janela.

— O bazar de Natal na casa da princesa de Auvergne é daqui a dois dias e exigimos a presença de vocês.

— Será um prazer! — respondeu Laurent. — Caroline de Lescher já me avisou que proíbe Gaston de me ter como padrinho de casamento se eu não gastar tudo o que tenho nesse bazar. Como vê, não tenho escolha! Não só irei como terei de comprar tudo o que vocês quiserem me vender...

Isabelle riu.

— Tem tido notícias de Louis de Villeclaire? — perguntou Marcel.

— Não! Aliás, esperava que fossem vocês a me contar o que se passa de tão urgente no Vale do Loire.

— Falávamos disso agora mesmo, Isabelle. Louis saiu de Chantilly numa correria, depois de receber uma carta da condessa de Thievenaz, e disse-nos apenas que tinha havido um acidente grave com uma convidada, sem dar mais pormenores.

— Oh! Certamente alguma das suas primas idosas se sentiu mal... — disse a duquesa.

— É também essa a nossa opinião — respondeu Laurent.

— Então, nos vemos no domingo, na casa da princesa de Auvergne — disse Isabelle, despedindo-se e mandando seguir a carruagem.

Os dois rapazes continuaram o passeio, mudando de assunto.

***

Os salões da princesa de Auvergne fervilhavam de atividade. As senhoras não paravam de chegar, seguidas pelas suas criadas, que transportavam grandes caixas com os donativos para o bazar. Dois dias depois, tudo teria de estar pronto para receber os convidados e a princesa estava encantada com mais esta oportunidade para abrir as portas do seu palácio aos amigos.

— Isabelle, minha querida, que ideia excelente. Está sendo tão divertido! — dizia.

Margareth Willcox, a embaixatriz da Inglaterra, também não tinha um minuto de descanso. Por tudo e por nada lhe pediam opinião, a sua experiência em iniciativas como esta era tida como muito valiosa. Mas, no meio da confusão, conseguiu afastar-se um pouco com a duquesa de Dufour, de maneira a poderem conversar sem serem ouvidas.

— As Belfort virão?

— Sim, creio que sim — disse Isabelle. — Prometeram vir.

— Faça-me um enorme favor, querida amiga, não me apresente a elas! Farei um esforço para estar sempre longe delas e conto com a sua colaboração. Como compreenderá, não posso ser apresentada a essas impostoras sem me sentir obrigada a desmascará-las e seria extremamente inconveniente fazer isso nestas circunstâncias, na casa da princesa de Auvergne, de quem são convidadas.

Claro, minha querida Margareth. Pode contar com a minha ajuda!

Pouco depois, de fato, Eunice de Belfort e a filha entravam, transportando apenas duas caixas. A duquesa de Dufour foi recebê-las, fazendo sinal à embaixatriz Willcox, para que estivesse descansada. Não se cruzariam.

— Precisam que mande alguém buscar as outras caixas? — perguntou às recém-chegadas.

— Oh, não! São apenas estas — respondeu a viscondessa, um pouco embaraçada.

— Claro! Venham, vamos abri-las para depois decidirmos onde colocar os donativos de vocês. — E mãe e filha seguiram a duquesa que, logo depois, retirava das embalagens os objetos sem valor que ambas tinham levado. — Dois castiçais de latão, uma estatueta de madeira, dois pares de luvas de renda, duas xícaras de porcelana inglesa, uma carteira de baile... Bom, iremos encontrar o local mais adequado para tudo isto! — exclamou Isabelle, sorrindo.

— Queríamos ter trazido muito mais coisas mas temos andado ocupadíssimas e Blanche mal consegue pegar nos bordados. Deixou inacabada uma bonita toalha e alguns lenços... — desculpou-se Eunice. — Mas, certamente, não faltarão oportunidades para oferecê-las.

— Estou certa que sim, viscondessa!

Mãe e filha foram, depois, cumprimentar algumas senhoras que também conheciam e deram ainda uma volta pelas mesas do bazar, que cada vez mais, estavam carregadas de joias, peças de prata, rendas finíssimas, leques exóticos e outros objetos de luxo, percebendo assim quanto eram impróprios os donativos que tinham trazido. A Duquesa voltou a juntar-se a elas pouco depois:

— Vai ser muito divertido! A princesa de Auvergne abrirá as portas às cinco da tarde e esperamos só sair daqui de madrugada. Haverá música, tômbolas e doces deliciosos. Contratamos um confeiteiro excepcional que descobri recentemente, monsieur Derouet. Conhecem-no?

— Não... — respondeu a viscondessa, visivelmente incomodada.

— Pois vão ficar deliciadas, os seus mil-folhas são verdadeiras obras-primas. Ainda é pouco conhecido mas, depois do bazar, tenho a certeza de que se tornará um dos confeiteiros mais requisitados de Paris.

Nessa noite, quando Blanche recebeu Denis no seu quarto, estava muito pouco satisfeita:

— Agora resolveu me seguir?

— Do que está falando? — perguntou o rapaz que, de fato, não sabia do que se tratava.

— Sabe muito bem! Do bazar de Natal no palácio da princesa de Auvergne. Fiquei sabendo que são vocês que vão servir os doces...

— É verdade! O meu pai está muito contente, não só vamos ganhar bom dinheiro como, certamente, nos tornaremos famosos.

— E como conseguiram tal feito? — quis saber a moça.

— Por pura sorte! Alguém elogiou os nossos mil-folhas à princesa e, depois de os provar, mandou o mordomo nos contratar. O meu pai nem queria acreditar quando voltou do palácio. Nunca trabalhamos para ninguém tão importante.

— Então, você nada tem a ver com isto?

— Como poderia ter se não conheço essa gente?! Foi pura sorte, como lhe disse.

— Cheguei a pensar que, agora, me seguia. Anda tão ciumento, Denis!

— É porque gosto de você, minha Blanche, e porque bem sabe que quero me casar com você.

— Não recomece, sabe como essa conversa me irrita. Vem, desaperta o meu espartilho — ordenou a jovem.

Denis foi ajudá-la a se despir, enquanto acariciava os seus ombros e beijava o seu pescoço, mas não desistiu de, ao mesmo tempo, tentar convencer Blanche a mudar de ideia:

— Em breve seremos ricos, acredite! Desde que se soube que seriamos nós a servir o bazar da princesa de Auvergne que as encomendas não param. O meu pai até vai contratar mais confeiteiros, para conseguirmos responder a todos os pedidos e já disse que, até à primavera, estaremos nos mudando para os Champs Elysées. Já imaginou? Uma loja nova, grande e com o nosso nome em letras douradas, por cima da porta: Derouet e Filho...

A moça afastou-o com um encontrão.

— Nunca passará de um confeiteiro, Denis! Não percebe? Por mais famoso que seja, entrará sempre nas melhores casas de Paris pela porta da cozinha, enquanto eu tenho as portas da frente abertas.

— Mas seremos ricos...

— Não me basta ser rica quando posso ser marquesa! Terei joias que nunca poderá me comprar...

— Mas Blanche...

— E o seu filho será marquês — sussurrou a moça, mordendo sua orelha e puxando-o para a cama. Ah! Como gostava de se deitar com Denis, que lhe agradava muito mais do que Villeclaire, sempre tão formal, tão cerimonioso, tão... velho. Em breve, o marquês teria quarenta anos e daí a usar bengala seria um passo, enquanto ela acabava de fazer vinte e tinha uma vida inteira pela frente, com Denis como amante, que era da sua idade e muito mais descontraído. Sim, teria uma vida perfeita! Seria marquesa e rica, que muitos sacrifícios e engenho tinham lhes custado, a ela e à mãe, apanhar o tolo do Villeclaire, e continuaria a dormir com o amante.

— Blanche... — murmurou o rapaz, lambendo os seus seios e distraindo-a dos seus pensamentos de grandeza, para se concentrar no sexo dele, que crescia e exigia espaço entre as suas pernas.

X

O sol mal tinha nascido quando Louis bateu de leve na porta do quarto de Catherine. Sophie foi abrir e o marquês, depois de beijar Mimi, sem dizer nada, foi sentar-se à cabeceira da doente, pegando na sua mão.

— Venha! — disse a condessa de Thievenaz à pequena criada, empurrando-a para fora do quarto.

Quando ficou sozinho com a doente, debruçou-se sobre ela e pousou os seus lábios na sua testa. Depois, começou a falar-lhe muito baixo, quase num murmúrio:

— Catherine, sou eu, Louis... Quero pedir-lhe perdão pelo meu comportamento desprezível com você... Por não ter acreditado em você... — a jovem continuava de olhos fechados e sem se mover, como se não o ouvisse, como se não desse pela sua presença junto dela. — Se soubesse como me sinto culpado por toda esta tragédia... Não suporto vê-la neste estado... Juro-lhe que a vingarei, ainda que seja a última coisa que faça... E vou levá-la para Paris, onde tem de haver um médico que a salve... Por favor, Catherine, não morra... Não morra...

Mas nada do que o marquês de Villeclaire dizia parecia ser ouvido por Catherine. Ele continuou ali, naquele quarto, em silêncio, segurando a sua mão, sentindo-se profundamente triste e arrependido por ter sido o causador do estado em que a jovem marquesa de Maulévrier agora se encontrava.

Pouco depois, apareceu o doutor Labrousse que, tal como fazia desde o dia do acidente, aparecia no castelo antes de visitar qualquer outro doente, seguido por Mimi. Tomou o pulso de Catherine, encostou o ouvido no peito da moça para lhe ouvir o coração, verificou que continuava com febre e subiu-lhe as pálpebras para lhe observar as pupilas. Louis olhava ansioso enquanto o médico seguia a sua rotina, à espera de uma boa notícia, por menor que fosse. Mas Labrousse abanou a cabeça, soturno. Guardou os seus instrumentos na mala de couro que trazia sempre consigo e abandonou o quarto com o marquês seguindo os seus passos.

— Não quero, de modo algum, ofendê-lo, doutor Labrousse — começou Louis dizendo, enquanto convidava o médico a entrar na biblioteca —, mas pretendo levar Catherine para Paris, onde certamente há mais recursos que podem salvá-la...

— Não me ofende, meu caro marquês, acredite e saiba que compreendo os seus motivos. Mas peço-lhe que não faça isso. Sou um médico de província, mas há mais de quarenta anos que salvo vidas e já vi outros casos como este. Garanto-lhe que madame Duvernois não resistirá à viagem, muito provavelmente não chegará sequer viva a Avaray. Por favor, não toque nela! Durante esses longos seis dias, a condessa de Thievenaz tem zelado para que as criadas lhe mudem a roupa movendo-a o mínimo possível, de maneira a que o seu estado não se agrave e é isso que deve continuar a ser feito. É importante que continue onde está, com pouco barulho, sempre acompanhada e quente.

— Quer dizer que há esperança? — perguntou Louis, ansioso.

— Muito pouca, senhor marquês! Mais do que de um médico parisiense, madame Duvernois precisa de um milagre. Se me permite um conselho, mande chamar o pároco para que lhe dê a extrema-unção e, se acredita em Deus, reze... Eu, que sou médico, é o que tenho feito, uma vez que a ciência já nada pode fazer por ela.

Louis de Villeclaire levou uma mão à testa, desesperado.

— Chamarei o pároco — disse.

— Chame também um médico de Paris, se isso o deixa mais descansado. Mas estou certo de que lhe dirá a mesma coisa que ouviu dizer de mim. Voltarei ao fim do dia. — Labrousse estendeu uma mão, que o marquês apertou energicamente, e saiu.

Louis mandou recado ao pároco de Avaray para que viesse o mais depressa possível ministrar o último sacramento a uma doente. Deu ordens para que a capela da casa fosse preparada para que, todos os dias, todo mundo que vivia nas suas terras assistisse à missa.

A pequena Sophie, quando o ouviu dar tais instruções, saiu correndo para a cozinha, onde se agarrou, em pranto, às saias da governanta.

— Mandaram chamar o padre, madame Martin! Mandaram chamar o padre!

Madame Martin ficou com os olhos cheios de lágrimas e as outras criadas que por ali estavam juntaram os seus soluços aos de Sophie.

Na biblioteca, Louis de Villeclaire decidiu escrever aos amigos, antes de sair de casa para visitar Joubert.

***

"Meu Caro Gaston,

Apesar de esta carta ser dirigida a você, peço-lhe que dê a ler também a Laurent, Marcel e Pierre. Se não escrevo a todos vocês, acreditem, é porque o tempo escasseia e não quero continuar a deixar vocês sem notícias minhas.

Não sei quando volto a Paris. Não sei, sequer, se volto.

Por razões que agora seria demasiado longo enumerar, a marquesa de Maulévrier tem estado na minha casa do Vale do Loire, sob a proteção da condessa de Thievenaz. Há cerca de duas semanas, quando passeava sozinha pelas redondezas, foi atacada pelo covarde do Joubert que, como sabem, tem uma propriedade aqui perto, onde passa grandes temporadas. Desde então, está num estado de choque profundo que o médico receia poder provocar-lhe a morte.

Como compreendem, não posso abandoná-la em tais circunstâncias. Além do mais, mal entregue esta carta ao portador que a levará a Paris, procurarei o Joubert para defender a honra desta senhora.

Peço-lhes a maior discrição sobre este assunto. Além de vocês os quatro, só a duquesa Isabelle de Dufour estará a par do que aqui lhes conto.

Voltarei a dar notícias logo que me seja possível. Se for possível.

Do seu amigo,
Louis
Marquês de Villeclaire"

***

— Que história! — exclamou Pierre, quando acabou de ouvir Gaston ler a carta.

— O Joubert é uma besta! Creio que devíamos partir imediatamente, sem dúvida, Louis precisa de nós.

— Pensei nisso, mal li a carta — disse o príncipe de Montblanc, acrescentando: — Mas Louis não toca, nem de leve, na possibilidade de uma visita nossa e talvez o estado de saúde da marquesa de Maulévrier o desaconselhe... O que lhes parece?

— Tem razão! O melhor será perguntarmos a ele se podemos visitá-lo — concordou Pierre de Forchemont. — E você, o que opina, Marcel?

— Também me parece que será melhor que seja Louis a nos chamar. Além do mais, não conhecemos a senhora ou algum de vocês a conhece?

Quase todos negaram com a cabeça, mas Gaston disse:

— Não tenho certeza. No convento onde Caroline e as minhas irmãs Marie-Théreze e Anne-Marie estudaram havia uma Catherine de Maulévrier, filha de um marquês bretão, mas a vi uma única vez e há anos que não ouço falar dela... Poderá ser a mesma?

— Eu me lembro vagamente de Pierre de Maulévrier, que passava grandes temporadas em Paris, e a quem encontrava na casa da Martine. Creio que era viúvo e estava sempre bêbado. Não se lembram dele? — acrescentou Laurent.

— Sim, agora que fala nisso... — respondeu Marcel. — Mas ouvi dizer que morreu, e já foi há muito tempo...

— Só Louis poderá nos explicar quem é a marquesa e como a conhece — rematou Laurent.

— Isabelle de Dufour certamente sabe de quem se trata uma vez que Louis também lhe escreveu — concluiu Pierre, mas Gaston deu uma gargalhada e disse:

— Sempre tão distraído, o nosso caro marquês de Forchemont! — e foi um Pierre estupefato que ouviu os amigos contar-lhe que Louis e Isabelle eram amantes e, tanto quanto sabiam, continuavam a ser, embora a ida precipitada para Chantilly e, agora, para o Vale do Loire, os tivesse obrigado a separarem-se.

— Não dei por nada, juro-lhes!

— Se Blanche de Belfort imaginasse como é distraído, não teria se dado a tanto trabalho para apanhar o Louis, quando podia ter casado com você sem precisar se meter na cama! — disse Laurent, fazendo rir todos os outros.

— Oh! Ser pobre tem imensas vantagens... — respondeu Pierre que, de fato, era o menos rico do grupo.

***

Isabelle, de fato, também nesse dia tinha recebido uma carta de Louis de Villeclaire, em tudo semelhante à que este enviara aos amigos. Mas terminava com um último parágrafo completamente diferente:

"Querida Isabelle, bem sabe a profunda amizade que lhe devoto e o muito que a admiro. Por todas estas razões, e porque o estado de saúde da marquesa de Maulévrier me retém aqui, sem que haja uma data prevista para poder voltar a Paris, peço-lhe que se sinta livre dos laços que nos prendiam.

Acredite que é com pesar que escrevo estas linhas. Mas seria egoísmo manter uma situação sem fim à vista e a estimo demais para obrigar-lhe a tais compromissos.

Seu,
Louis

Marquês de Villeclaire"

A duquesa de Dufour pousou a carta no colo quando terminou de lê-la. Um leve suspiro escapou dos seus lábios. Também ela tinha pena que a sua aventura com Louis tivesse durado menos de um quarto de Lua. Villeclaire tinha sido um bom amante. Seria sempre um bom amigo.

Chamou Rose para ajudá-la a se vestir. Perfumou-se. Jean-Marie Lafitte não tardaria a chegar...

***

Os salões da princesa de Auvergne estavam deslumbrantes. Grandes grinaldas de azevinho, salpicadas de frutas vermelhas, enfeitavam as paredes. Um enorme pinheiro, decorado com fitas, bolas de vidro e velas, tinha sido instalado na porta e a maior parte dos convidados ficava admirando a novidade, pois as árvores de Natal eram ainda raras na França.

Na rua, a neve voltara a cair e as senhoras chegavam embrulhadas em elegantes capas de peles, que tiravam para revelar vestidos suntuosos e joias caras. A princesa de Auvergne usava um bonito vestido de renda amarelo-ouro, com uma cauda curta, e usava na cabeça uma tiara de diamantes. Mas todas as suas convidadas rivalizavam com ela em luxo e bom gosto. Blanche de Belfort e a mãe não eram exceção, apesar da penúria em que viviam. Mas isso era a última coisa que ambas queriam que se soubesse, embora a estilista ameaçasse já fazer um escândalo, se não lhe pagassem o que deviam. Eunice pensaria no assunto depois. Por agora, não podia vender mais joia nenhuma, porque precisava das que lhe restavam para usar nas festas e Blanche trazia uma tiara de águas-marinhas que nem sequer estava paga, nem nunca estaria, porque a mãe pretendia devolvê-la, no dia seguinte, ao joalheiro onde fora buscar, dizendo que, afinal, não gostara dela.

A viscondessa de Belfort estava verdadeiramente preocupada com a ausência do marquês de Villeclaire. Não tardaria a descobrir que não tinham dinheiro e isso complicaria muito a sua situação e a de Blanche. E mal pôde ocultar a decepção quando, ao chegar ao bazar, ficou sabendo que, mais uma vez, Louis não estaria presente.

— Mas que assunto tão grave o afasta de Paris? — perguntou.

— O perigo de morte em que está uma senhora que é sua convidada — respondeu a duquesa de Dufour.

— Oh! Mas essa mulher há quase dez dias que promete morrer sem nunca se decidir! — deixou escapar Eunice, dando-se logo conta da grosseria que tinha acabado de dizer. No entanto, Isabelle fingiu não ter percebido o tom desapropriado da sua interlocutora:

— Viscondessa, não se pode dizer que não é uma mulher direta! — e deu uma gargalhada, para desanuviar o ambiente que a frase de Eunice tinha gerado. — Volto já, acabei de ver Laurent de Juy entrar e prometi fazê-lo comprar tudo o que a sua carteira pode pagar. Já que não temos a contribuição de Louis de Villeclaire temos de recorrer a quem é quase tão rico como ele...

E enquanto a duquesa de Dufour se dirigia ao conde de Juy, a viscondessa de Belfort foi procurar a dona da casa, decidida a não sair dali sem descobrir em qual das suas propriedades estava Villeclaire.

— Princesa, não posso deixar de felicitá-la! Que ideia maravilhosa! E que bom Natal terão as viúvas dos nossos soldados... — disse Eunice, sorrindo.

— Mas o mérito não é de todo meu. Temos de agradecer à duquesa de Dufour, que foi a alma de tudo isto. Limitei-me a ceder três salões e garanto-lhe que fui a que menos trabalhou no comitê. Vantagens da idade... — respondeu Clemence de Auvergne, sorrindo.

— Oh, como é modesta! Sei bem que sem o seu empenho nada disso seria possível. E apenas a princesa seria capaz de reunir sob o mesmo teto as melhores famílias de Paris! Só ainda não vi o seu sobrinho, o marquês de Villeclaire...

— Louis está fora.

— Ainda? Foi despedir-se de nós antes de partir para Chantilly — mentiu Eunice de Belfort —, mas como todos já voltaram, esperava vê-lo hoje...

— E assim devia ser, mas escreveu-me do Vale do Loire, onde o prende não sei que problema que o impede de voltar a Paris e deu instruções ao procurador para que fizesse um grande donativo ao bazar...

Eunice não precisava ouvir mais nada, mas achou por bem ficar ainda algum tempo a conversar com a anfitriã, antes de ir procurar a filha e, por isso, disse:

— Mas não é nada de grave, espero...

— Não, estou certa de que não, caso contrário a condessa de Thievenaz, a antiga ama de Louis, que também lá mora, já teria me dito e ainda hoje recebi uma carta dela, sem mais novidades do que as habituais.

Continuaram a conversar durante mais alguns minutos, até que a princesa teve de ir receber outros convidados e Eunice de Belfort aproveitou a ocasião para procurar a filha. Mas, por mais voltas que desse, não via Blanche em lugar nenhum. Tentou disfarçar, conversando com algumas senhoras que conhecia, chegou a rir com alguma coisa que Gaston de Montblanc dissera, mas estava cada vez mais nervosa. A imprudente da Blanche! Onde teria se metido?

Havia uma porta entreaberta, por onde entravam e saíam os criados, transportando enormes bandejas de prata com bolinhos ou copos de champanhe. Eunice percebeu imediatamente que a filha só poderia estar para lá daquela passagem. No meio de um longo corredor foi surpreendida pela duquesa de Dufour, que acabava de sair de uma sala, sorridente:

— Procura alguma coisa, viscondessa?

— Sim, preciso me refrescar... — conseguiu dizer, apesar do susto.

— Vai ter de voltar para trás e virar à direita. Está uma criada à porta e outras duas dentro da sala de toilete, para ajudarem-na.

Eunice seguiu a duquesa, que ia na direção que acabava de lhe indicar, mas quando esta abriu uma porta e entrou num dos salões onde decorria o bazar, a viscondessa voltou para trás, ainda mais preocupada do que já estava antes daquele encontro indesejável, atravessou a sala de onde Isabelle saíra e mal olhou para fora, viu a filha e o amante, descompostos e aos beijos, no jardim…

Uma nuvem escura invadiu os pensamentos de Eunice. Era quase impossível que a duquesa de Dufour não tivesse visto Blanche e Denis. Que imprudência, santo Deus, que imprudência!

"Amanhã, sem falta, partiremos para o Vale do Loire. Antes que seja tarde demais…", decidiu.

***

— Foi um acidente infeliz, monsieur Bonnet! — disse a governanta.

— Os senhores estavam conversando lá em cima e exaltaram-se um pouco — garantiu o criado que abrira a porta.

— O patrão desequilibrou-se e caiu desamparado — explicou a cozinheira.

— O marquês de Villeclaire tentou agarrá-lo mas nada pôde fazer — jurou a criada de fora.

Mas não fora exatamente assim que acontecera, como todos eles sabiam. Não fora exatamente isso o que todos tinham visto.

Duas horas antes, o marquês de Villeclaire entrara de rompante no palácio do conde de Joubert, passando pelo criado que lhe abrira a porta sem o cumprimentar, como se não tivesse reparado nele.

— Joubert! — gritou, ao chegar a porta. Respondeu-lhe o silêncio e Louis voltou a chamar: — Joubert! — fazendo a sua voz ressoar naqueles tetos altos.

Bertrand de Joubert apareceu, sorridente, no cimo da escadaria:

— Villeclaire! Entre, desço num minuto…

— Canalha! Desce imediatamente! Vou matá-lo…

— Villeclaire… — balbuciou o outro.

— Desce, canalha! Venha bater em duelo!

— Duelo? Não me lembro de ter recebido os seus padrinhos, como mandam as regras... — Joubert deu uma gargalhada e continuou: — E também não me lembro de nada que justifique lavar a sua honra, Villeclaire.

— Catherine Duvernois...

Joubert deu mais uma gargalhada:

— Ah, Villeclaire! Agora bate por uma meretriz qualquer?

Louis já ouviu a última parte desta frase no meio da escadaria cujos degraus galgava de dois em dois. Era mais do que podia suportar e, ao chegar junto do dono da casa, segurou-o pelas golas da camisa, encostando-o à parede:

— Repete, covarde!

— Villeclaire, conversemos como cavalheiros... — gaguejou o outro.

— Não há aqui um cavalheiro com quem eu possa falar.

— Meu caro amigo, é com certeza um mal-entendido... — continuava Joubert gaguejando, encostado na parede, sufocado pelas mãos de Louis que continuavam apertando o seu pescoço. — Não sei o que foi que a viúva Duvernois lhe disse mas posso imaginar, não passa de uma mulher desprezível...

Villeclaire deu-lhe um murro na cara, sentindo uma fúria que até aí desconhecia.

— Catherine está morrendo, covarde!

Joubert conseguiu libertar-se das mãos do seu adversário, atacando-o por sua vez.

— Está doido, Villeclaire! Porta-se como um bruto por causa dos chiliques de uma aventureira de bordel?

— Não sabe o que diz, Joubert...

Os dois homens envolveram-se numa luta corpo a corpo, enquanto Maurice e o criado da casa assistiam, aterrorizados, ao fundo da escadaria. Outros criados tinham entretanto chegado, ao ouvirem o barulho de vozes.

Louis de Villeclaire era mais forte e a fúria aumentava a força com que batia no seu adversário, mas Joubert defendia-se e atacava igualmente sem cessar. No calor da luta, caíram ambos no chão, continuando a se bater, violentamente, até Villeclaire se libertar do outro e o puxar, voltando a pô-lo de pé:

— Já que não quer bater em duelo, luta de pé, como um homem...

— Está doido, Villeclaire! — gritou o conde de Joubert. — Bate assim num cavalheiro por causa de uma mulher reles, que dorme com qualquer um...

— Vou matar você, covarde!

Louis perdeu a cabeça. Atirou-se a Joubert com violência redobrada, deu-lhe um murro na cara que o fez se desequilibrar e rolar pela escada abaixo.

O som do corpo era assustador, como assustador foi o grito que o conde soltou, ao cair. Ficou estendido na porta, de barriga para baixo, um fio de sangue escorrendo da boca. O marquês de Villeclaire desceu as escadas correndo, virou-o para cima, com a ponta da bota e ficou olhando aquele corpo inerte, os olhos esbugalhados pelo terror.

— Morreu de forma deprezível... — disse o marquês de Villeclaire, que entrara naquela casa disposto a matar o adversário com um tiro e não assim, numa luta de plebeus. Mas Joubert não se portara como um cavaleiro.

— Senhor! — Maurice tocou-lhe num braço, tirando-o do torpor em que estava, hipnotizado olhando para o homem que acabara de matar.

— Vai a Mer chamar o gendarme, Maurice...

— Senhor!

— Vai!

O criado obedecera, fora a Mer buscar monsieur Bonnet, o gendarme. Mas ninguém na casa de Bertrand de Joubert lamentava a morte do patrão. Os criados, fartos dos maus tratos a que os sujeitava, as mulheres cansadas de abusos que nunca ousariam denunciar, sentiam-se vingados por aquele vizinho que ali entrara como um deus enfurecido, para fazer justiça com as suas próprias mãos.

A governanta fora buscar conhaque, que agora fazia Louis beber.

— Foi um acidente, senhor marquês...

— Não! Não foi um acidente, madame Simon, e faço questão de dizer isso à polícia.

— Foi um acidente, sim, senhor marquês — insistiu o mordomo. — Não vale a pena arranjar problemas por causa de um homem como o conde de Joubert...

— Lamento não tê-lo matado com um tiro... — repetiu Louis, como se o dissesse a si próprio.

Quando monsieur Bonnet, o gendarme, chegou, o marquês de Villeclaire pediu para ser o primeiro a falar com ele. Fecharam-se numa sala pequena, ao lado da porta, que o conde de Joubert usava como escritório.

— Fui eu que o matei... — disse Louis, olhando o gendarme nos olhos. — Joubert atacou infamemente a marquesa de Maulévrier, uma senhora que é minha convidada...

— Ouvi dizer, senhor... — murmurou Bonnet.

— E nada fez? A marquesa de Maulévrier está desde então entre a vida e a morte, fui chamado com urgência e pretendia resolver o ultraje entre cavalheiros, com um duelo, mas Joubert insistiu em insultar a minha convidada, perdi a cabeça...

— Compreendo, senhor marquês...

— Faça o que tem a fazer, Bonnet. Prenda-me. Um duelo o teria poupado de intervir, era um assunto privado entre dois cavalheiros, ainda que mesmo assim eu tivesse matado o Joubert...

— Vou ouvir os criados, senhor, faz parte dos procedimentos...

Mas os criados, que tudo tinham visto, tinham uma versão diferente do que acontecera:

— Foi um acidente infeliz, monsieur Bonnet! — disse a governanta.

— Os senhores estavam conversando lá em cima e exaltaram-se um pouco — garantiu o criado que abrira a porta.

— O patrão desequilibrou-se e caiu desamparado — explicou a cozinheira.

— O marquês de Villeclaire tentou agarrá-lo mas nada pode fazer — jurou a criada de fora.

Bonnet estava contente com o que ouvia. Isso mesmo escreveria no seu relatório: "acidente." Não referiria sequer a presença de Villeclaire. Estava agradecido ao marquês por ter acabado com Joubert, por ter posto um ponto final no terror em que viviam as mulheres da região quando o conde estava nas suas terras. Bonnet também o teria matado, se pudesse.

Era o único gendarme em muitas léguas ao redor, o seu superior hierárquico estava em Orleans, mal o conhecia e tinha mais que fazer do que se meter nos assuntos de meia dúzia de aldeias sem importância.

Bonnet ainda se lembrava de uma conversa que tivera com ele, há muito tempo, numa das raras vezes a que fora a Orleans, sobre os ataques de Joubert às mulheres das redondezas.

— Não se meta nisso, homem! O conde de Joubert tem contatos na Corte. Você é um pobre diabo sem padrinhos. Não me arranje problemas, Bonnet, faça de conta que nunca tivemos esta conversa... — O chefe despedira-o com uma palmadinha nas costas. Estava avisado, tinha de fechar os olhos aos desmandos do grande senhor.

Fechara, mas não deixara de ver. Muitas vezes, durante esses anos, pensara em fazer justiça pelas suas próprias mãos, mas nunca tivera coragem. Tinha mulher e cinco filhos e não conseguia esquecer a conversa com o chefe. "Não me arranje problemas, Bonnet..."

Agora, o marquês de Villeclaire tinha resolvido o assunto da melhor maneira, sem tiros. Ninguém tinha matado ninguém. Podiam mandar chamar a condessa, que ficava sempre em Paris, e ela veria com os seus próprios olhos o que se passara com o marido. Os acidentes acontecem e Joubert bebia demais, todo mundo sabia. Uma infelicidade, caíra quando descia a escada.

Bonnet saiu do escritório, aproximou-se de Louis de Villeclaire:

— Vá para casa, senhor marquês, foi um acidente, um terrível acidente. — E repetiu a mesma frase que ouvira do chefe dos gendarmes, em Orleans: — Não me arranje problemas... Quando se acalmar verá que é melhor para todos.

Louis de Villeclaire percebeu que não valia a pena insistir. A opinião de Bonnet estava formada e tinha a colaboração dos criados. Todos eles queriam resolver o assunto de uma vez por todas, ali mesmo. Saiu, seguido pelo seu criado, Maurice. De repente, tinha pressa de chegar ao castelo. Largou a galope, cortando caminho pelo meio dos campos, atravessando aquele mesmo bosque onde Catherine Maulévrier só não fora violada porque, milagrosamente, madame Labrousse passara por ali a tempo de salvá-la.

***

— Defendi a sua honra, Catherine! Matei o Joubert... — ao chegar em casa, Louis foi direito ao quarto da jovem, murmurar-lhe ao ouvido. Enterrou a face na almofada onde repousava a cabeça da doente. — Diga que me ouve... — soluçou.

Agora, Mimi estava preocupada não só com Catherine mas também com Louis, que recusava-se a sair da cabeceira da enferma, passava os dias e as noites murmurando-lhe frases que ninguém conseguia ouvir e lhe segurava as mãos, como se recusasse deixá-la partir. Mal dormia, recusava-se a comer e, nas poucas vezes em que saía do quarto, arrastava-se pela casa como um sonâmbulo.

— Vai para o seu quarto, Louis. Dorme um pouco — dizia-lhe. Mas ele abanava apenas a cabeça e deixava-se ficar onde estava.

Em voz muito baixa, prometia a Catherine não deixá-la morrer e pedia-lhe incessantemente:

— Diga que me ouve, por favor, Catherine, diga-me que está ouvindo o que lhe digo...

Ao segundo dia após a morte de Joubert, no meio da tarde, enquanto Louis de Villeclaire assim falava com a jovem, sentiu que ela lhe apertava ligeiramente os dedos contra os seus. Antes mesmo que pudesse perceber o que estava acontecendo, sentiu que o seu coração dava um salto e começava a bater mais depressa.

— Catherine... — repetiu.

E, desta vez com um pouco mais de força, mas ainda assim de uma forma muito leve, a jovem voltou a apertar a mão que segurava a sua. O marquês beijou aqueles dedos finos e compridos que lhe diziam que era ouvido e, depois, sem pensar no que fazia, saiu do quarto a correr para ir procurar a ama:

— Mimi, Catherine ouve-me! Acaba de me apertar a mão!

A condessa de Thievenaz olhou-o, incrédula:

— O que disse, Louis?

— Que Catherine acaba de apertar a minha mão que segurava a dela. Muito levemente, mas significa que me ouve e que está reagindo...

— Está tão cansado, Louis, e quer tanto que Catherine se salve... não terá imaginado?

— Juro que não! Aconteceu mesmo, vem ver!

Quando ambos entraram no quarto, a cabeça da doente, que desde o acidente estava imóvel, virada para o teto, rígida, voltava-se agora na direção da porta, como se procurasse alguma coisa ou alguém. Continuava muito pálida, de olhos fechados, com a respiração quase inaudível, mas alguma coisa de verdadeiramente extraordinário tinha acontecido. Pela primeira vez, em duas semanas, a doente se mexera.

— Catherine! — chamou a condessa, muito baixo.

Uma mão da jovem mexeu-se ligeiramente, como se pesasse mais do que ela conseguisse suportar mas, ainda assim, tentasse movê-la. Mimi sentou-se na cadeira que estava sempre à cabeceira da cama e ofereceu-lhe os seus dedos, que Catherine agarrou com força.

Depressa a notícia se espalhou pelo castelo. Sophie veio correndo da cozinha, mas soluçava tão alto que tiveram de tirá-la do quarto, para não causar maior comoção na enferma. Maurice foi mandado a Avaray, procurar o doutor Labrousse a quem, pelo caminho, foi contando o pouco que sabia.

— Não é mérito meu — reconheceu o velho médico, depois de observar a doente, conversando com Mimi e Louis na biblioteca. — Nunca escondi de vocês que a ciência já esgotara todas as possibilidades. Agradeçam a Deus, foi um milagre.

Mas a condessa de Thievenaz, apesar de ser muito religiosa, tinha uma outra opinião que, no entanto, guardou para si. Mais do que as missas que ultimamente o pároco de Avaray vinha todos os dias rezar no castelo, tinha sido o amor de Louis que salvara Catherine. Nunca tinham falado do assunto, mas nem era preciso. Ela bem vira como Louis mudara desde o dia da sua chegada e como se fora apaixonando pela jovem.

— É bom que Catherine continue a estar sempre acompanhada, que continuem a falar com ela, mas agora num tom de voz normal, e que abram um pouco os cortinados, para que vá se adaptando à claridade. Levantem-lhe ligeiramente as almofadas, de maneira a obrigá-la a mover um pouco a cabeça e continuem a alimentá-la com líquidos e a mantê-la quente — recomendou, antes de voltar para casa para dar a boa nova à mulher.

O que acontecera naquele dia tinha sido um enorme passo para a salvação de Catherine, mas a recuperação podia ser lenta, como o médico avisou antes de se despedir:

— Poderá levar meses, ninguém pode dizer quantos. A ajuda e perseverança de vocês serão essenciais.

Era já noite e Mimi e Sophie faziam Catherine engolir algumas colheres de caldo de galinha, quando se ouviu o barulho de uma carruagem que se aproximava. Sabendo-se já que a doente melhorara, seria sem dúvida Gabrielle Labrousse que vinha vê-la, mas Maurice entrou pouco depois no quarto e disse discretamente ao patrão:

— Estão lá fora duas senhoras que querem falar com você...

O marquês saiu para receber as inesperadas visitas que o seu criado não sabia dizer quem eram e, surpreendido, encontrou a viscondessa de Belfort e a sua filha, Blanche, no salão, à sua espera.

— Louis, como está pálido! — exclamou a moça quando o viu entrar.

A viscondessa estendeu-lhe apenas a mão, sem nada dizer.

— Não as esperava — confessou Villeclaire. — E receio não ser este o melhor momento para recebê-las. Há uma pessoa doente nesta casa...

— Temos absolutamente que conversar — respondeu a viscondessa, sentando-se numa poltrona, como se não tivesse ouvido o que o marquês acabara de dizer.

— Que há de tão urgente que as tenha feito vir até aqui?

— Vim exigir-lhe que marque a data do seu casamento com a minha filha.

Louis percebeu que a viscondessa estava a par do que se passara naquela noite azarada. Estava na altura de fazer elas saberem que teriam de esperar.

— Estou disposto a assumir as minhas responsabilidades, no entanto, parece-me que podemos tratar desse assunto quando eu voltar a Paris...

— Blanche está grávida, senhor marquês — respondeu Eunice, muito formal — e, sem notícias suas já há algumas semanas, vi-me obrigada a procurá-lo...

— Grávida? — balbuciou Louis, olhando para as duas mulheres como se não compreendesse o que ouvia.

XI

A duquesa de Dufour percebeu imediatamente o que acontecera quando soube que Blanche e a mãe, Eunice de Belfort, tinham saído de Paris. A viscondessa tinha encontrado Marcel de Bachelard no Mariage Frères, onde este tomava chá com Rebeca Espinoza e a mãe da sua noiva, e arranjou um jeito de lhe contar:

— Vamos hoje mesmo para o Vale do Loire! Um convite irrecusável do marquês de Villeclaire…

Marcel achara estranho. Pois se o próprio Louis se desculpara, na sua segunda carta, de não poder convidar os amigos por causa da doente, que exigia sossego e absoluto silêncio… Por que convidaria agora as Belfort, que nem sequer eram íntimas? Isso mesmo, comentou horas depois, quando encontrou Isabelle num jantar na casa de Aaron Cohen, o banqueiro dos Duques de Dufour.

— O que terá passado pela cabeça de Louis para convidá-las? — interrogara-se o rapaz.

— O que terá passado pela cabeça das Belfort para aparecerem sem serem convidadas? — perguntou, por sua vez, a duquesa.

— Será possível?

— Oh… vá-se lá saber, meu caro Marcel! Mas é o mais certo.

— Está visto que não descansam enquanto não conseguirem ver Louis casado.

A duquesa riu:

— Pode ser que seja mais difícil do que pensam…

E logo ali decidiu não esperar mais de três dias pelo regresso das duas mulheres. Esse prazo seria o suficiente para fazerem a viagem de ida e volta e perceberem que não eram bem-vindas no castelo de Villeclaire. Se demorassem mais do que isso, escreveria a Louis, contando-lhe o que descobrira, avisando-o dos pormenores da armadilha que lhe urdiam, impedindo-o de cometer um erro de consequências irreparáveis. Mas, por enquanto, não era necessário. Trataria ela mesma do assunto, ali, em Paris.

E, de fato, como a duquesa calculara, não precisou esperar muito para voltar a encontrar as Belfort, numa tarde em que andava fazendo compras na Rue de Rivoli.

— Supunha que estivessem viajando…

— Estivemos fora apenas alguns dias — respondeu Eunice. — Apenas o suficiente para visitarmos o marquês de Villeclaire.

— Ah sim? E como está Louis?

— Ótimo! Não tarda a voltar a Paris, virá para o baile de Natal da princesa de Auvergne onde será anunciado o seu noivado com Blanche — sorriu a viscondessa. — Casam na primeira semana de janeiro.

— Daqui a pouco mais de duas semanas?

— Como pode imaginar, andamos numa correria por causa do vestido de Blanche e da nossa mudança para o palácio do marquês.

— Mas que notícia extraordinária! Não fazia ideia… — disse Isabelle, com um ar inocente.

— Também nos deixou surpreendidas — continuou Eunice, mostrando-se encantada. — O seu interesse por Blanche era evidente, mas não contávamos com um pedido de casamento tão rápido.

— Deve estar muito feliz, Blanche.

— Estou radiante, duquesa — respondeu a moça. — O afastamento do querido Louis o fez perceber que não pode viver sem mim. Foi assim mesmo que nos disse, a mim e à mamãe. Só a doença da marquesa de Maulévrier o tem impedido de voltar a Paris.

— E é grave?

— Parece que sim — continuou Blanche, acrescentando rudemente —, mas não chegamos a vê-la. A pobre velhota não sai do quarto, onde está sempre com a condessa de Thievenaz, que é muito sua amiga, e Louis faz companhia às duas. O ambiente no castelo está insuportavelmente soturno, por isso nos demoramos apenas o tempo suficiente para tratar dos pormenores do noivado e voltamos correndo para Paris.

— Gosto de saber que estão de volta. Espero-as amanhã, para o chá — convidou a duquesa, ao despedir-se, num tom que não admitia recusa. Mas nem era preciso. Um convite para casa dos Dufour era o tipo de coisa a que nunca diziam que não.

— Mamãe, talvez não devesse ter falado do noivado — disse Blanche, quando Isabelle se afastou.

— Pelo contrário! É bom que Paris inteira saiba o quanto antes. Assim, Villeclaire não poderá inventar mais desculpas para não casar. E não nos pediu segredo...

Na cabeça de Eunice, a estratégia estava traçada. Daí a uma semana, no dia de Natal, quando o marquês entrasse no baile oferecido pela tia, todo mundo saberia que a data do casamento estava marcada. Já bastava que o noivo tivesse exigido um casamento discreto, na capela do seu palácio, sem festa e sem convidados. Não era nada disso que sonhara, mas percebera que não valia a pena insistir, contrariá-lo. E avisara que logo depois voltaria sozinho para o Vale do Loire e daí partiria para uma longa viagem à Martinica, onde os negócios o chamavam. A ela, Eunice, tanto lhe fazia, podia até não voltar. A essa altura, ela seria já a avó do herdeiro de Villeclaire, viveria num palácio e passaria os dias com Blanche fazendo compras nas melhores lojas de Paris, mandando entregar as contas a procuradores que nem conhecia. Voltariam a ser ricas! Dariam festas, receberiam as senhoras das melhores famílias da França, seriam convidadas para todas as casas importantes. Ah! Sim! Depois de Blanche se tornar marquesa de Villeclaire, a própria princesa de Lescher seria obrigada a convidá-la, seriam parentes. O que importaria que Louis fosse viajar? Nada!

***

Mimi sentia-se impotente. Nada do que dissesse a Louis o tirava daquele estado de tristeza em que mergulhara. Continuava à cabeceira de Catherine e só parecia animar-se nos breves momentos em que a jovem despertava do sono em que caíra e comunicava com ele através de pequenos gestos.

— Odeio-a! — confessara Villeclaire à sua ama, depois de lhe contar o que Blanche e a mãe tinham ido fazer ali.

— Ainda assim, terá de se casar com ela. Espera um filho seu...

— Não me passa pela cabeça não fazer isso, mas recuso-me a viver com aquela mulher. Logo depois do casamento voltarei para cá. Catherine precisa de mim...

— Ou será você que precisa dela, Louis?

— Tem razão, Mimi... e não consigo imaginar a minha vida casado com uma mulher que odeio e longe de Catherine, a quem amo.

— É evidente que está apaixonado por Catherine! Apesar de até agora ter tentado fingir que era apenas a preocupação com a sua saúde que o fazia passar os dias e as noites àquela cabeceira.

— Tudo isto é trágico, Mimi.

— Demasiado trágico, meu querido — respondeu a ama, com o coração partido. — Não pode se casar e logo depois vir correndo para uma casa onde está uma jovem solteira por quem está apaixonado. Se não quer ficar com a sua mulher, vai para a Borgonha, mas não volte aqui.

— Não posso! Não posso ficar longe de Catherine... Não posso deixar de estar junto dela, de saber como está... de vê-la melhorar a cada dia que passa... E creio que também a ela lhe faz bem me ter por perto.

— Sim, também eu acredito que foi a sua presença a seu lado que a salvou...

— Pode voltar a piorar se deixar de ouvir a minha voz, se deixar de sentir que lhe seguro a mão.

— Ainda assim, depois de casado, não pode voltar. Não pode de maneira nenhuma manchar a sua reputação. Catherine tem direito a, enfim, ter uma vida feliz, casar. Dirá a ela que tem de ir a Paris e lhe deixe uma carta, para que a leia quando se recompuser. Irá entender, estou certa.

— Mas estará também você aqui, conosco...

— Que homem casado deixa a mulher sozinha, à espera de um filho, para correr para junto de outra? Seria incorreto, indecente. Não conte comigo. Proíbo-lhe de voltar enquanto Catherine aqui estiver!

Louis regressara ao quarto da doente e ali ficara, recusando-se a sair. De dia para dia, Catherine parecia ganhar um pouco mais de consciência do que se passava à sua volta. Uma manhã, sorrira pela primeira vez, ao ouvir o marquês falar com ela. Depois, passou a mover mais vezes a cabeça. Finalmente, entreabrira os olhos, como se acabasse de despertar de um longo sono.

O doutor Labrousse continuava a visitá-la duas vezes por dia e estava muito animado com os progressos que ia observando na jovem. Mas não se cansava de repetir que a situação era ainda frágil e que qualquer choque, por mínimo que fosse, podia agravar o estado da doente. Dentro de dois dias, Louis teria de partir para Paris. Mimi insistia:

— Por favor, comece dizendo a Catherine que vai estar fora durante algum tempo...

Mas as palavras recusavam-se a sair da sua garganta e só na véspera da partida conseguiu dizer-lhe:

— Catherine, tenho de ir a Paris. A minha única tia exige que esteja presente na sua festa de Natal. Mas voltarei em breve...

A jovem apertou-lhe ligeiramente os dedos, fazendo-o saber que o ouvia.

— Prometa-me que continuará a melhorar, que não desiste...

Catherine sorriu, voltando para ele o rosto, embora mantivesse os olhos fechados, como se estivesse tão cansada que não conseguisse abri-los.

Nessa noite, em vez de dormir no cadeirão acolchoado que tinha sido colocado junto da cama, Louis deitou-se ao lado de Catherine, sob as cobertas que a mantinham quente. Passou-lhe o braço sobre os ombros e, sem conseguir descansar, gastou as horas beijando a sua testa e os seus olhos e inspirando o suave perfume de lavanda que se desprendia dos cabelos da jovem, como se quisesse gravar para sempre na memória a imagem daquela mulher que tanto amava. Foi assim que Mimi o foi encontrar, às primeiras horas da manhã, quando entrou no quarto.

— Louis! — o repreendeu sem severidade, pois também ela compreendia a dor do marquês, ao ver-se obrigado a se separar para sempre de Catherine.

Mas Villeclaire não pareceu ouvi-la. Nem sequer dar pela sua presença. E, antes de sair, a caminho daquele odioso baile onde anunciaria o seu ainda mais odioso casamento com Blanche de Belfort, pousou os seus lábios nos lábios de Catherine, num beijo muito leve, com que lhe dizia adeus.

— Meu amor... — segredou-lhe.

***

Desde que voltaram a Paris, nem Blanche nem a mãe poupavam dinheiro. Acabaram-se as vendas quase diárias das poucas joias que lhes restavam. Agora, em vez de venderem, compravam. E o melhor de tudo era mandarem entregar a conta na casa do marquês de Villeclaire. A notícia do noivado espalhara-se rapidamente e abrira-lhes crédito em todo o lado. Por isso, chegaram ao palácio da duquesa de Dufour mais bem vestidas do que nunca.

"Excessivas", pensou Isabelle.

Apesar da hora imprópria, Blanche usava um vestido de baile, de seda lilás, que lhe deixava os ombros descobertos, e aparecera embrulhada numa enorme capa de pele de urso branco. Um alfinete de enormes diamantes e esmeraldas prendia-lhe o cabelo e, ao pescoço, ostentava um colar de pérolas barrocas. A mãe vestia com igual garridice, de vermelho vivo debruado a vison, e exibia grandes anéis nos dedos gorduchos. "Pobre Louis! As contas que terá de pagar!", pensou Isabelle, chocada com o à vontade com que as Belfort gastavam o que não lhes pertencia e pouco disposta a manter as duas mulheres no seu salão durante mais tempo do que o necessário. Começou por dizer:

— Pedi que nos servissem chocolate, certamente que o preferem ao chá, que beberam durante tantos anos.

— Oh, sim! As senhoras inglesas não tomam outra coisa... — respondeu Eunice, não podendo adivinhar o que a duquesa queria realmente dizer com aquela frase.

— E ainda há pouco mandei buscar mil-folhas ao Derouet, que Blanche tanto aprecia... — acrescentou, olhando para a moça. Eunice começou a sentir-se desconfortável com o rumo que a conversa tomava, mas a filha riu.

— Não é assim Blanche? — insistiu a duquesa.

— Bem, só os provei na casa da princesa de Auvergne... — respondeu a moça.

— Oh! Não foi isso que me contaram! Tanto quanto sei, começou a apreciar os confeiteiros Derouet ainda antes de terem se instalado em Paris.

— Sou muito gulosa! — disse a moça, não mostrando qualquer embaraço.

— E ambiciosa, também!

— Duquesa! — exclamou a viscondessa, fingindo-se ofendida mas, de fato, preocupada por perceber que alguma coisa se passava.

— Acabemos com esta farsa, madame — respondeu Isabelle, muito séria, não lhe chamando viscondessa pela primeira vez. — Sei tudo...

Eunice teve então a certeza de que Isabelle não só vira Blanche e Denis beijarem-se, durante o bazar de Natal, como também sabia alguma coisa mais. Mas não estava disposta a baixar os braços, agora que tinha arrancado a Villeclaire a promessa de casamento.

— Não sei a que se refere... — disse.

— Sabe sim, madame...

— Foi um incidente desagradável! — defendeu-se Eunice, já quase em pânico, mas ainda capaz de inventar uma mentira que as tirasse daquela situação que podia deixar tudo a perder. — O atrevido do confeiteiro viu Blanche sozinha nos jardins da princesa de Auvergne... Um incidente, de fato, tão desagradável, que não falamos dele a ninguém... Incomodaria sem dúvida o marquês...

— Cale-se! — ordenou Isabelle, furiosa. — Chega de mentiras! Que espécie de mãe é a senhora que permite que a sua filha durma com o amante debaixo do seu teto? Que finge que não está em casa para que a sua filha leve para a cama um homem rico a quem quer convencer que é o pai da criança que espera? Que vilmente carrega esse homem até a cama da sua filha? Sei tudo, madame. E Louis de Villeclaire também já sabe, eu própria lhe escrevi contando. — Não era verdade, não tinha escrito a Louis, mas Isabelle decidiu jogar tudo por tudo para deixar as Belfort sem espaço por onde escaparem.

— Mamãe! — gritou, Blanche, chorando.

— Mas é uma calúnia! — gritou também Eunice, fora de si.

— Não, não é uma calúnia e, felizmente, descobri a verdade a tempo de poder salvar um amigo das suas garras... — Isabelle não levantava a voz, apesar dos gritos das Belfort.

— Insulta-nos, duquesa! — disse a mãe, enquanto a filha chorava, descomposta.

— Quem nos insultou foi a senhora e a sua filha, quando se fizeram passar por quem não são. Conheço a sua vida e sei que viveu em Londres com um homem chamado Belfort, negociante de chás, que nunca casou com você. Que não é o pai da sua filha. Sei que foi a senhora que pôs láudano no vinho que a sua filha deu a beber a Louis de Villeclaire naquela noite fatídica. Sei que o filho que Blanche espera é de Denis Derouet e não do marquês de Villeclaire que, adormecido por você, não fez mais do que desmaiar na sua casa. É, verdadeiramente, um caso de polícia, qualquer juiz as mandará para as galés, as desterrará para bem longe, onde não possam enganar mais ninguém e onde viverão o resto dos seus dias entre gente que as iguala em baixeza.

— Só pode ter sido aquela criada que tanto nos roubou que lhe veio contar essas coisas. Mas é tudo mentira, acredite, duquesa — suplicou Eunice, desesperada.

— A embaixatriz Willcox sempre se esforçou por não ser apresentada a vocês e foi a muito custo que a fiz explicar-me por quê. E Denis Derouet é um bom rapaz, cuja única fraqueza foi ter se apaixonado pela sua filha. Mas é um homem decente e sério e está disposto a casar com Blanche. Já convenceu o pai a voltarem à sua terra, a Bordéus, onde ninguém saberá desta história sórdida que arrastará os seus nomes pela lama das ruas de Paris. Até a uma mulher de poucos escrúpulos como a senhora, deverá restar um pouco de bom senso. Aproveitem a mão que os Derouet estendem e partam imediatamente.

— Não! — gritou Blanche. — Não quero ser a mulher de um pobre confeiteiro!

— Ou isso ou a rua, minha jovem — disse a duquesa. — Agora saiam! — e chamou o mordomo, para que as acompanhasse à porta.

***

Denis foi na casa das Belfort no dia seguinte, disposto a formalizar o pedido de casamento. Explicara a situação ao pai, que torcera os bigodes durante muito tempo, mas depois se dispusera a fazer a vontade do seu único filho, desistindo da loja nova nos Champs Elysées e trocando a sua pequena confeitaria parisiense da Rue de Saint-Paul por uma outra, em Bordéus, onde nascera. O que mais custava a ele era ver o filho disposto a casar com uma mulher ambiciosa que se mostrara disposta a enganar tudo e todos por dinheiro. O velho Derouet era um homem honesto e experiente. Pressentia que aquele casamento em que o filho se metia iria acabar depressa e da pior maneira. Mas enfim, havia a criança que iria nascer e era seu neto. Por ela, e por Denis, concordara.

— As senhoras saíram ontem ao fim da tarde — informou o porteiro, vendo Denis bater insistentemente na porta, sem que a abrissem.

— Sabe para onde foram?

— Não sei, não, senhor. Chamaram uma carruagem e dois carregadores que desceram as malas e só as ouvi dizer ao cocheiro que as levasse à Gare de l'Est.

— Mas, por certo, não demorarão mais do que alguns dias. Deixaram os móveis... — disse Denis, mais para si próprio do que para o seu interlocutor.

— Oh, não, monsieur! Creio que não voltam. Este apartamento é mobiliado e deixaram as chaves para que as entregasse ao senhorio, embora não tenham pago os aluguéis que deviam, e despediram a criada...

De fato, Eunice e Blanche, tinham pego o comboio que saía todas as noites de Paris e ligava a capital francesa a Basileia. Na Suíça, decidiriam que rumo tomar. Eunice achava que deviam continuar para Leste, até Viena, mas Blanche preferia ir para a Itália. Haveriam de se entender, pensava a mãe, agora mais aliviada, depois que soubera que Blanche não estava grávida.

Ainda em Paris, ao chegar em casa, tentara chamar a filha à razão:

— Não tem outra alternativa senão se casar com o confeiteiro. Ouça o que lhe digo! Não pode imaginar o que é ter um filho sem pai, vai ter uma vida igual à minha, se tiver a sorte de encontrar um burguês rico como o Belfort, que pague as suas contas. Mas nunca terá nada seu e a miséria estará sempre à sua espera...

— Não estou grávida — respondera Blanche, os olhos vermelhos e inchados de tanto chorar de raiva.

— O quê? Pois até a mim mentiu, desgraçada? — gritou Eunice, irritada.

— Pensei que estava, mas foi só um grande atraso. Hoje de manhã voltei a ter as regras, está resolvido... — e insistiu: — Não casarei com confeiteiro nenhum. Não consegui casar com o marquês de Villeclaire mas mereço ser rica e casar com um príncipe. Vamos sair desta cidade que não nos merece hoje mesmo, mamãe...

A ideia pareceu boa a Eunice, agora que não havia uma criança atrapalhando os seus planos e que não voltariam a ser convidadas para mais lugar nenhum. Fizera bem em comprar vestidos e joias nos últimos dias. Viajariam como duas senhoras ricas e podiam vender algumas dessas coisas que valiam bom dinheiro. Era uma pena que a tiara de diamantes que Blanche encomendara para o seu casamento ainda não estivesse pronta. Poderiam viver dois ou três anos sem preocupações se a vendessem...

Sim, sairiam da França, iriam para a Áustria, onde ninguém as conhecia e onde não havia franceses que pudessem descobrir quem elas eram.

— Vamos para a Itália, mamãe, onde todos os nobres são príncipes...

— Não seja tonta, Blanche, não tardará a darmos de cara com alguém que nos conheceu aqui. O imperador tem conquistado os reinos italianos palmo a palmo...

Não importava, para já, iriam até Basileia, o mais longe que o comboio da Gare de l'Est podia levá-las. Blanche era muito bonita e tinha apenas vinte anos. Haveriam de encontrar um marido nobre e rico. Não voltariam para a França...

Denis nunca saberia daquela gravidez que não chegara a concretizar-se. Blanche saíra apressada, já pensando no príncipe a quem, algures na Europa, lançaria os seus encantos. Não se lembrara sequer dele para lhe deixar um bilhete, que lhe desanuviaria o futuro.

Dois dias depois, quando o comboio chegava a Estrasburgo, ao olhar para um rapaz que, parado na estação, lhe recordou o amante, a moça suspirou:

— Ah! Vou sentir a falta do Derouet. Era muito bom na cama...

A mãe riu e lhe deu uma cotovelada. Um cavalheiro loiro e elegantemente vestido, seguido de um criado que transportava as malas, acabara de abrir a porta do compartimento onde ambas viajavam...

***

O baile de Natal da princesa de Auvergne era já uma tradição do calendário das festas de Paris. Clemence adorava aquela quadra e dera o primeiro baile há muitos anos, mais de quarenta, meses depois de ter casado, e nem depois de ficar viúva interrompera o hábito de abrir as portas do palácio, na noite de 25 de dezembro, e surpreender os convidados com as decorações extravagantes e o presépio, que ocupava uma sala inteira e tinha sempre uma disposição diferente.

Só o sobrinho, Louis de Villeclaire, rivalizava com ela na alegria com que festejava aquela quadra. Mas, nesse ano de 1854, Louis manda-lhe recado dizendo que estava no Vale do Loire e não chegaria a tempo do jantar íntimo com que a princesa começava por receber um restrito grupo de convidados. Apareceria mais tarde, só para o baile.

Clemence de Auvergne não entendia nada do que estava acontecendo, mas sabia que teria de falar com ele. Chegara aos seus ouvidos uma história confusa, de um casamento próximo com Blanche de Belfort, que não lhe parecera nada bem. A jovem era filha de uma simples viscondessa, ninguém sabia se a sua fortuna era grande ou pequena e, o pior de tudo, era excessiva no vestir, não parecendo ter aprendido nada do bom gosto com que se arrumavam as senhoras na Corte da Rainha Vitória, na Inglaterra.

Tinha sido desagradável ficar sabendo que Louis se casava pelo seu joalheiro, que a visitara uns dias antes, para lhe mostrar algumas peças. "Parabéns pelo próximo enlace do senhor marquês de Villeclaire. Mademoiselle de Belfort encomendou-nos uma belíssima tiara de diamantes para o dia do seu casamento", dissera monsieur Freycinet, quando a cumprimentara. A princesa escondeu a surpresa, sorrindo e interessando-se pelas joias que Freycinet começava a mostrar. Escolhera rapidamente uma pulseira, dois pares de brincos e um colar. Logo que o joalheiro saiu, mandou chamar Isabelle de Dufour, amiga de infância de Louis. Se aquela história fosse verdade, Isabelle saberia. Era a única pessoa a quem não seria embaraçoso perguntar.

— Que história é essa de Louis estar de casamento marcado com a Belfort?

— Uma tolice, princesa. Quem lhe contou?

— Monsieur Freycinet, o joalheiro, acaba de me dar os parabéns e, mais, disse-me que é ele que está fazendo a tiara de diamantes que a noiva usará no dia do casamento...

— Ora, a moça é uma tonta, como muito bem sabe. Parece que andou por Paris fazendo compras, de fato, dizendo estar noiva de Louis, mas só podia ser uma brincadeira. Pelo que sei, ela e a mãe se mudaram.

— Mudaram-se?

— Foi o que ouvi dizer, que voltaram a ir morar no estrangeiro. Pelo visto, não se habituaram a Paris...

— Mas nem se despediram!...

— Bom, imagino que não lhe terão deixado saudades.

— Não exatamente, mas há regras de educação.

— Mas nunca as cumpriram! Em todos esses meses em que foram convidadas para todo o lugar, deram apenas um chá em casa, nunca retribuíram convite nenhum!

— Sim, tem razão, era uma gente peculiar... Quem diria? Viúva de um lord...

Não esta noite, quando tinha de receber mais de trezentos convidados. Mas, no dia seguinte, pediria explicações a Louis. A moça podia ser tonta, mas a mãe parecia ter a cabeça no lugar, e se andaram encomendando joias para um casamento...

Assim que Louis aparecesse, como prometera, coisa de que a princesa começava a duvidar, pois já não faltava quase ninguém e o sobrinho ainda não chegara.

— Louis virá, princesa? — perguntara ainda há pouco Gaston.

— Prometeu não faltar! Pensei que viria com a senhora...

— Há duas semanas que não o vejo.

Tudo aquilo era muito estranho. Louis longe de Paris sem explicar por quê. Os amigos sem saberem dele. Sem andar ali perto de casa durante os dias que precediam o baile, ajudando a montar o presépio e roubando doces das mesas. Já tinham dançado duas valsas quando Clemence o viu entrar. E pareceu-lhe logo outro. Não o Louis alegre de sempre, mas um homem sério, com um ar cansado, o rosto marcado por fundas olheiras que faziam brilhar ainda mais os seus olhos azuis, quase febris.

— Finalmente, Louis! Há horas que o esperava...

— Peço desculpa, querida tia — respondeu, beijando a mão que a princesa lhe oferecia.

Mas nem teve tempo de lhe perguntar o que o retivera até tão tarde porque, nesse preciso momento, entravam os príncipes de Anjou e os seus cinco filhos e a dona da casa foi recebê-los, deixando o sobrinho passear os olhos pela sala, como se procurasse alguma coisa ou alguém.

— Perdido na casa da própria tia? — perguntou Isabelle de Dufour, que se aproximara sem que ele percebesse.

— Isabelle!

— Está com péssima cara, Louis. Com cara de enterro e não de festa.

— Ah, Isabelle, se soubesse...

— E acha que não sei? — E a duquesa deu uma gargalhada.

— Se soubesse não riria. Preciso lhe contar...

— Que por pouco não se casou com uma tal Blanche de Belfort? — perguntou a duquesa. E sem o deixar interrompê-la, contou a um atônito marquês de Villeclaire as artimanhas que usara para desmascarar as duas impostoras. A cara de Louis foi se iluminando à medida que Isabelle desenrolava a história das duas mulheres. — Vai se divertir, Louis. A esta hora, estão as duas longe e em lugar incerto. Duvido que voltemos a vê-las.

— Querida Isabelle! Não sabe a alegria que me dá! Nunca poderei pagar o que fez por mim.

— Pode sim, Louis! Conte-me quem é a misteriosa marquesa de Maulévrier que tem o mantido tão afastado de Paris...

— Oh, Catherine... — e o marquês contou à sua amiga de infância, quem era a sua convidada no Vale do Loire e tudo o que tinha acontecido ali. Fez isso com tal entusiasmo que Isabelle percebeu rapidamente o que acontecera:

— Está apaixonado, Louis!

O marquês corou ligeiramente:

— Tem razão, estou.

— E ela?

— Não faço ideia, mas quero acreditar que sim. Portei-me muito mal com Catherine mas sinto que já me perdoou. Está vendo como nunca poderei agradecê-la pelo que acaba de fazer por mim, livrando-me desse odioso casamento a que me via obrigado e permitindo-me, agora, correr para junto da mulher que amo?

— Não faz ideia de como me sinto feliz! O casamento lhe fará bem. Tem quase quarenta anos, precisa ter filhos que herdem o seu título e a sua fortuna.

— Uma vez mais, as nossas vidas desencontram-se.

— Oh, não seja sentimental, meu querido amigo! Foi bom enquanto durou.

— É uma mulher notável, Isabelle!

— O querido Albert não se cansa de dizer isso a mim. — A duquesa deu uma gargalhada e foi dançar com Jean-Marie Lafitte.

Gaston de Montblanc e Marcel Bachelard apareceram, vindos da sala de fumo.

— Louis! Já não esperávamos vê-lo. Agora mesmo falávamos da falta que nos faz... — E arrastaram o marquês até o salão onde estavam Pierre Forchemont e Laurent de Juy, jogando bilhar.

Villeclaire sentiu, pela primeira vez na vida, o bem que fazia a verdadeira liberdade. "É assim que deve se sentir alguém que acaba de sair da prisão", pensou. E depois de ficar sabendo que Gaston já marcara a data do seu casamento com Caroline de Lescher e que Marcel acabara de ficar noivo de uma beldade ruiva chamada Rebeca Espinoza, propôs:

— Pierre, Laurent, vamos para o salão de baile! Esta noite vocês também sucumbirão ao cupido.

— E você? — desafiou-o o conde de Juy.

— Oh, eu... quem sabe, quem sabe... — riu Villeclaire e foi dançar com a embaixatriz da Inglaterra, para não ter de responder aos amigos e pensando que era Catherine de Maulévrier que devia estar ali, rodopiando com ele, naquele salão iluminado por mais de mil velas, para que a noite fosse perfeita.

***

Quantas vezes tinha entrado naquela casa, desde a primeira vez que o pai ali o levara com Gaston de Montblanc? Quantas noites passara naquelas salas, bebendo champanhe? Quantas vezes subira aquelas mesmas escadas, por onde Juju o conduzira ainda há pouco? Deitara-se com ela como tinha se deitado com todas as outras, para passar o tempo, para dar largas ao desejo, porque um cavalheiro se deitava com moças e frequentava bordéis. Gostara de se deitar com esta como gostara de se deitar com todas as outras, mas esta era a última noite em que fizera tal coisa...

Fora ali, naquela sala, que o seu destino e o de Catherine começaram a se cruzar, na noite em que Joubert tinha chegado ferido e que ele soubera que Duvernois morrera. Na noite em que festejara com ostras, no Gascogne, ter ficado ainda mais rico. Na noite em que a imaginara uma viúva velha e em que lhe traçara o futuro sem sequer conhecê-la. Tinham passado apenas dois meses, não mais do que isso e, no entanto, a sua vida tinha mudado completamente. Tinham acontecido tantas coisas. Ele próprio mudara, ao ponto de agora mal reconhecer o boêmio que fora, não encontrando sentido na vida que antes levara...

— Que o tem tão pensativo, meu belo marquês de Villeclaire?

— Oh, nada de especial, Martine!

— Sempre mentiu mal... — riu a crioula e Louis riu com ela. — Ouvi dizer que passa agora grandes temporadas no Vale do Loire.

— É verdade. E para lá voltarei amanhã.

— Ah! Mas quem o afasta assim de nós?

Louis sorriu, pensando em Catherine e corando ligeiramente por estar recordando dela naquele antro de pecado.

— Alguém muito querido, Martine. Sabe, pela primeira vez na vida estou apaixonado...

— Não imagina como me alegro ao ouvi-lo falar assim. Há tempos que o achava perdido, sem rumo... Espero que, desta vez, tenha escolhido bem, que seja alguém da sua posição e que o mereça.

— É com certeza! Mas por que diz isso?

— Porque um passarinho me contou que esteve quase noivo de uma tal Blanche de Belfort...

— Não passou de um mal-entendido.

— Foi o que me pareceu, Louis. A mãe dela trabalhou aqui durante algum tempo, até ir para a Inglaterra com o Belfort... — o marquês olhava-a surpreendido, sem saber o que dizer. — É evidente que não sabia... Foi antes do seu pai o trazer para cá, pela primeira vez.

— Como é possível?

— Como são ingênuos os homens... Não se sinta mal por isso! Não foi o primeiro a ser enganado e não será o último. Felizmente, tudo se esclareceu antes que fosse tarde demais.

Confesso-lhe que eu mesma só muito recentemente soube quem era a Belfort de quem Paris falava. Eu teria lhe avisado... Mas quem podia imaginar que Eunice Morel voltaria tantos anos depois e com outro nome?

Louis de Villeclaire despediu-se de Martine, prometendo-lhe voltar. Mas sabia que não cumpriria a promessa. Mandou o cocheiro para casa. Queria andar a pé. Estar sozinho. Algum tempo depois — quanto tempo, não sabia — estava parado na calçada, em frente à grande casa da Rue des Archives, onde pela primeira vez tinha visto Catherine. Recordava tudo, todos os pormenores, como se tivesse sido na véspera. Aquela jovem alta e magra que entrava na sala, o vestido preto, coçado e grande demais, os olhos verdes, enormes, que primeiro o olharam com simpatia para logo depois endurecerem. Como achara linda aquela moça que o desafiava sem medo.

— Ah! Como pude tratá-la assim...

E sentia-se envergonhado pelo que então lhe dissera, quando foi buscá-la para levá-la para o Vale do Loire. Como logo a desejara ter na sua cama...

Uma carruagem de aluguel abrandou ao aproximar-se. Mandou o cocheiro parar e foi para casa. Nessa noite, dormiu como não dormia há muito tempo, um sono profundo, reparador do cansaço que o invadia há muitas semanas e que nem a luz do dia interrompeu quando, de manhã, Maurice entrou no quarto e abriu os pesados cortinados.

XII

Quando o marquês de Villeclaire chegou ao seu castelo do Vale do Loire, encontrou Catherine já sentada na cama, com a condessa de Thievenaz à cabeceira, lendo-lhe um livro. Os cortinados estavam completamente abertos e pelas três grandes janelas entrava, finalmente, a luz do dia. A moça estava ainda um pouco pálida e visivelmente debilitada, mas os seus olhos brilhavam e sorriu quando o viu entrar.

— Catherine! — exclamou, surpreendido, dirigindo-se a ela e segurando-lhe ambas as mãos. — Não sei o que dizer... Não esperava encontrá-la tão bem... Como me alegro...

— Obrigada — respondeu a doente, ainda numa voz fraca, sorrindo.

Mimi tossiu ligeiramente, fazendo-o lembrar que também estava ali. Louis levantou os olhos para ela, deu a volta no leito e foi lhe dar um beijo na testa.

— Não pensei que voltássemos a vê-lo tão cedo — disse a ama, sem sorrir, para que se recordasse de que tinha proibido-o de regressar àquela casa enquanto Catherine ainda estivesse lá.

— Oh! Eu tampouco. Mas resolvi muito depressa tudo o que tinha de fazer em Paris e, não havendo razões para continuar ali, aqui estou... — Mimi continuava séria, mostrando não gostar do que ouvia, mas ele fingiu não se dar conta, sentando-se numa ponta da enorme cama de dossel e voltando a segurar as mãos de Catherine. — Vou ao meu quarto, refrescar-me e mudar de roupa. Não me demoro. Virei eu mesmo ler para você, enquanto Mimi descansa. — E, mais uma vez, beijou as pontas dos seus dedos.

"Está doido!", pensou a condessa de Thievenaz, "O que veio ele fazer aqui?". E, deixando Catherine entregue aos cuidados de Sophie, também ela saiu do quarto, seguindo o marquês. Quando estavam já suficientemente longe da enferma, para não serem ouvidos por ela, Mimi ralhou:

— Como se atreve, Louis! Proibi-o!

— Não consigo ficar longe de Catherine.

— Você é um egoísta. Um mimado. Não pensa no mal que lhe causará?

— Pareceu muito contente por me ver...

— E como se sentirá quando lhe disser que tem de voltar a Paris, para se casar?

— Não lhe direi...

— Louis! É infame! Não admito que a magoe mais... — a condessa levantou um pouco a voz, como fazia quando ele era pequeno e o repreendia. Villeclaire abraçou-a, segredando:

— Não haverá casamento com Blanche de Belfort. Já não há nada que me faça sair daqui. Está tudo resolvido... Não sabe como me sinto feliz.

— Que disse? Enlouqueceu... Como se atreves a não assumir as suas responsabilidades, Louis. Blanche de Belfort espera um filho seu — dizia a senhora, afastando-o de si.

— É uma história tão rocambolesca, Mimi. — e o marquês a fez entrar numa sala onde ninguém podia ouvi-los. — Embora me envergonhe um pouco... Vou lhe contar! Não há filho nenhum, descansa. E, a esta hora, Blanche e a mãe estão longe, fugiram. Nada nem ninguém me afasta agora de

Catherine, lhe juro. — E relatou à sua ama as mentiras que Blanche e a mãe tinham inventado para obrigá-lo a se casar.

— Não posso crer! — disse a condessa, quando ele terminou. — Que espécie de gente é essa! Coitada da Clemence, deve estar se sentindo muito mal por ter aberto as portas da sociedade a essas duas mulheres...

— Oh, sabe como a tia é distraída. Acha que as Belfort são umas mal-educadas por terem ido embora sem se despedirem, sem um bilhete de agradecimento, e acha tudo uma trapalhada, mas está longe de conhecer os pormenores e ninguém lhe contará, para que não se aflija.

— Que figura de tolo você fez, Louis — riu a condessa.

— Isso é o que menos me incomoda, acredite. As Belfort encarregaram-se de espalhar rapidamente a notícia do meu casamento e não há ninguém que não saiba... Imagino que, a esta altura, serei um dos temas preferidos das conversas nos salões de Paris.

— É desagradável...

— Tem razão! Mas não estou lá para ouvir os horrores que as mães zelosas dirão de mim. — Deu uma gargalhada. — Não que antes tivessem melhor opinião, mas viviam na esperança de me terem como genro. Com isto, creio que a minha reputação ficou definitivamente arruinada junto daquelas santas senhoras. Mas tenho bons amigos que prometeram defender-me. Dirão que as Belfort saíram de Paris, depois de eu descobrir que tinham espalhado a notícia de um casamento que não estava nos meus planos. Enfim... foi o melhor que pudemos arranjar. Contar a verdade seria muito embaraçoso.

— A Clemence tem razão, é uma trapalhada! Mas está resolvida...

— Sim, está tudo resolvido. Dentro de uma semana ou duas haverá outro escândalo qualquer e Paris mudará de assunto, deixarei de ser tema de conversa. A única coisa que ainda me irrita é que, a esta hora, o Laval está gastando os meus milhares de francos pagando as contas que as Belfort fizeram em meu nome.

Mimi riu.

— O que são uns milhares para você? Se eram assim tão gastadoras, pensa antes nos milhões que poupou não se casando com ela.

***

Sophie estava tagarelando com Catherine quando o marquês de Villeclaire voltou ao quarto da doente e, querendo ficar a sós com ela, ordenou à criada:

— Vai pedir a madame Martin que nos sirva um chá, por favor.

Depois, aproximou-se da cama, sentando-se na cadeira que há duas semanas se mantinha à cabeceira e, olhando Catherine nos olhos, disse-lhe:

— Peço-lhe que me perdoe. Tratei-a de maneira desprezível e leviana e duvidei de você, mesmo quando vi suas lágrimas no rosto ao me contar a sua história. Foi infame e entendo se não puder perdoar-me, Catherine.

A jovem sorriu timidamente e os seus olhos voltaram a encher-se de lágrimas.

— Por favor, por favor… — suplicou o marquês de Villeclaire — não se emocione, vai fazer-lhe mal e não suportarei ser, uma vez mais, o causador do seu sofrimento.

Mas Catherine não conseguia impedir que as lágrimas continuassem a inundar as suas faces e tampouco conseguia falar.

Louis, cada vez mais perturbado com a situação, interpretou mal a aflição da sua convidada e acreditou que era a sua presença que tanto a incomodava:

— Percebo que não possa perdoar-me, Catherine. E creio que é a minha presença que a aflige. Não tenho o direito de lhe impor a minha presença. — O marquês levantou-se, preparando-se para sair do quarto. — Voltarei para Paris hoje mesmo se for essa a sua vontade.

— Fique! — conseguiu finalmente Catherine pedir.

Num impulso, Louis segurou as pequenas mãos dela entre as suas e beijou-as efusivamente.

— Não me odeia?

Catherine abanou a cabeça.

— Não, não o odeio. Mas também sinto que não o conheço. Mimi fala-me de um Louis de Villeclaire tão diferente daquele que me visitou na casa da Rue des Archives e que depois me trouxe para aqui...

O marquês riu suavemente.

— Tem razão! Às vezes, nem eu próprio consigo reconhecer-me no que fiz e no que disse no passado e envergonho-me constantemente do modo como a tratei. Aconteceram tantas coisas estranhas na minha vida desde que a conheci, Catherine. Tornei-me uma pessoa tão diferente... — voltou a beijar as suas mãos. — Posso ficar?

Catherine sorriu e respondeu apenas:

— Mimi estava lendo para mim um capítulo particularmente interessante quando fomos interrompidas pela sua chegada. Se os romances não lhe desagradam, pode continuar...

Louis pegou imediatamente no livro, radiante.

Nessa noite, quando o marquês de Villeclaire chegou ao seu quarto encontrou um pequeno envelope sobre a cama.

"Perdoo-lhe e agradeço todas as horas que passou a meu lado e tudo o que me disse. Embora, durante esses dias, não conseguisse responder-lhe, deu-me coragem e esperança e só isso fez com que me mantivesse viva. Devo-lhe a minha vida. Foi a sua voz e a sua perseverança que me fizeram sentir segura, naqueles dias horríveis em que só havia escuridão e desespero...

Catherine"

Foi com grande dificuldade que Louis resistiu à tentação de ir correndo ao quarto de Catherine, beijar as suas mãos, dizer-lhe que a amava. Mas adormeceu pensando na jovem que estava apenas a dois corredores de distância do seu quarto e foi com ela que sonhou.

Na manhã seguinte, o marquês de Villeclaire foi a primeira pessoa a chegar ao quarto de Catherine, muito antes de Sophie entrar com a bandeja do café da manhã. Beijou delicadamente as suas mãos e depois perguntou:

— Ouvia-me, Catherine?

— Sim, ouvi sempre tudo o que me disse — confessou a jovem, corando. — Embora não conseguisse responder-lhe. Como se alguma coisa me prendesse a voz na garganta. E jamais esquecerei... — Catherine tinha os olhos cheios de lágrimas. E Louis teve a certeza de que era amor o que via naqueles lagos verdes e profundos que o observavam. Segurou o seu rosto entre as suas mãos e beijou-lhe a face, delicadamente, secando-lhe as lágrimas.

Nesse dia e nos seguintes, esteve sempre junto de Catherine, lendo e conversando com ela, contando-lhe histórias engraçadas que a faziam rir e animando-a a comer um pouco mais, de refeição para refeição:

— Está muito magrinha e muito pálida, vão dizer que não sei receber bem os meus convidados.

Todas as noites, depois da refeição, Louis e Catherine tocavam piano a quatro mãos. Mimi fingia dormitar no grande cadeirão em que se sentava sempre, junto à lareira, o bordado esquecido sobre os joelhos. E por entre as suas pestanas semicerradas via-os beijarem-se apaixonadamente enquanto tocavam ou ficarem em silêncio e abraçados quando a partitura chegava ao fim. Os dedos dos dois amados tocavam-se suavemente quando, à mesa, passavam a compota ou o pão um ao outro. E os olhos de um nunca se afastavam dos do outro. Tinham sido feitos um para o outro, bem via. Nada nem ninguém conseguiria alguma vez separá-los.

Interrompia-os muito poucas vezes e estava cada vez mais contente ao ver o bem que os dois se entendiam. Um dia, sem dizer nada a ninguém, resolveu escrever à princesa de Auvergne:

"*Querida Clemence,*

Louis continua aqui no Vale do Loire e, acredite, há muitos anos que não o via tão feliz. Agora, quando olho para ele, revejo a criança alegre que enchia de gargalhadas as salas deste velho castelo. Por que, perguntarás? Você mesma vai descobrir quando chegar aqui e peço-lhe que venha o mais depressa possível. Conosco está alguém que gostará de voltar a ver. Não vou dizer quem é porque, conhecendo-a como a conheço, sei que sairá de Paris mal acabe de ler esta carta. Madame Martin está neste momento mandando preparar o seu quarto e tratando das acomodações para os muitos criados que, com certeza, traz com você.

Um beijo dessa sua amiga,
Mimi

Condessa de Thievenaz"

Quando a carta de Mimi partiu para o seu destino, Catherine já há uns minutos saía do seu quarto para vir passar algumas horas sentada num dos salões, onde Louis conversava com ela, embora nunca mais tivesse voltado a perguntar-lhe se o perdoava, porque poder comovê-la, uma vez mais, afligia-o.

***

Um dia, na visita do fim da tarde, o bom doutor Labrousse anunciou:

— Não precisa mais de mim, querida Catherine. Está livre para fazer o que entender. Pode viajar, dançar, fazer tudo o que quiser! O que deseja fazer?

Catherine riu, encolhendo os ombros:

— Tanta coisa! Nem sei bem... mas acho que a primeira coisa que quero fazer é passear lá fora, no jardim.

— Amanhã, logo pela manhã, levo-a para passear no jardim — prometeu Louis, com o coração apertado. Agora que Catherine estava livre para fazer tudo o que quisesse, podia perdê-la para sempre. Nada a impedia de dizer que queria ir embora. Era verdade que apreciava a sua companhia e que trocava com ele olhares ternos, que ria das história que lhe contava e que ela mesma o fizera rir várias vezes relatando-lhe as partidas que, com as amigas, pregava às freiras, nos seus anos de colégio. Uma vez ou outra, as suas mãos tinham se tocado, fugazmente, provocando em ambos um arrepio. Mas Louis estava perdidamente apaixonado por Catherine e queria acreditar que também ela estava apaixonada, mas precisava ter a certeza. No dia seguinte, levando-a para passear pelos jardins que cercavam o palácio, aproveitaria a ocasião para se declarar. E, com estes pensamentos dando voltas na cabeça, mal conseguiu dormir.

Na manhã seguinte, Louis saiu muito cedo, sozinho e só voltou para casa a tempo do almoço, findo o qual levou Catherine para ver o roseiral do palácio, uma extensa área do jardim onde a jovem nunca tinha estado e que se espraiava desde a fachada poente do castelo até a beira do rio. O aroma era inebriante e havia milhares de pés de roseiras, muitos deles raros. Nem todas estavam floridas, mas havia botões prontos para abrir na maior parte delas e muitas ostentavam já belas rosas brancas, amarelas, salmão e vermelhas. Louis colheu uma enorme rosa rubra e, com gestos suaves, prendeu-a nos cabelos da jovem.

— É sua! A partir de hoje, estas rosas vão chamar-se Catherine, em sua honra.

Ela sentiu um calor enorme invadir as suas faces e balbuciou apenas:

— Obrigada...

Louis não conseguiu dizer nada e, pegando na sua mão, encaminhou-a até a margem do rio. Um pequeno barco de madeira estava amarrado na margem e ele propôs:

— Quer dar um passeio?

— Sim.

— Vou levá-la a um local secreto — prometeu o galante marquês.

***

O som de várias carruagens avisou Mimi de Thievenaz da chegada da princesa de Auvergne. Tal como tinha previsto, Clemence saiu de Paris mal recebeu a carta da amiga e, agora, estava ali, rodeada de criados e de baús, pronta para desvendar o mistério que há tanto tempo prendia o sobrinho naquela casa.

— Onde está Louis? — perguntou, mal desceu da carruagem.

— Saiu — respondeu Mimi, depois de beijá-la.

— E demora?

— Não sei dizer. Suponho que voltará a tempo de jantar.

— E a visita? — queria saber Clemence, tomando-a pelo braço e encaminhando-se para casa.

— Saiu com ele.

— Vai me dizer finalmente quem é?

A condessa de Thievenaz deu uma gargalhada:

— É claro que não! Vais ter de esperar que voltem...

— Ah! Como é cruel, Mimi! — riu a princesa e logo depois, nada contrariada, começou a dar ordens aos criados e foi instalar-se nos aposentos que lhe estavam destinados.

***

Louis de Villeclaire prendeu o barco a um pequeno ancoradoro e deu a mão a Catherine, ajudando-a a sair. Estavam numa das pequenas ilhas que pontilhavam o rio. Mas nesta erguia-se um bonito pavilhão redondo, de madeira, pintada de branco.

— Oh! É lindo... — exclamou Catherine.

— Venha, quero mostrar-lhe o meu lugar secreto — convidou Louis e, levando-a pela mão, abriu a porta e a fez entrar naquela maravilhosa casa que parecia saída de um conto de fadas.

Por todo o lado, havia rosas vermelhas, iguais à que Catherine usava no cabelo e, no meio, uma antiga *chaise longue* de veludo, também encarnado.

Catherine olhava à sua volta, encantada com tudo aquilo.

— Gosta? — quis saber o marquês.

— É lindo! — repetiu Catherine.

— É seu. Mandei fazer para você enquanto esteve doente...

Catherine não podia acreditar no que ouvia.

— Para mim?... Mas por quê?

Louis pegou-lhe nas mãos e a fez sentar na confortável *chaise longue* e começou a contar:

— Quando era pequeno, este era o meu lugar de sonho, vinha para esta ilha sozinho, de barco, e imaginava que havia aqui um castelo onde vivia uma princesa com quem eu casava depois de lutar contra um dragão feroz... e quando a minha princesa de verdade apareceu resolvi que tinha mesmo de mandar construir um lugar muito especial. Não é um castelo, mas também não há dragões... É só um pavilhão de verão, para você...

— Não sei o que dizer... — balbuciou Catherine.

— Diga que casa comigo... — pediu Louis, aproximando os seus lábios dos dela e beijando-os, primeiro muito delicadamente e, depois, cada vez com mais intensidade, explorando a sua boca com a língua enquanto lhe percorria o corpo com as mãos.

— Amo-a — sussurrou, ao mesmo tempo em que desabotoava os pequenos botões que lhe prendiam o vestido.

— Amo-o — respondeu Catherine, procurando a sua boca e desembaraçando-o da camisa —, e sim, caso com você.

Precisaram da tarde inteira para se amarem naquele pavilhão, no meio do rio, mandado construir para Catherine mas que era dos dois. Louis, que já sabia que apesar de ter sido casada com Duvernois, a sua noiva continuava virgem, rodeou-a de cuidados enquanto a fazia saborear o doce gosto do amor. Começou usando os dedos, muito delicadamente, para lhe explorar o sexo, e quando Catherine estava louca de prazer e o seu corpo ondeava desesperadamente sob o atlético corpo do amado, Louis a fez sua e murmurou-lhe ao ouvido:

— Para sempre, Catherine...

— Para sempre, Louis... — respondeu a jovem marquesa de Maulévrier.

Nus e livres, entregaram-se um ao outro de novo, como se o tempo não tivesse fim e não existisse mais ninguém no mundo. Naquela tarde, o experiente marquês de Villeclaire ensinou todos os caminhos do prazer à sua amada Catherine, não se cansando de percorrer o seu corpo com as mãos e com a boca e ensinando-a a explorar o seu corpo másculo, até o deixar à beira do abismo. Só quando a penumbra começou a invadir de sombras aquele ninho de amor Catherine se deu conta que o fim do dia se aproximava e, entre beijos e suspiros, sugeriu:

— Devíamos voltar, antes de Mimi ficar preocupada com a nossa ausência e mandar procurar-nos.

Louis soltou-a dos seus braços já com saudades daquele corpo que a partir de agora era seu:

— Tem razão, minha doce Catherine, temos de voltar.

Ajudou-a a se vestir enquanto continuava a beijar-lhe os seios, os ombros e a boca e entraram no castelo de mãos dadas, felizes, quando o mordomo já mandava vários criados acenderem tochas para irem procurá-los.

Na confusão do momento, ninguém avisou o marquês de Villeclaire da chegada da princesa de Auvergne nessa mesma tarde e foi com espanto que Louis descobriu que a tia Clemence o esperava no salão, com Mimi.

— Tia! — exclamou, dirigindo-se à velha senhora, sem nunca largar a mão de Catherine.

Mas Clemence de Auvergne tinha se levantado, com um salto, da poltrona onde estava sentada e não era para o sobrinho que os seus olhos muito esbugalhados se voltavam. Também Catherine tinha parado, no meio da sala, soltando a mão do noivo, que agora olhava atônito para as duas.

— Madrinha... — disse por fim Catherine, dirigindo-se à princesa que a abraçou, exclamando:

— Catherine! Minha querida Catherine... Onde tem estado, minha querida Catherine... Achei que estava morta... o seu pai... Oh Catherine! — e beijava as faces da afilhada confusa, sem perceber como tinha sido possível este reencontro que a deixava tão feliz.

***

Louis de Villeclaire e Catherine de Maulévrier casaram dois dias depois, na capela do palácio do Vale do Loire, contra a vontade da tia Clemence, que defendeu energicamente que marcassem a data para daí a um mês, em Paris, dando assim tempo de mandarem convites a centenas de parentes e amigos e que organizassem uma grande festa. Mas os jovens apaixonados não estavam dispostos a esperar tanto tempo para poderem dormir a noite inteira abraçados, sem que Louis tivesse que ludibriar a apertada vigilância das duas idosas senhoras que acham ser seu dever velarem pela pureza de Catherine. Já bastavam essas duas noites antes do casamento, em que o marquês de Villeclaire saiu, pé ante pé, no meio da noite, do seu quarto, para percorrer às escuras os longos corredores que o separavam da cama da sua amada.

Louis entrava no quarto de Catherine fazendo o mínimo ruído possível e encontrava-a já nua, à sua espera. Os cabelos soltos, o corpo longo e esguio pronto para receber o dele. O marquês beijava-a sofregamente e, depois, deixava que a jovem lambesse a sua pele salgada, percorrendo-lhe com a língua os duros músculos do peito, descendo pela barriga lisa, para finalizar um pouco mais abaixo, onde a sua virilidade aguardava ansiosamente a boca dela. Catherine amava-o mais a cada vez que faziam amor. E gastavam a noite acordados, as suas pernas entrelaçadas, os sexos unidos, loucos de paixão.

Mas agora, sim, abençoados pelo pároco de Avaray e tendo a condessa de Thievenaz e a princesa de Auvergne como testemunhas, Louis e Catherine podiam dividir livremente a mesma cama, para onde fugiam pouco depois do jantar e de onde só saíam quando o sol já ia alto. E, durante o dia, desapareciam de mãos dadas para o pavilhão da ilha, o lugar secreto de ambos. A roupa ficava esquecida no chão e os seus corpos voltavam a encontrar-se como se não conseguissem ficar afastados um do outro. Louis não se cansava de afagar os seios duros e pequenos de Catherine, as suas nádegas perfeitas, as pernas longas e finas e a misteriosa flor que se escondia no meio delas, sempre úmida e pronta para recebê-lo, sempre a chamá-lo e a pedir-lhe mais. Catherine descobrira as delícias do prazer que Louis lhe dava, ansiava para que ele a deixasse desesperada, aos gritos, quando o seu sexo entrava nela e fazia tremer os alicerces de todo o seu ser. Arrepiava-a sentir as mãos dele descer pelas suas costas, queimando-lhe a pele, contornarem as suas ancas, afastarem suavemente as suas pernas, para irem enloquecendo-a até que a sua virilidade abria caminho por aquele túnel secreto e doce e explodia, deixando-os abraçados um ao outro, a respiração ofegante, beijando um ao outro suavemente enquanto recuperavam forças para um novo assalto.

— Mimi, onde passam estas duas crianças tanto tempo sozinhas, que ninguém os vê?

— Não sei, Clemence, mas parece-me que já é tempo de nós duas voltarmos para as nossas casas, não lhe parece? — respondeu a condessa, sorrindo.

FIM

Este livro foi composto em
Original Garamond BT para a Leya
em maio de 2013.